所有人的坚强，都是柔软生的茧

《意林》编辑部 编

吉林摄影出版社

· 长春 ·

所有人的坚强，都是柔软生的茧

图书在版编目（CIP）数据

所有人的坚强，都是柔软生的茧 / 《意林》编辑部编. -- 长春 : 吉林摄影出版社, 2016.7
（初心讲义）
ISBN 978-7-5498-2649-0

Ⅰ. ①所… Ⅱ. ①意… Ⅲ. ①随笔－作品集－中国－当代 Ⅳ. ①I267.1

中国版本图书馆CIP数据核字(2016)第161397号

所有人的坚强，都是柔软生的茧 SUOYOUREN DE JIANQIANG, DOUSHI ROURUAN SHENG DE JIAN

项目出品 意林松果阅读
出 版 人 孙洪军
主　　编 顾 平 杜普洲
责任编辑 施 岚 孙 瑜
总 策 划 蔡 燕
丛书统筹 黄 磊
策划编辑 邓志娟 黄 磊
特约编辑 张亦苓
设计总监 资 源
封面设计 李 倩
美术编辑 金 宇
发行总监 李振红
营销总监 王俊杰
开　　本 787mm×1092mm 1/16
字　　数 300千字
印　　张 17
版　　次 2016年7月第1版
印　　次 2016年7月第1次印刷

出　　版 吉林摄影出版社
发　　行 吉林摄影出版社
地　　址 长春市泰来街1825号
　　　　 邮　编：130062
电　　话 总编办：0431-86012616
　　　　 发行科：0431-86012602
网　　址 www.jlsycbs.net
经　　销 全国各地新华书店
印　　刷 北京市兆成印刷有限责任公司

书　　号：ISBN 978-7-5498-2649-0　　　　定　　价：29.80 元

启　事

本书编选时参阅了部分报刊和著作，我们未能与部分作品的文字作者、漫画作者以及插画作者取得联系，在此深表歉意。请各位作者见到本书后及时与我们联系，以便按国家相关规定支付稿酬及赠送样书。

地址：北京市朝阳区南磨房路 37 号华腾北搪商务大厦 1501 室《意林》编辑部（100022）

电话：010-51908602

所有人的坚强，都是柔软生的茧

目录

CONTENTS

第一辑：愿岁月雕刻出更好的你

第二辑：明星爱，一世长

第三辑：亲爱的，陪你去流浪

第四辑：星星会说话，石头要开花

第五辑：以梦为马，不负韶华

第一辑

愿岁月雕刻出更好的你

岁月如刀，美工刀抑或杀猪刀全在于你，愿岁月雕刻出更好的你。

不管外面天气怎样，别忘了带上自己的阳光，愿我们成为自己喜欢的样子，不畏将来，不念过去，以自己喜欢的方式过一生。

——女王

二十几岁的女孩应该有的思想

◎杨　澜

二十几岁的女孩是片蔚蓝色的天空，它可以是悲伤的，也可以是宽敞的，但，请记住，它一定是有追求的。

拥有品位

女孩到了二十几岁后，就要开始学着用心地经营自己了，它体现在自己的外表以及涵养上。每一个女孩都是特别的，都应该有自己独特的品位。在某些程度上，一个女孩的品位与她的气质是相辅相成的，品位的高低取决于一个女孩在日常生活中对新事物的发现。一个廉价的饰品只要戴出了属于它的另类，也能够表现出自己的品位。

养成看书的习惯

女孩到了二十几岁后，就已经开始慢慢地接触社会了。在与别人交往的过程中，谈吐与修养是最能征服别人的。我不相信一个不喜欢看书的女孩，她会是充满智慧的。没事的时候，到书店逛逛，认真地挑几本可以提升自己的书籍买回家阅读。书可以让人们的生活丰富，也可以让人们的思想改变。选择阅读一本好书，胜过请一个优秀的辅导师。

要试着发现生活中的美

女孩到了二十几岁后，就要逃离那些灰暗的小说，因为它只会让大家与悲伤越贴越近。生活并不是小说里情节的翻版，不要总提醒着自己遇到的不幸。想在这个社会上立足，就要有平和的心态。在患得患失的人生里，我们时刻都在选择着，也被别人选择着。我们应该有阿Q精神。痛苦与快乐的生活都是我们选择的，为什么要让自己沉溺在痛苦中呢？

跟有思想的优秀人交朋友

女孩到了二十几岁后，就要开始有目的性地去选择朋友，社会中的人脉非常重要，而你选择加入的朋友圈也会对你的人生有很大的影响。自私一点儿说也就是说，要多交一些对自己有帮助的朋友，你可以从他们的身上学到东西。但是想交朋友，你就要对他们付出真诚，不要只是为了想利用他们才与他们交往。没有人是傻子，你对别人好与不好，别人也都清楚地看得到。用自己的真诚与那些有思想的优秀人交朋友吧！

远离泡沫偶像剧

女孩到了二十几岁后，就要开始远离那些虚假的偶像剧了，它并不能与现实生活挂钩。它是超越了生活的，女孩不应该再沉溺于这种造假的童话氛围里了，有时间多看一些能够帮助自己的节目。

偶像剧会影响人们对社会的判断能力，所以，请远离泡沫偶像剧。

学会忍耐与宽容

女孩到了二十几岁后，就要慢慢地学会忍耐与宽容了，社会并不是一个任性的地方。请放下理直气壮的坏脾气，在适当的时候让一步，不仅可以体现出你的涵养，而且会让你成为受人欢迎的女孩。

让美貌成为你的资本

漂亮的外貌并不是每个女孩都拥有的，让漂亮的外貌成为你的资本，在需要的时候使用一下，它可以帮你摆脱人生中的很多困境。虽然有时候有人说漂亮的女孩都是花瓶，但是花瓶如果摆在了合适的位置，它就是艺术品。女孩的青春美貌也只是短短的数年，所以要善于利用你的美貌。

但是女孩不能因为有了美貌就可以陷入自满中，有着美丽的外表又有着智慧的内在才是优秀的女人。合理地利用自己的美貌，千万不要因为自己暂时的美丽而让自己沉沦。

离开了任何一个男人，你都会活得很好

女孩到了二十几岁，就要理智地对待自己的情感。一个不懂得欣赏你的男人，没有资格让你为他难过悲伤。每一个女孩都是美丽的，她在等待着一个懂她的男人出现。与其让自己陷入一场无望的爱情中，不如潇洒地转身，充实自己，让自己投入工作学习中。

曾经我也以为离开了他我不能活了，后来我问自己一百遍：离开了他，我还能不能活？结果有一百二十遍的回答是：我会活得很好。离开那个不懂得欣赏你的男人，就是最华丽的转身。

我只是一个恋者

◎张曼娟

那是一个寻常的小学夏令营的午后，教室里坐着的是一群十三四岁的孩子，下课时间，少年们聚在一起玩抽骨牌，看看谁抽出一张骨牌，而让整摞摇摇欲坠的骨牌哗啦倒下，他们就是喜爱这样的游戏，带着点儿遗憾与更多的兴奋。

少女则是聚在一起聊天，都已经有了女人的形貌，与那些毛毛躁躁的小子简直不是同年龄同阶层的。

然而，少女那儿的气氛突然有些凝滞，她们围成一个小圈圈，守护着坐在中间那个正在哭泣的女孩。“有人在哭，”外圈的人向我们报告了这个信息，“她失恋了。”不知道是谁又传来进一步的消息。我走到女生身边，首先看见的是围着她的那几个“姐妹”，她们脸上都有一种忧戚的表情，一种“感同身受”的恓惶眼神，那是真正经历过才能有的疼痛。接着，我看见低头啜泣的女生，她的一颗浑圆完整的泪珠，吧嗒，仿佛有着重量与声响，跌碎在牛仔裤上。

一旁的少年抽骨牌到了紧要关头，个个摩拳擦掌，脸红脖子粗；这里的少女紧紧倚靠，陪着她们其中的一个，流着眼泪，感受着灵魂遭遇的爱的割礼。

我俯下身，轻轻拍抚少女的背，对她说：“别难过了，感情离开了，哭是没有用的。我们会在爱情里面学到很多东西，爱过再爱，你还会再谈恋爱，会遇见更适合你的人。一次比一次爱得更好，爱情会再回来，没什么好怕的。”

少女吸着鼻子抬头看我，她的眼中闪过一丝诧异，我并没有说“你现在还小啊，根本不懂得什么是爱情，还是应该好好念书啊”这样的话。

我知道，当她开始恋爱，就已经成为一个恋者。这是无须教导或传授，没有年龄限制的，一切都是情不自禁。

我又能规劝或训诫她什么呢？我的恋爱开始得那么晚。

十三四岁的我，还停留在男生很讨厌的童稚愚昧阶段。所幸，一旦开启了恋爱模式，便成为永不停止的追寻。

开始得那么晚的恋爱，却仿佛是永远不会结束似的。就像学会了一件最神奇的秘术魔法，怎么也舍不得自废武功。

我能够知悉每一道爱恋的频率，不管是不是发生在自己身上。曾经有许多次，我像个占卜师那样准确地预言了某某与某某的情爱之萌起或结束。听见的人都觉得我的第六感实在太敏锐。其实，我只是能够感觉到，在平静无波的心湖深处，那一丝丝的旋涡与震荡，关于爱恋的生发或寂灭。

也因此，我自己的爱恋，时时有着如履薄冰的惊惧，我聆听着热情在深深的夜里一点点冻结成冰；我看见炙热的眼神在平凡琐碎的日常生活中消失光彩；我感觉着恋人握住我的手却已不似往昔的坚定，于是，我在只有自己一个人的心灵荒原放声大哭。

如果我们从不曾相爱，也许我们可以一直相爱。这话听起来矛盾吗？其实一点儿也不。但是，真真切切地相爱了，哪怕等在前方的是消逝，也比从来不曾相爱要好，好得多。

以前，一直希望有人可以教导我，怎么才能爱得更温顺、更平静？爱的能量那么强大，有时候甚至是粗暴的，予取予求，让人倾尽所有却还不饶不歇，身心俱疲却仍意犹未尽。现在，我渐渐明白，爱恋的精髓不在于初见的魂飞魄散，而在于漫长岁月中的难舍难离。

后来才知道，我是擅长等待的。远距离恋爱带给我的感受总是绝对纯粹而丰盛，见不到面的许多日子里，对于爱恋的感受是最完整的。也因此，我常想象自己应该是个很好的单恋者。

“你可以不爱我，但，爱你是我的自由。你可以不回答，但，等待是我的自由。”有一个人，不无霸道地对我说过这样的话。

我必须理解，必须尊重这样的自由。我微微颔首，向内心致敬。当我们决定爱一个人的时候，便已经是一个恋者了啊，无须认证。

恋者是最有创造力的人，有时候甚至能创造奇迹。恋者说，有光，于是，一颗颗黑暗的心就被照亮了；恋者说，有水，于是，那已经干涸的眼瞳又重新蓄积了生命之泉。

距离第一本散文集《缘起不灭》的发行，已经有20年了，我的恋者生涯也已经有20年了。

我在爱恋中慢慢过生活，坚持着自己的创作与梦想，对世间怀抱着善意与温情，都是因为那些爱着我的人，以及我所爱的人。因此，20年后，我的散文精选集，是献给恋者的。

恋者，乃是我族我号，可以爱人与被爱，永远不屈不挠。

我是一个恋者，我只是一个恋者，我感到无比谦卑，却也无上荣耀。

结婚的意义

◎几　米

昨天一个同事说，她要结婚了，因为要赶着两个人一起早一点儿买房子；不久前，朋友说，想结婚，因为想要一个孩子，生活实在没有趣味；还听到过不止一个人这样说，对方条件还不错，就结婚吧……很多结婚的理由，可是不知道为什么都是这样勉强的理由，让人听不出感情中喜乐悲哀的成分，我仿佛已经很久很久都没有听到有一个人说，他要结婚是因为很爱很爱一个人，因为想要和另一个人永远在一起。

也许永远实在太远，也许人生真的无法十全十美。

曾经在书上看到一位香港的女作家写的一段话：

“我们是不是已处在一个鸡肋世纪？生活上有着太多食之无味、弃之可惜的人情与事物。上至婚姻、事业，下至中午时分匆匆吃下肚的那个盒饭，都可能是鸡肋。”

读这段文字的时候可以感觉到一种不见眼泪的悲伤和一种不见血肉的折磨，生活仿佛总在营造着一个又一个缺陷。

有一天我碰到一个高中时的女友，我知道很长一段时间以来她都在不停地相亲，可是一直都没有遇到满意的，于是我问她，是不是要求太高了？是不是要那种学历高、收入高、个头高的？因为熟，所以我的语气中明显带着一些调侃。

她笑笑说，不是啊，她对这些倒不是太看重，其实相亲是目的性很强的，就是奔着结婚去的，但是她就是没有那种感觉。

我知道这种只要感觉的人，是相亲者中最难成功的，就忍不住逼问她到底要怎样的结婚的感觉？

“我只是希望在我不开心的时候，他可以让我觉得他会一直陪在我身边，即使不安慰什么，只是抱着我，紧些，紧些，再紧些，说，他会一直很爱我。”

她的表情坚定，没有一丝玩笑的神情。

我忽然觉得有一点儿感动，像是在这个连月光都无法穿透的城市里，看到了一丝温情的光。

我想我不一定要求对方一定要让我感觉到深切的相思，苦苦的守候，或者绵绵的爱恋，我的婚姻也只需云淡风轻，细水长流，但是有一天当他向我求婚时，不是因为婚姻能带给他多少实际的利益，而是因为婚姻在他生活中的那份意义。

我希望在那一刻他可以给我一个理由，告诉我他想和我相守，一起度过生命中的每一次喜怒悲欢，一起相守到老。

即使只是在那一刻……

与自己恋爱

◎一　行

因为缺乏独处的能力，人们会变得越来越贫乏。我们无法供给自己足够的滋养，也就不会有什么可以给予别人。学习独处非常重要，我们应该每天安排一点儿时间跟自己相处，这样更容易去修习滋养和深入观察自己。

独处

《胜妙独处经》中说，独处不等于没有人在周围，而是指我们安住于此时此地，完全觉知当下发生的一切。理想的独处修习是：不被困于过去，不迷失于未来或是他人，安住于当下，身心合一，觉知此刻所发生的一切。

独处并不是要独自走到高山上、独居于森林深处的茅屋中或者是躲避集体生活，真正的独处来自稳固的心，不会被别人、过去的悲伤、对未来的忧虑或者当下的刺激拉走。不迷失自己，不失去正念。

修习独处，第一步，是在身边没有其他人的环境中练习。第二步，学习在人群中也能独处。

独处不代表你要跟别人断绝关系，反而是由于你有能力独处，才能真正跟世界融合。感觉到与外界的联系，是因为我是独立的我，就这样简单。要真正跟世界联结，首先你要回归自己，跟自己联结。我们在坐禅、步行、进餐、跟别人一起工作的同时，也时刻安住在自己心中的岛屿。

静坐

静坐是一种很好的修习方法，让我们回到家园，全然地关注自己，照顾自己。只需要这样坐几分钟，就能够完全回归自己。当我们平和安乐地坐着，带着觉知来呼吸与微笑，我们才真正是自己的主人。

静坐非常有疗效。我们只需要与内心的状态同在：无论是痛楚、愤怒、不安、喜悦、慈爱或和平，无论内心有什么，我们都与它们同在，包容它们，而不被它们控制。让它到来，停留，然后离去，不必排斥、反抗或者假装自己的念头不存在。反之，我们以包容与慈爱的目光来观察自己心里的念头与景象，尽管内心有风暴来临，依然可以保持安宁从容。静坐的目的：安住于此时此地，全然活在当下。

坐在蒲团上，确定坐垫厚度适合你。然后，可以双盘、单盘、散盘，或者以任何觉得最舒服的姿势坐着。保持背部挺直，手掌轻轻交叠放在腿上。如果你坐在椅子上，要确保你的脚掌平放在地板或垫子上。如果你的腿开始发麻或者疼痛，可以调整姿势，跟随着你的呼吸保持专注，慢慢改变坐姿。

让全身所有的肌肉放松，释放紧张，也不要对抗或挣扎。有些人静坐十五分钟后就浑身疼痛，因为他们太刻意努力去坐，或者太想要获得成功。让自己放松吧，就像坐在海边一样。保持身体完全放松是非常重要的。不要尝试成为佛陀，只要享受坐着，如实地接受你自己。就算身体紧张，心里感觉痛楚，也接受这个自己。

开始静坐时，首先跟随着自己的一呼一吸，每当有感受升起，就觉知它的存在，觉察它、认知它。在静坐时通过观察身体和内心，你会得到很多。最重要的是，静坐让你有机会什么都不做，只享受呼吸。

安坐，什么都不做，对大部分人来说并不容易。我们好像习惯于做点儿什么事情，身与心总是在动。人人都有经常要忙碌的习惯性能量，当无事可做的时候，就会受不了。只坐着什么都不做是一门艺术，要能成功静坐，需要一些训练。

爱别人，由爱自己开始

◎深　雪

爱别人，真的由爱自己开始。怎样去爱自己？买新手袋给自己？吃一顿美食？努力工作令自己升职加薪？以上的，当然都可以，但是，更深层次的“爱自己”是这样的：第一，要全然看见自己是个怎样的人；第二，全然接纳自己。

例如，在上午时，你对一名服务员态度恶劣，若你看得见你自己，你就会说：“我真是个刻薄的人！”到了下午，因客户出错，你的同事被连累了，你的老板趁机开始骂人，你挺身而出，为同事说了公道话。在这一刻，你若看得见你自己，你就能对自己说：“我是仗义的！”

你在上午和下午，分别做了负面和正面的事，这些事，你都看见了。然后，你就接纳了，自己就是这样一个多面的人。有时候，你脾气差，怨气冲天，毁灭性澎湃。转眼间，你又很有爱心，愿意付出，喜欢服务别人。你看见你自己的多变，继而，你也接纳自己的多变。这就是整个的你。好的、坏的，都是你。

做了好事时，你可以赞赏自己。做了坏事时，你可以取笑自己，警惕自己。因为这种察觉，你的负面之处会自动递减，你的正面之处会强化和维持。

把这种“看见”以及“接纳”的态度放在爱人身上，你就会发现，你终于懂得了爱。你看见了他的聪明、上进、负责任、慷慨、认真。但同时你也看到了他沉闷、胆小、守旧、多情的一面。你都看见了，他和你一样，是多变而复杂立体的。上一刻，心细如尘，下一刻，他又自大自我，罔顾你的感受。但是，你已不再责怪，他也不再为了他的变化而迷乱。

谁会只有正面的一面？你自己都不是。

要是你已经决定选择他，他就是你决定跟随半生的人，那么，你让自己看见他，接纳他。只有抱着这种态度，你才能在往后数十年都爱他。而奇妙的是，当你以“看见”和“接纳”的态度去爱他之时，他是会被你感染的，他也能看见完整的你，接纳完整的你。所有的爱，到了一个位置，都是这种态度：“啊，他就是这样的了！”

其实你明白的，任谁也是这样教导我们，爱就是接纳。只是你不明白，原来，爱是首先要看见自己，接纳自己。那些真理所说的："所有最伟大的爱，都由爱自己开始。"就是这个意思。

那么，就从今日开始练习，去看见自己、接纳自己。

一个人的时候很帅气，才会出人头地

◎千田琢哉

有钱人很重视独处的时间，穷人总是喜欢聚在一起大声喧哗。

为什么会这样？

有钱人在独处时和自己对话，彻底研究充分发挥自我的方法，把抱怨的精力转换成自我磨炼的动力。不管再怎么忙，如果无法挤出独处的时间，最终将一事无成。如果忙得连独处的时间都没有，这种忙碌一定有问题。

开会时，针对某一个点子，如果十个人中有超过三个人赞成，就必须放弃。在脑力激荡会议上，用多数表决的方式决定要不要采用某个点子最愚蠢。大家都举双手赞成的点子绝对都是四平八稳，所谓四平八稳，就是没有任何人感兴趣。足以震撼业界的划时代创意，往往打破常识，让人摇头。

因为只有少数人同意而否决某个点子，就会错过绝佳的机会。十个人中有三个人表示赞成，或许代表那个点子已经落伍了。可以独自吃午餐的人，三十岁后会出头。有越来越多的人无法一个人吃午餐。

一个人吃午餐，感觉好像受到排挤，所以不敢离开人群。不和大家一起行动，这种人内心就会不安。三十岁后能够脱颖而出的人，都有一个共同点，就是一个人的时候很帅气。独自吃午餐的身影，绝对不会散发出孤单的感觉。

皮包里随时放一本正在看的书，独处的时候，可以磨炼自己的知性。

想要挤出时间，趁早告别三五成群一起去吃饭的状态，工作效率就会变得很惊人。

要忍心让你爱的人受苦

◎张德芬

“玉不琢不成器，铁不炼不成钢”用在我们人身上是再合适不过的了，很多人都听过这句话，可是轮到他们或是他们心爱的人受苦时，就没有那么淡然洒脱了。

我发表过一篇《痛苦是成长的最佳燃料》的文章，就说到了苦难真的可以帮助一个人成长，而之后的快乐自在是你想象不到的。也许我们自己接受再多的苦难都不在乎，但是，如果是我们特别关爱、心疼的人受苦，我们就很难等闲视之。

所以，当我们看到所爱之人受苦时，自然而然会想帮他们脱离痛苦，于是为他们扫除障碍。比如当孩子的玩具坏了，很多家长就会说，“再帮你买一个更好的”。这不是在帮助孩子成长，而是在扼杀他们成长的机会。我们不是不能再买一个，而是需要先帮助孩子看见：玩具是“东西”，所有的“东西”都会有毁坏的一天，当它坏了的时候，我们可以为失去它感到伤心，但是同时要“认命”地接受这个事实。如果孩子能够学会这一点，这可以说是你送给孩子的最好礼物！

另外，当我们爱的人为了某些事情受苦时，我们很想出手帮他们解决问题，可是我的观察是，如果你给他们一些时间和空间自己去解决问题，你会发现他们会变得更有智慧和自信！

有人看到一只蝴蝶正挣扎着想从蛹里面出来，于是好心地帮它剪开了蛹。没想到蝴蝶出来以后，翅膀却张不开，最后死了。那个挣扎的过程正是它需要成长的过程，你让它当时舒服了，可是未来它却没有力量去面对生命中更多的挑战。你希望自己爱的人永远做毛毛虫，还是希望他化身为一只光鲜亮丽的蝴蝶？那你就得忍受他在蛹里面受苦，最后还要挣扎不已，才能破茧而出，展翅高飞。

说实在的，不能看爱人受苦，不是因为我们爱他们，而是因为我们无法忍受自己内在那种焦心、揪心的担忧和心疼。这说明了你自己的脆弱，无法承受内在的情绪冲击。这个时候，带着你对他们最大的爱，接受自己内在情绪的起伏波动，在他们身边为他们加油打气（而不是亲自下场去“帮”他们扫除障碍或是陪着他们一起愁烦），让他们靠自己的力量去渡过难关，这样一来，你们两个人就一起成长了。

你不是花千骨，遇不到杀阡陌

◎艾小羊

如何选择自己的Mr.Right（如意郎君），谈恋爱究竟在谈什么？对于这个问题，不同的人有不同的解答，最常见的是，培养感情，找个爱我的或者我爱的人，如果只是恋爱， 跟着感觉走没问题，然而假如你想要选择的是结婚对象，恋爱的最重要目的，就是考察对方的人品，没错，就是人品、人品、人品，重要的事情说三遍。

两情相悦，开始恋爱，各种试探各种虐是恋爱的乐趣，当他顺利通过这一关，练就逆来顺受的无敌神功，也并不意味着你们可以结婚了。他如何处理与朋友、同事的关系？他的偶像是不是希特勒？与孕妇狭路相逢，他会侧身相让，还是横冲直撞？他与父母的关系是否融洽？甚至他对前任，是为了讨好你，各种手撕诋毁，还是顶住你的压力，保持有尊严的沉默？这一切，与爱无关，与人品有关。

许多姑娘在恋爱中会忽视这些问题，觉得只要他对自己好就行了，自己是他女朋友，又不是道德监督员。然而，当生活以摧枯拉朽之势磨损了爱情，什么可以最大限度避免你受更大的伤害？是他的人品。江山易改，本性难移，感情是花，人品就是山，夏花易逝，高山难移。

我认识的一个女孩，最近闹了一场狗血的婚变。两个人相识于微时，白手起家，物质生活刚有起色，男人有外遇了。房产限购的时候，男人以买房为借口，与女孩办了离婚，虽然女孩精明，牢牢把握经济大权，男人不得已又与女孩复婚了，他却拍下了那份已经无效的离婚证，对外面的女人宣称自己已经离婚，各种海誓山盟，对太太却是各种隐瞒，终于瞒不住的时候，又想方设法转移财产，最终导致家庭破裂。

办完离婚手续，他开车送前妻回家，前妻下车，他阴毒地送上了最后的“祝福”：好好看路，小心被车撞死。

直到离婚后，她才肯跟我讲，男人一直是一个为达目的不择手段的人，对同事心狠手辣，对父母六亲不认。我惊讶她如何能与这样的男人一起生活六年，她说：“主要是他对我太好了，让我一直充满这样的自信：他对别人做的那些事情，绝对不会对我做；他可以负天下人，却不会负我。”她当然不算是蠢姑娘，虽然这次摔得够重。

其实许多人在恋爱时，都会忽略对方的人品。有句话说得好，最残忍的人也有温柔的一面，并且他们温柔的一面格外具有杀伤力。谁不希望自己与众不同呢？对谁都不错的男人，对你也好，有什么意思？但别忘了，岁月那么长，不做好最坏的打算，怎么迎接最好的生活？

女人天生爱做梦，成长，就是一个逐渐打破白日梦的过程。很多人在追《花千骨》，大家本来是为了看白子画，结果却爱上了杀阡陌。杀阡陌就是满足女人白日梦的那类男人，作为魔教掌门，他冷酷无情，杀人成性，却独爱花千骨，并且这爱，竟然比白子画更为专一长情、不顾一切，宁愿损毁自己看得比生命还珍贵的容貌，也要帮心爱的女人。

这是多少少女的梦，那个班里最坏的男孩，打架，撒谎，欺负女生，却只爱你一个，爱情力量大，说的可能就是这件事吧。不过这件事呢，想一想、看一看都行，千万别当真，你不是花千骨，当然也遇不到杀阡陌。

过接地气的生活

◎孙君飞

我说：“等我老了……”

老人告诉我：“别等，你现在就可以。”

据说杨绛在饮食上很节制，少吃油腻，喜欢买了大棒骨敲碎煮汤，再用汤煮黑木耳，每天一小碗。她还习惯每日早上散步、做大雁功，时常徘徊树下，呼吸新鲜空气。

这种节制、缓慢、从容、自然、优雅的生活我好羡慕，等我老了，也要这般体恤自己。

你现在就可以啊！买大棒骨很难吗？细嚼慢咽很难吗？亲近花草树木，换掉体内的浊气很难吗？

是很难，我怎么耐着性子等待大棒骨在锅子里“咕嘟咕嘟”？像品茶那样小口小口地喝汤？散步的时候如果心不“散”，我体会不到散步的妙处是不是？我想呼吸新鲜空气，可是哪里能找到那么多树木？城市里的树木也都在咳嗽呢。

老人说：“你要凝神过自己的生活。”人的生活难道是从晚年才开始的吗？尝试一下吧，先朝锅里丢一根大棒骨，听一阵“咕嘟咕嘟”再说，没有什么比马上开始生活更重要的了。带好一颗心置身生活，不要自己吓唬自己，能在生活中行动的人才是真正勇敢的人，太怯懦的人没有生活。挤一挤时间总可以吧？不争第一总可以吧？自己当自己的火车头，在自己的轨道上走，但不要快得像过山车，不要让两旁的风景闪成影子好不好？就像你说的，学会让心在生活里散步。附近没有树，你正好可以做些长时间去野外散步的准备，知道自己该丢掉什么，该找些什么，有时候只有远方才能够告诉你生活的答案，等你找到了一颗爱生活的心，远和近都没有关系了。

是的，现在人们过自己的生活是需要勇气的。我不能再等了，应该马上就去过自己的生活，不然该失去多少大棒骨和黑木耳啊。

美食评论家沈宏非说："人心散了，饭也吃不好了。自从上了微博，我拍菜的水平蒸蒸日上，吃菜的兴趣则江河日下。"这跟老人告诉我的话不是一个道理吗？一正一反讲的都是要我们聚精会神地过好自己的生活。

一个心散着的人，留给生活的影子肯定多些。心散了以后，就要想办法再聚一聚。

卞毓方最近写了一篇短文《空友》，说的是在坐飞机时认识了一位朋友。这位朋友很有意思，每次坐飞机都要记录一下年月日、航班号、座位号、出发地、终止地、里程，以及邻座的姓名、职业、地址、电话和别后的联络。为什么要这样？这位"空友"认为"百年修得同船渡"，为珍惜这份缘分，一定要仔仔细细地记下来。遇到卞毓方，是他记录的第256个。

他一定是一个懂生活、懂人生，爱自己、爱别人的人。他这个小小的举动坚持下来，不就是在聚人心、聚人气吗？在快速飞行的飞机里，他从容地、慢慢地做着很多大忙人不会去做的事情，在我们听来，难道没有深意吗？他的心悬在高空却依然记得大地上的生活，他的心没有像空气那样变得稀薄，更没有被飞行的冲击力冲散，他做了一件多么有凝聚力的事情啊。他不怕被拒绝，因为你无从拒绝。走下飞机，你若同他一起吃饭，一定会吃得很好很好。

这位无名朋友所谓的珍惜缘分，大概也是我们常说的珍惜今天、珍惜当下、珍惜眼前吧。所以不能等，更不能等到老——你现在就可以，现在就要去买大棒骨。

你是个高性价比的人吗

◎林静宜

如果高富帅与白富美不能给人以舒适度，就一定不是高性价比恋人。

记得二十来岁时，朋友送我一瓶从法国带回的伊丽莎白·雅顿，我因没有用香水的习惯，很快便把它忘了。直到大学毕业整理行李，才发现满满一瓶，扔了未免可惜，于是将它放进装书的纸箱。当我回到家打开箱子，箱子漫出怡人的芬芳，心爱的书顿时变得更加迷人醉心，讨人喜欢。

后来，再有香水，我一定把它珍藏进书柜里，与书同在。每次打开书柜，里边的芬芳令人心神愉悦，还未读书，心先怡然。原来，香水的魔力不在于取悦自己，因为如果用在自己的身上，自己永远感觉不到香味，取悦的只有别人。香水味若渗漫进书的页隙间，取悦的就是自己。

香水多了以后，我把不同香水放入不同书类的柜格里。于是心爱的书们也就分别有了不同的香味。书房好比后宫，书们就像忠实的婢女，以轻妆淡抹的姿态恭候着主人的驾临。有天，一个嗜好香水的朋友问我借书，翻书的那一瞬芳香沁心，她惊讶地说："书中睡着安娜苏！"她兴奋地说如此养书真是一件极有创意的事。我笑着回答："不是安娜苏，是颜如玉。"

原来，香水与书的搭配，不仅取悦了我，还取悦了每一个与它们结缘的人。

这是一件性价比很高的事。

记得还有一次我在上海安达士酒店等候演员戚薇给我颁奖，当天为我化晚妆的小姑娘建议我去打一针肉毒杆菌丰个唇，她说一针肉毒杆菌至少可以维持两年，会令你更美丽，而她就曾亲身试验过。我打量着她那精致美丽的脸蛋，心想，真划不来。

如果你只是为了取悦你自己，真没什么是比取悦健康更值得我们去做的事了。如果你是一名艺人，整形可能改变你一生，大约还划得来。但对一个本身就挺美的小女孩来说，如此折腾，真是花钱买罪受，性价比极低。

近期的酒会上，女人们手中把玩的清一色全是iPhone（苹果手机）。一个女友见我在用HTC（国产智能手机），劝我换成iPhone，我想，如果大家不这么人手一台iPhone的话，我的热情度兴许会高一些，就像银行员工反感穿制服一样。然而我不用iPhone更主要的原因并非它是“街机”，而是在于，它与许多手机相比，真不算高性价比，它只有一个SIM（用户身份识别卡）卡槽，又不能换电池，还不能随机同步。我有两个手机号，明明需要一部双卡双待手机。如果赶时髦，我得分成两部手机来用，多么麻烦。

性价比往往与取悦人的指数成正比，我何苦为了同大家的步调保持一致，给自己带来不必要的麻烦呢？说到底，世间任何一样有价产物，给人类带来的终极感受，应该是舒服，而非看上去很美，用起来很累。

现实告诉我们，注重生活性价比的人，才是真正懂得怎么享受生活的人。

残酷的是，找对象也如此，在他（她）没有遇到比你更俊逸、更温柔、更体贴、更贤惠、更有见识、更博闻强识的人之前，你永远是性价比最高的恋人。有些浪漫的人坚决认为情与爱不该有性价比，事实上又无比在乎两个人在一起的舒适度。

因此，懂得珍惜爱情的人，在恋爱中并非不定期地考虑恋人的性价比，而是在为不断提升自己的性价比而努力。

如果高富帅与白富美不能给人以舒适度，就一定不是高性价比恋人。

倘若只图其表，忘乎其里，最后累到的只是自己。

如果一个人特别追求时髦，而忽略了性价比，只能说明内心的空虚感已经超越了对品质本身的追求，必须靠攀比来填补。

一个人吃饭的信仰

◎郑　静

一个人吃饭，本是个自然现象。比如武松，一个人溜达到景阳冈吃饭，大口吃肉，大碗喝酒，一轮又一轮，但一下喝了十八碗酒，惹来围观群众，造成群体性事件，打死珍稀动物就不应该了。更甚的是宋江，一般情况都是和兄弟一起吃饭，偶然一人去浔阳楼吃饭就出事了。他在墙上写一首反诗，被人抓个正着，连翻供的余地都没有，不得不走上不归路——一顿饭改变人生，太戏剧性了。

一个人吃饭就是容易出事：没人聊天，没人抢肉，很容易惆怅起来。情绪一泛滥，难免就成了社会问题。大过年的一个人吃饭，那是没买到火车票，回不了家；情人节里一个人吃饭，那是剩女求安慰的节奏。一个人的饭全程充满泪点，所以大多数人不得不选择速战速决。而敢于宣扬一个人吃饭的，不是恨嫁了无痕的小清新，就是粗得没心眼的武松。

吃是一种哲学和信仰，一个人吃饭更是一种人皆点赞的生活方式。

但这一切已是历史。在今天，一个人吃饭已经升华到一种生活方式，你既可以简单直接地解决温饱问题，也可以对自己有更严格的要求。几年前，日剧《孤独美食家》被小清新们引进国内：一位叫五郎的大叔在屏幕里吃饭、念叨，从头到尾都是一个人，三年如一日。就是他，告诉年轻人：在纷乱的世界里，哪怕一个人也得好好享受美食。任何原因都不能干扰吃，它是一种哲学和信仰。

因为这信仰，爱吃的人看得饥肠辘辘、热泪盈眶，从味蕾到内心都得到升华。一个人吃饭，再也不是件凄凉的事情，它是隆重的，唯美的，纯洁的。在这位大叔村上龙的带动下，日韩中三国文艺人士纷纷加入“一人吃饭”的大军。

在一人吃饭推手大军中，做菜类影片“一人食”获得了最多点赞。和村上大叔不同的是，它让大家回家吃，每月一集的视频里有最简单的皮蛋豆腐、凉面、煲仔饭和关东煮，却让一个人的饭吃出了腔调。视频末尾出现的森女森男能烧会炒，极具画面感。

一人食的风潮瞬间暴涨，2013年年末，上海的蓝色联盟出租车上开始滚动播放搞怪“一人食”视频。圣诞花环、草莓雪人以及西蓝花圣诞树，席卷了整个网络，是为“不孤独的食物美学”。小清新人人动手制作，拍照，晒。饭，可以一人吃；点赞，得众人来。

一个人吃饭尽可按照自己的口味来，可以吃得全心全意，能“领悟人生的真谛”。

一个人吃饭，尽可按照自己的口味来。不用顾及吃了葱姜蒜遭人鄙夷，无人依偎，不怕煞风景。龙虾也好，猪下水也好，再也不用装，大蒜就咖啡都可以有。“自由”是孤独的高尚代名词。贾宝玉和他娘吃饭，会假装爱吃素，一个人在怡红院吃小灶，就时不时要来点儿好的。

一个人吃，还可以全心全意。国外的食评家大都是一个人前往餐厅，电影《料理鼠王》里，尖酸刻薄的食评家柯博先生就是这样。这个长得很不好看的大叔，面对一盘普罗旺斯焖菜，眼泪夺眶而出，妈妈的慈祥模样映入眼帘。想象一下，如果两个人同行，对面还是位美人，大叔会想起妈妈才怪呢。

最重要的是，一个人吃，可以“领悟人生的真谛”。李白一个人深夜吃饭喝酒，“举杯邀明月，对影成三人”。孤独的五郎也是在一个人吃饭的时候，发表自己对人生的种种看法，那些坚持、执着、追求，在饭桌上表述出来才显得真诚。在@一人食的系列视频中，这种情绪就有表现：各种身份的主人公都对生活相当热爱，但他们不说话，也不唱歌，就靠一勺汤一把盐来表现。通过虚化的大光圈，观众看到主人公的家都很美，小而精致，容易模仿，这是最能抓住粉丝的心的时刻。@一人食的粉丝，他们才不需要米其林大厨的秘籍——光调料都备不齐，就那种电磁炉能烧出的饭菜最贴心。看上两遍就能做，做得好不好那是后话了。有一集介绍水煮鱼，主人公单用热油就把鱼片给烫熟，当场惊呆了编导。但在后来的粉丝反馈中，有个妈妈表示失败了，因为她做了三人份的量，那勺油死活没把鱼片烫熟。可见，一个人的饭还得一个人吃，其他人只能去点赞。

一个人吃饭，吃什么并不重要，要场景优美打动自己和粉丝，还得靠“器”。

至于食材，网络上各种清新的铺子近来风生水起。东西南北的乡土食材被挖掘出来，配以动人的故事，包装极其精致，修片技术纯熟。南食召铺子里最出名的纱面，说明书里特意标明：1/2扎是一人一次的食用量。面如丝线一样盘着，裹着红笺，从取面的第一个动作开始，就得慢悠悠的。慢悠悠，这是一人食应该有的节奏。没人等，没人催，每个细节都可以仔细享受，停下来拍张照，让一人食成为一场情景剧。

所以说，一个人吃饭，吃什么并不是太重要，最亮的光环反而是在“器”身上，它们才是区别一个人吃饭还是“一人食”的重要因素。中国传统的几十头瓷器，专为全家团聚而设，绝对不适合在这场景出现。相比之下，国外的设计更切合这方面的生活经验：德国的Koziol推出过一款意大利面测量器，可以精确地拿捏一至四人的面条量，避免面对盆中剩食暗自伤神的尴尬；KirstenStuart是家很小众的设计公司，最精彩的设计是适合一个人用的早餐盘，盘子上给鸡蛋留出位置，凹面可以放果酱、黄油，另一侧正好放面包。早餐结束后，洗一个盘子就完事，很得人心。托盘也是一人食里的重要道具，不管是餐厅里的套餐，还是日本杂志里的食物摄影，饭菜要搭配好装在木托盘里，才能方便一个人端起自己的幸福。

如果武松愿意把一个人吃饭当作一种生活方式来对待——且看那景阳冈风景秀丽，山脚下一家食铺兀自悠然，颇有些古风。武松点了酒菜，肉要切薄片码得整整齐齐，看得出雪花牛的纹理；酒要装在玉壶春里，配一个三钱的杯子，材质可以是高仿的龙泉青瓷，也可以是日本切子，旁边簇拥着冰块；饭后一片潘苹果，一片褚橙，再来一杯胶囊咖啡，不加奶不加糖，然后一个人静静地看风景、发微信：“这里风景独好。”

白马公主

◎辉姑娘

上大学时的一位学姐让我记忆犹新。

大一时，北京的房价还低得离谱，大学旁边的一些住宅小区一平方米只要两千多元。那时买房也便利，付个几万元首付，按揭个千把块，也就买了。

那位学姐拼命打工攒了些钱，又问家里七拼八凑借了点儿，居然一口气签下了5套小户型住房的合同。付清首付，简单装修后就统统租了出去，每个月靠租金不但可以还掉月供，还能给自己剩下点儿零花钱。10年后，她买下的房子增值到3万元一平方米，她卖出3套，另外两套房子继续出租，一个月有近万元的房租收入，堪比高薪阶层。

但是，她并没停下脚步，这些年做基金、炒股、投资一些产业，她的存款一路飙升，早早跻身千万小富婆行列。

我曾问过她当初为什么那么有远见。她笑着说其实她并不是一个擅长理财的人，只是她当时爱上了一个同样没有北京户口、家庭条件也不好的男生，未雨绸缪，便提前为他们的小家打算，却没想到老天爷在几年后送给了她一份大礼。

她与我们开玩笑："没有白马王子，做个白马公主也不错。因为王子随时可能不爱我，但驯马的本事永远属于我。"

有一次我去看球赛，天降大雨。北京工人体育场门口有个卖一次性雨衣的姑娘起劲地叫卖。我买了雨衣，顺便与她聊了几句。她居然还是个大学生，很实在地对我说雨衣的进货价很便宜，一块钱一件，卖15元两件，两个小时可以净赚五六百元。不下雨的时候她就卖荧光棒，也能赚个几百元。

我看她在雨里冻得哆哆嗦嗦，问她为什么这么拼命赚钱，很缺钱吗？她说她是从农村出来的，家里有3个妹妹都在念书，全靠她一个人供，她平时还兼着几份工。

我问她是否在谈恋爱，她说："我家这情况，哪个男生敢跟我一起承担呢？"我说："那真是遗憾，你这么好的姑娘……"她眨眨眼，笑了起来："我不怕，自己有本事挣得到钱，给家人花得也踏实。要是真向别人伸手，欠的就不只是钱了。”

曾经的一位女领导，是我见过的工作最拼命的人，几年下来不但自己买了房、买了车，还把父母接到北京来，安置得妥妥当当。她实在不算漂亮，身材矮小，皮肤黝黑，甚至有些男下属在背后用“丑”来刻薄地形容她。她最崇拜范冰冰，时常把那句“我不嫁豪门，我就是豪门”挂在嘴边。

有一次喝多了酒，她对我说了几句心里话：“能照顾一个女人一辈子的，除了男人，就只有物质上的实力。我不能因为没有人愿意娶我，就自暴自弃，失去爱自己、爱家人的能力。”

同事的妹妹，19岁就得了一种慢性病，虽不致死，却终身有碍于生活。没有男人愿意娶这样的女子做老婆。然而我每次见到她，她都没有丝毫悲伤的表情，总是乐呵呵的，见人就热情地打招呼。她自学了法语和西班牙语，给一些外商当翻译。业余时间她还去学绘画，在不大的家里贴满了画作。

后来有画商看上了她的画，为她办了一场画展，并且销量相当不错。从此她正式涉足艺术圈，身价倍增，有人开始追求她，声称完全不介意她的疾病，只爱她的才华，希望照顾她一生一世。姑且不论她是否会接受这段爱情，结局又是否美满，单是她这份为自己打拼的勇气，便值得敬佩与赞赏。

这些女孩没什么不同。不管她们是脚踩水晶鞋还是马丁靴，都会活得风生水起。白马是本事，公主是心态，她们都是骑着白马的公主。

我们从来无法决定出身，唯一能决定的，是让自己变成怎样的女孩。白马公主，在等到属于你的白马王子之前，不如为自己养一匹白马，让他觉得在爱你的人之外，还有惊喜的附加值。这不算倒贴，而是他的福气，也是你的退路。

如果实在没有遇到王子的命，那也无妨，索性鲜衣怒马，扬鞭而去，一骑绝尘，潇潇洒洒。总会有人遥遥指着你说——看，我也想像她一样，拥有一匹自己的白马！

任何一种生活里都能找到幸福

◎金　星

做母亲时我就是个最平常的女人，我对我孩子的期望也只是希望他们能够像平常人家里的孩子一样，快乐、健康，以后能为自己的人生做出选择。尽管他们的妈妈有点儿特殊，但我希望他们成长的时候就能学会用平常心看待世界，能与人真诚交流，希望他们能从最普通的生活里看到最真实的美好。

这是很多父母会忽略的一种教育，但在我眼里格外重要。

我经常在与普通人的交流中得到快乐。我不会用我的光环来罩着你，你也不用迎合我什么。所以我跟那个骑三轮车的大爷、看门的保安、打扫卫生的阿姨关系都很好。每次带着孩子碰见他们，总会热情地招呼两句，孩子看在眼里就能知道该怎么尊重别人。

搬家之前，我特别喜欢逛附近的一间小店，里面都是一二百块钱的花裙子，一直买一直穿，和老板娘也熟了，拉拉家常，讨价还价，最后开开心心地做成了买卖，如果孩子在身边，他就会看到这就是真实的生活。妈妈虽然也会去旗舰店买名牌衣服，用来出席一些重要场合，但生活里更常去的是这样的街边小店，你来我往，物质的买卖间更有人情在。

陕西南路路口那边，晚上经常会出来一对安徽小夫妻摆着一个炒米粉小摊，过去我们是那里的常客，他们做的东西既干净又好吃。认识他们有六七年了，他们刚有孩子的时候我也知道，我们小三的衣服全都打包送给他们家。我说别嫌弃啊，都是些穿不下的，扔了怪可惜的。他们接过衣服，特别感激。也从不见他们四处说我和金星很熟，也不会因为这个不收我们家吃米粉的钱，该怎样还是怎样，特别踏实。许久不见了，关心一下我最近是不是太忙，别太累。有一年新年，我把这小两口请到我们家的院子里来，那晚所有的客人都吃上了他们做的东西，炒面啊，炒饭啊，馄饨啊，都说好吃。我看着这小两口，到上海谋生，从没孩子到有孩子，一直就在那儿本本分分地生活，它成为我在上海最重要的一个记忆和风景，心里特别珍惜这幅画面。我经常带着孩子们去那里，就算现在搬家后离得远些，每个月也会特地跑过去吃点儿东西。人与人之间这种真实平等的关系真美，我想让孩子们从小就能理解这种美。

有一天，我在录节目的时候收到老公一条短信：“我跟你讲个故事。”那天是我老公带着嘟嘟去一个弄堂里修大衣拉链，一对八十多岁的老夫妻在那里摆摊，他们俩一看，老伴儿给老头打下手，那老人特娴熟地就把拉链修好了。极其俭朴的生活，却充满了对生活的热情，还带着一辈子留下的手艺在继续为别人服务，这幅画面把嘟嘟感动坏了。回家路上，他都在跟他爸爸念叨：“那对老夫妻太幸福了，爸爸，你看到了吗？他们真是太幸福了。”到了家后又迫不及待地和我家阿姨说：“他们可会修拉链，过得可幸福了！”这种幸福感染了我儿子，也感染了我老公，他急着要把这种幸福和我分享。坐在化妆间的我也顿时被这种幸福感染了。我还感到欣慰，那是我儿子发现的幸福。

我有能力的时候，会尽力给孩子们一个充分发挥的成长环境，但世事无常，我不保证这样的物质基础会一直都在。如果有一天妈妈突然住不起大房子，也没有那么多人认识妈妈了，我就想让他们明白，就算回到一个最普通的生活层面，我们一样可以过得很好。他们已经在别的地方看到了那种最平常的幸福，不是住在高楼大厦里，不是西装革履，而就在最简单的生活和最丰满的心灵里。

这个世界上有很多种生活，就算命运将你推向任何一种层面都别奇怪，别怨天尤人。它并没有剥夺你幸福的权利，在任何一种生活里，我们都能找到属于自己的幸福。

匀速追求梦想的女子

◎素　猫

那天路过某家陶艺馆，本来，只是进去玩玩的。

李老师就坐在馆中一隅，两条麻花辫，一身素净的衣服，套了条宽大的围裙，一裙子的点点黄泥巴，显得她无比瘦小。

后来才知道，她也算是半个新人，来馆里才几个月，半打工，半学习，不要薪水，管吃管住就成，顺便看馆。我就跟着她从零学起，没几分钟，我就气急败坏地对她喊：“不行不行，又坏了。”

她教我：“静，首先要安静。”

于是学她，深呼吸，调整心情，泥巴慢慢在手中活了。

中午吃饭，我边洗手，边叫她：“不如一起喝个茶？”

她没有拒绝，却带我去了楼上她的“工作室”，也是她栖身的小房间，不足十平方米。

真正的陋室，除去一些书籍和必需的生活用品，洁净的房间里简直别无他物。

茶是她的朋友从外地寄过来的，香甜醇厚，茶香氤氲，她说，明年我就去武夷山学做茶。我又一次惊讶得合不上嘴。我结结巴巴：“那你靠什么生活呢？”

她抬起头看着我说：“生活本来就是很简单的事情啊。”

这句话的意思，我花费了半年才明白。

一天，某朋友临时来西安游玩，我匆忙赶到机场接机，意外发现此刻本该在外地出差的老公，正和某女子在机场大厅甜蜜相拥。

突如其来的变故让我错愕在当场，我平日里引以为傲的幸福，像一个肥皂泡，经不起指尖轻轻一戳。

我只好去了李静家，像一只失魂落魄的狗。那天晚上，她把我包裹在一床毯子中，陪我坐在沙发上。我的眼泪一直流，她什么也没有说，只是偶尔递给我一块热毛巾。这适时的温暖，像一只熨斗，慢慢熨平我满是皱褶的心。

晚上，她给半干的陶器绘画上色，我则坐在一边心事纷乱地看书。其实，一个字也看不进去。

休假的时候，她便邀请我采土做陶。做陶的时候，才觉得慢慢看清楚和靠近李静这样的女人。

没有感情缺失的患得患失，没有物质上的渴求，只有做陶。真的如她所言，生活可以简单到只剩下几件事。

我突然醒悟。我为什么还要纠结于一个已经不爱自己的人呢?

我和老公办完离婚手续，辞掉了别人艳羡的工作，用全部积蓄开了一家小小的咖啡馆。养了几只捡来的流浪猫，窗户边，种下的绿植，都是李静送我的种子。

从小到大，我没有为自己活过一天，每条路，都事先被选择，被安排，我只是顺势流动。但是，李静的出现，让我有了自己的河床。

她又去了武夷山。她告诉我，这次为了学做砖茶，没有白跑一趟，修成正果啦。

一个女子存活于世的安全感，并没有设置那么多，或者，只需要一点点，就够了。

奥修说："别说是不安全的，叫它'自由'。"

我想，他是对的。

当个高级粉丝吧

◎米　青

现在是粉丝流行的年代，但粉丝的背后，代表着一种苍白，因为除了追捧，对自己没有任何提高和影响。可是，暗暗观察，生活中有些人则很不一样。

我认识一位非常有趣的女人，她称自己是“蔡粉”，就是蔡澜的粉丝。她是一高级吃货，很认同蔡澜的生活方式，把他的美食词典当作枕边书，对里面诸如一樽简洁的白豆腐吃出无限美味这样的片段了然于心。她在家做的豆腐小吃自是一绝，开水一烫加一点儿盐一点儿糖，夏天用矿泉水冰镇，怎么吃都不厌。先生举办的微博大赛，她为了一道创意早餐动足了脑筋，开车去荷塘摘荷叶，自制芝麻酱，做面条，然后配上米酒，煮成色香味俱全的荷叶大餐，好看又好吃，比赛拿奖是其次，这个过程让她充分发挥了想象力，她是真正地享受其中，学到精华和神韵，然后自己去延伸它，提升自己的生活品质。

她去先生最推崇的城市墨尔本，学到了先生的溜达方式，买最好的食材，买性价比高的葡萄酒，回旅店自己动手煎牛排，然后坐在院子里享受真正的墨尔本慢生活时光。她真的是领会了某种城市精髓。

蔡澜有一句话：我的健康方式是喝酒吃肉不运动。在健康口号此起彼伏，成为一种全民运动，谈健康色变的时代，大家喝水怕水有问题，吃肉怕肉有问题，喝咖啡又担心咖啡因，想吃的不敢吃，想做的事不敢做，这样活着有什么意思？人生就是要有一种瘾，要适度中毒，恰到好处地坏，不然有什么乐趣？她极其推崇先生的这种观点，也是坚定的实践者。比如，在夏天她打电话给朋友：我想吃火锅了，一起去吧。于是，我们大热天吃火锅。这就是她的理由，我想吃辣了，说明体内缺辣，一辣出汗，身体每个毛孔就通畅了，舒服啊。

很多人说她这么多年还能身材像少女，那么苗条，她说：“我吃故我瘦，我想吃什么说明身体缺什么，很自然的事。我只吃我自己真正喜欢的和需要的东西，而不问这些东西有多少热量和咖啡因，会不会使身体肥胖。”她有一个结论：人在吃到令人愉悦的食物时，身体反而会分泌出一种使人苗条的激素。说实话，看到这句话，真的令人开心。有些人从来不用化妆品，反而会显年轻，这是同一个道理：因为心情愉悦，会分泌出一种年轻因子。

更有趣的是，她还是一个小面馆老板的粉丝，因为这家店的老板相当有趣，一碗面里道理不断，小铺子里的桌子每天用碱水洗得干干净净，一碗面里精彩纷呈，面的筋道，调料的新鲜度，花生米的清脆度，辣酱的回味度，姜末的碎度，都是有讲究的，一碗面多一分嫌多少一分嫌少，这个老板，任何时候都是干干净净熨得笔挺的衣服，戴着干净的白帽子，他的记忆力绝好，你喜欢辣的酸的要葱的，他都一清二楚，眼睛都不看你的。每一位客人来了都是熟客，配一碗自家的泡萝卜送给你。一碗面里是有某种精神的，你经常看到的是老板永远精气神十足地站在热气腾腾的面汤背后，头发一丝不苟，面永远口味不差。让你吃一次，也恢复了某种精神。这样的人不是偶像是什么？做一碗面都有讲究。如果世界上多些这样的人，很多事都简单得多，不会有那么多纠结了，你整天抱怨，手上的事做好了吗？有资本吗？她从一碗面阐发了无限的理论。她是忠实粉丝。

时间大盗

◎蔡　澜

好玩的事物太多了。抽象的东西也好玩，那就是玩时间。如何玩时间呢？很简单，睡得少一点儿就是。

大家都说我们需要八个小时的睡眠，这都是医学界的理论而已。我本人长年每天最多睡六个小时，每天赚两个小时，一个月就是六十个小时，等于多活两天半，每年比人家多三十天，多好。

除此之外，一个星期熬一两个通宵，也不应该有什么问题。当然熬通宵也有学问，六点放工，七点吃完饭，先睡到半夜十二点，也有足够的五个小时，从十二点开始做自己喜欢的事，做到天亮，多六个钟头。

这时候，看着窗外天色的变化，先是有点儿红色，红中带灰，又转为白。远山是紫颜色的，啊！为什么从前没有注意过紫色的山？

清晨的空气是寒冷的，但是舒服到极点。那种意想不到的清新，呼唤着你出门。

到街市去买菜，去金鱼街看打架鱼，去雀仔街买鸟，买活蟋蟀给鸟吃。太残忍了，买花去吧。

生活在早晨的世界里的是另一种人类，他们的表情无忧无虑，他们是健康的、活泼的。相反，深夜又是另一个世界：大家是那么颓废、萎靡，但又能看出享受的满足感。

早起、迟睡、赶通宵多了，人就容易疲倦，这也是必然的，克服的办法是英文中的“猫睡”，像猫一样地随时随地打瞌睡。只要你睡眠不足，便会锻炼出这种身体功能。

中午吃完饭，也能坐在椅子上入睡。算好开工时间，有半小时就半小时，五分钟也不拘。

不花时间在睡觉上的人多数是健康的，他们已经把睡眠当成一种福分，一种享受，哪里还有精神去做噩梦？

夜宵是最大的敌人，尽量避免，否则想熬夜也熬不住。如果一定要吃，就喝点儿汤吧。随时把汤料扔进一个慢热煲，准备一碗广东汤，享之不尽。

早餐是重要的，懂得玩时间的人总能抽空为自己准备一顿丰盛的早餐，再不然，找不同的东西吃也是乐趣。今天吃粥，明朝吃面，吃点心、吃街边的肠粉，再来一屉小笼包，或再来碗油豆腐粉丝，总之要吃得饱，吃得饱才有体力。

有多少病人是被吓死的

◎章蓉娅

我曾经在门诊遇上一个70多岁的病人，看起来很年轻。我给她检查身体时发现她肚子上有两道长长的疤痕——一看就做过好几次手术，估计是个命运多舛的人。出于医学上问诊的需要，我必须详细追问既往病史和手术史，于是我只好小心翼翼地问她以前得过什么病，做过哪些手术。一般人被问到这样“揭伤疤”的问题，回答时常常会带着对命运不公的抱怨。可这个病人不是，她幽默地回答了我的问题——

“30岁时，我做了横结肠切除，于是我成了断肠之人；50岁时，我做了胆囊切除术，于是我成了无胆英雄；70岁时，牙掉光了，于是我成了‘无齿之徒’……”

我们所有在旁的医生都被逗乐了。我们为她乐观的生活态度、积极的心态、直面疾病的勇气所折服，对她充满了敬意。她看病住院的整个过程也十分轻松融洽。我相信无论到了哪里，她都会受到尊重，因为她有一颗乐观的心。

乐观的心态，可以让人健康、长寿、年轻。

我的另一个病人，一位72岁的老太太，每天把所有的化验结果、用药、症状波动、饮食营养还有其他特殊情况，都拿小本子一行一行记下来，先后记录了7个本子，记录得既工整又严谨，堪与科学实验记录相媲美。老太太这种认真对待生命、认真对待自身的态度让人敬仰。她前后做了两次手术，历经10程化疗，还乐观地活着——到现在已5年。而她得的，是最恶性的卵巢癌——浆乳癌，得这种病的人平均存活时间不到两年。

我还有一位病人，是我做过手术的人里年龄最大的。老奶奶已经90多岁了，心态也特好。做完全子宫切除手术的第二天，一大早她就下地，忍痛坚持走到太阳底下，而和她同时做手术的其他病人，包括不少二三十岁的小姑娘，都还躺在床上嗷嗷叫呢！最后，老奶奶是术后恢复最快，也是出院最早的。90岁的老人，却比一般年轻人痊愈更快，问起原因，她说主要是心态好：“每天早上我一看到那灿烂的阳光，就觉得这世界特别美好，仿佛有使不完的力量。”这种力量支撑着她走出两次孩子夭折、老伴儿过世的阴霾，支撑她在如此高龄顺利做完手术，健康乐观地活到现在。

乐观不是老年病人们的专利，年轻病人里也有不少乐观的天使。我有一位病人得了一种极其难治的病，平日里三天两头跑医院，还先后住院好几次。第一次住院，她自学了西班牙语，第二次住院她自学了油画，第三次住院，她自学了水彩画，还利用病假在家自学了意大利语。最后一次出院时，她告诉我，等病好了一定要去欧洲看看，要不然西班牙语、意大利语都白学了。好久没见到她，不知道她现在情况怎么样。希望她的欧洲之旅已经成行。面对内心如此强大的病人，病魔还好意思纠缠吗？

一个19岁的小姑娘，肚子里长了个巨大的瘤子，肿瘤指标很高。她跑了全国好多家大医院，找过不少著名医生，大家都觉得恶性的可能非常大，手术风险很高，就算做手术，也有可能开了肚子就得关上。最后她来到我们医院，坚决要求手术。手术前，教授很沉重地对她说：“你要有思想准备，恶性的可能性很大，提示不好的五条指征你都具备，起码有90%的概率是癌。”她却乐观地说：“那我还有10%的希望呢！不试怎么知道没有希望呢？”最后肚子打开，发现卵巢上长了个直径近30厘米的肿瘤，重十多斤！看着像是恶性的，但手术病理出来，居然是良性的！幸亏做了手术。不然十多斤的瘤子要是破了、扭了、感染了、恶变了，可是随时会要命的。手术室医生护士纷纷感慨：“乐观心态多重要啊！”

病房是个小社会，我经常在这个小社会里接触来来往往的病人。他们的心态各种各样。有绝望、自杀的，也有选择坚强面对、乐观过好每一天的。坚强乐观者的治疗效果往往比绝望悲观者好很多。有的病人眉头紧蹙、怨天尤人，总在问“为什么就我那么倒霉？”他们住院前后的言行举止会有显著变化。也许疾病本身并没有引起这种变化，而是他们自己的心理暗示——“我生病了！”“我是个病人……”“我很虚弱……”——时时把自己弄得很脆弱，结果就真的越来越弱了。有的病人性格开朗、乐观坚强，住院期间还学习画画、插花，自学医学知识或准备专业考试，不把自己当病人，不把住院当受刑。第二类病人往往恢复更快，周围的人也更乐于帮助他们。

乐观心态是战胜病魔的一剂良药。乐观本身就可以调动人体潜能，激发出更好的身体状态来应对疾病。乐观也有利于睡眠和进食，有利于提高自身免疫力，而自身免疫力是战胜疾病最好的药方，小到感冒，大到肿瘤。当然，绝大多数疾病不能仅仅依靠乐观心态而自愈，治病主要还得依靠药物和手术，但是乐观心态是最好的一剂辅药。

人生在世，想完全不生病是不可能的，关键要有与疾病和平相处的心态，尽量减少疾病对自己生活质量和心理健康的影响。心理学说，如果你改变不了社会环境和既成事实，那就改变心态吧！很多疾病本身对人身体的危害，远不及疾病带来的恐惧所造成的危害。最好的例子是失眠。偶尔的失眠也许只是身体激素波动导致的，于健康无碍。失眠对人最大的危害并非它本身，而是它带来的担心和焦虑，会导致一个恶性循环。每次我失眠，我都坦然接受这个事实：反正一晚上不睡也死不了人。

与疾病和谐共处！记得揣着那味叫“乐观”的良药！

乞怜人

◎吴淡如

不善于理性沟通的人们，用来操控别人以取得自己所需要的惯用方式有两种：一种是积极命令式的，直接强迫别人屈从他；一种是消极乞怜式的，利用别人的同情心以争取注意。这个时代，人人吃软不吃硬，命令式通常会招致反感，但“乞怜式”似乎还能达到相当效果。

校园恋情结束后，自觉受了委屈的女孩或男孩，常会特意让自己变得非常憔悴，让全班同学“同仇敌忾”，谴责那个“不知好歹”的人。家庭主妇煮好了晚餐之际，却接到丈夫告知有事不能回家吃饭的电话，常常以“不等到你就不吃饭”来作为消极抗议，为的是让丈夫回家愧疚万分。男女朋友在吵架非常激烈时，其中居弱势的一方有时会以头撞墙，甚或拿出刀片来指着自己的手腕威胁，或在外头下大雨之际还故意淋成落汤鸡，这种“损己不利人”的牺牲方式，都是“可怜人的乞怜戏”，它和强迫别人屈从的方式其实有异曲同工的效果，为的就是争取注意及达成目的。前者是“豪夺”，后者是“巧取”。

但“乞怜者”常因自作自受而变成真正的可怜人。久而久之，他们会以眉头深锁和到处诉苦为争取一切“心之所欲”的手段，乞怜的“边际效益”却越来越低，因为没有人能欢欢喜喜地跟一个“可怜虫”相处，心甘情愿地关爱他们。

利用自己的可怜与悲伤来吸引别人同情，其实没有办法称心如意很久。人人或多或少曾利用“乞怜戏”达到某种目的，但在自己心里出现“可怜可怜我”的呼声时，不妨正视内心，问自己：“你到底想要求什么？”能够正面沟通就正面沟通。

因为同情毕竟不是爱，不需委屈自己做感情的乞丐。

叩谢鸟小姐的秘密

◎［日］村上春树　译：邓丽卿

叩谢鸟小姐的本名叫鸟山恭子，她每次从笔者手上拿到稿子，一定深深地鞠躬叩谢，说道：“谢谢您，谨拜收您的原稿。”所以编辑部里的每个人都叫她叩谢鸟小姐。鸟山小姐今年26岁，独身，是个品貌俱佳的美人。东京学艺大学国文系毕业，在社会上做事已经有4年了。作家们受到鸟山小姐拜托时，往往不知不觉中就答应了。总编辑对于她的工作很满意：“她有很好的教养，现今大学毕业的女孩子，有谁能像她这么准确地使用敬语？有谁能像她用这么文雅的词句呢？”

可是我知道一点点叩谢鸟小姐的秘密。有一个星期天上午10点的时候，我打电话到叩谢鸟小姐的家里。虽然休假日的早晨不太好意思，但我想必须早一点儿确认截稿的时间。电话是她母亲接的，叩谢鸟小姐与母亲两个人住在小金井。我向她母亲说：“假日的大清早，就打电话打扰您，实在非常抱歉。因为工作上有点儿急事，能不能麻烦您叫一下恭子小姐？”我客气地请求。“请您稍等一下，我这就去叫恭子。”她母亲也礼貌地答道。

等了一会儿，传来和平日大不相同的叩谢鸟小姐奇妙而尖锐的声音，如果大胆取个譬喻的话，就像在剥了皮的肚子上涂上盐巴所发出来的声音一样。然而这确实是叩谢鸟小姐的声音。“嗯……谁呀！真是的，星期天的早上啊！正想好好睡个懒觉，真是的。什么电话？高雄是吗？反正，我正要去上厕所，让他等一下好了啦。昨晚喝太多啤酒了，现在一肚子水……嗯，不是高雄啊，啊啊啊，那……不妙，听到咕噜咕噜的声音了，这……”

当然我就这样马上把电话挂掉了。谢天谢地我没有报出自己的名字。

至今叩谢鸟小姐仍行礼如仪地拜领原稿。

甚至有人说她具有贵族的血统呢！每当这个时候，我就装作什么都没有听到，默不作声。

首先想到谁

◎张小娴

一个男人，同时爱着两个女人，他不知道自己爱她们哪一个多一点儿。有人教他：

“你遇上开心的事情，首先想到要告诉哪一个？你首先想到她，就是爱她多一点儿。”

不，这不是验证爱情的唯一方法。

你悲伤的时候，你想跟哪一个在一起？你首先想到她，才是爱她多一点儿。如果你开心和悲伤的时候，首先想到的，都是同一个人，那就最完美。如果开心的时候和悲伤的时候，首先想到的，不是同一个人，我劝你应该选择你想和她共度悲伤时刻的那一个。

人生本来是苦多于乐。你的开心，有太多人可以和你分享，不一定是情人。如果日子过得快乐，自己一个人也很好。悲伤，却不是很多人可以和你分担。你愿意把悲伤告诉他，他才是你最想亲近和珍惜的人。

倒过来说，开心的时候才想起你，悲伤的时候，就去找别人。这种情人，太不稳定了，他并没有把你当作可以厮守终身的人。

情人在快乐的时候，首先想到我，我当然高兴。然而，他在悲伤的时候，也愿意来到我身边，让我看到他的软弱，我才会相信，我在他心目中，是很重要的。

你悲伤的时候，首先想到谁？

为了给母亲看

◎徐鲁熊

熊召政潜心写作《张居正》的那几年，他的老母亲一直陪伴在他身边。只要看见儿子坐在书房里写作，她会一整天都坐在客厅里那个能望得见儿子背影的沙发上，默默地陪伴着儿子。熊召政写累了，就到客厅里陪母亲说会儿话，这时，母亲就会讲述英山老家的一些旧事。《张居正》就是这样在老母亲的视线里，一卷一卷地写着。

当《张居正》写到最后一卷时，出版社催促得紧，熊召政的夫人是一个单位的领导，工作很忙，儿子又在国外念书。他想，也许自己没有更多的时间陪伴老母亲说话，就把母亲送回英山老家暂住。然而，有一次他回英山看母亲时，母亲却对他说，她只要一天没有看见儿子的身影，心里就觉得空荡荡的。这时候，老人年事已高，渐渐显出阿尔茨海默病的症状，但是，她希望儿子赶快带她去治疗。老人想赶紧治病的唯一原因，就是怕自己一旦得了阿尔茨海默病，就再也不能望着儿子在那里写字，再也不能和儿子一起说话了。那一次回老家，熊召政二话没说，就把老母亲又接回武汉。事后，他对好友说，他当时就明白了，如果没有母亲，如果连母亲想天天守候在儿子身边这点儿愿望都不能实现，那他写作又有什么意义呢？

在最近几年里，母亲的阿尔茨海默病更加严重了。一天，当家人告诉她，熊召政的书获得了茅盾文学奖时，老人家竟然奇迹般有了一瞬间的清醒，坐在那里自言自语地说道："你们哪里晓得，召政从小到现在，吃了多少苦啊。"那一刻，熊召政也从内心里明白，他的每一本书，他的整个写作，也都是"为了让母亲看的"。

距离近了，便没有了英雄和美人

◎东归雀

他曾用20分钟的时间，写下对她的美誉：如果有一个新女性，又漂亮又漂泊，又迷人又迷茫，又优游又优秀，又伤感又性感，又不可理解又不可理喻。写的一定不是别人，就是她胡因梦，字字生香。

李敖一生倨傲，有才情却屡屡不得志，一生艳遇不断，阅美女无数。他与胡因梦一个是在文化界呼风唤雨、才气横溢的作家，自命的超人、情圣；一个是影视明星，才貌俱佳，个性开放，是许多男人的“梦中情人”。两个人一搭一档，外人看来，可谓棋逢对手，将遇良才。可两个人轰动一时的婚姻仅维持了三个月便宣告破裂。

胡因梦与李敖的第一次会面是在萧孟能花园新城的家中，也可能是萧孟能的有意安排，因为传说胡因梦很想结识李敖。据胡因梦后来回忆说：他当时的穿着很保守，两只手臂的比例稍短了一些，手形也比一般男人小，整体看来带点儿阴柔的气质。当时我穿了一件淡柠檬绿的棉质长袍，光着一双大脚，连拖鞋也没穿。李敖一整晚都盯着我的脚看，后来才知道他有点儿恋足癖。

没隔几天，李敖就带胡因梦去金兰大厦的家见识他的十万册藏书。两个人坐在沙发上闲聊时，据胡因梦说：“李敖突如其来地吻了我，而且头摆的角度是直的，竟忘了接吻时头得歪一点儿才行。”当时李敖还有一个女友，李敖对她说：“我爱你还是百分之一百，但现在来了一个千分之一千的，所以你得暂时避一下。”他给了前女友210万元，打发她去了美国。

他们也曾深深爱过！每天早上她一睁开眼，床头一定齐整地摆着一份报纸、一杯热茶和一杯热牛奶。那是他为她准备的，整洁的温暖。她也想带给他快乐，在他面前跳她自己发明的女巫舞，翩跹若蝶。但是这样的琴瑟之好并没维持多久，有着独立个性的两个人便因生活的琐碎开始吵个没完。

她喜欢光着脚丫在地上走，他却反应强烈，认为灰黑的脚底对他来说简直是一项不道德的罪名。还有一回，她兴致盎然地下厨为他煲排骨汤，却因为不知道排骨需要先化冻，而被他骂作“没常识的蠢蛋”。

为了与他白头到老，她到庙里去烧香，她听从僧人的指点，在床角放铜钱来保持婚姻的持久；他对此却很反感，把那样的做法归为鬼话，惹得她赌气说，从这件事，我看出了你不是真正爱我。

胡因梦后来说李敖不是一个能在女人面前低头的人。这些分分合合，千回百转，任是意浓情深，最终还是黯然分手。

“当他和我握手的那一刻，我突然很清楚地感受到，手心还是有感情。”她离婚时泪如泉涌地说。许多年后，他也还是记得她刚洗完澡，裸着身子出来抱着那只暹罗猫并把猫抱到怀里亲了又亲的场景。他深情地说：“这是我一生中看到的最美的人猫画面。”

他们，一个有着司马迁、文天祥那一类血泪染成的“慷慨过闹市，从容做楚囚”式的真善美；一个则浑身是戏，有着亦幻亦真的浪漫情怀。如此良人绝配，本想着天长地久，谁料到，阴差阳错，缘尽梦醒。

其中缘由，许是她的那句伤心之语吧：偶像是只适合远观的，一旦生活在同一个屋檐下，所有琐碎的真相都会曝光，在同居者的眼里既没有英雄，也没有美人，只有过日子的凡人。对此，我们唯有感叹唏嘘。

先走一步的葛尔红

◎吴苏媚

海明威结过四次婚，负了不少女人，只被抛弃过一次。这桩事情是玛莎·葛尔红在1944年干下的，于是她成为海明威最痛恨的女人，专门写了极其下流的诗报复她。

葛尔红和海明威1936年相识于酒吧，比起海明威的其他女人来，身为作家和记者的葛尔红是唯一在才智上与他旗鼓相当的。海明威把《丧钟为谁而鸣》献给了她，其寓意是——你是我小说里那个美丽的金发女郎。

1940年11月，海明威离开了他的第二任妻子波琳，与葛尔红结为夫妇，她32岁，他40岁。1941年葛尔红应《考利叶》杂志的聘请，前往中国采访战事。海明威在无法阻止她的情况下，只好一同前往。这场旅行彻底暴露了两个人性格中的不和谐，面对个性独立、事业心强的葛尔红，海明威不能够扮演好陪伴的角色，嘲笑她“喜爱人文却憎恨人类”。葛尔红的强硬和骄傲比起海明威来有过之而无不及，她激烈地与这位著名的硬汉对决，和他之前所有的女人都作风迥异。

重回古巴后，两个人的关系继续恶化，比如葛尔红强烈反对海明威酗酒，酒精让他变得脾气暴躁，葛尔红曾把醉酒的海明威扔在车子里。她也非常厌恶海明威那群肮脏的猫。海明威纵容它们在餐桌上乱窜，于是葛尔红就把它们全阉了。

喝醉的海明威会在半夜吵醒葛尔红，冲她大叫大嚷肆意嘲笑，这样的事情没完没了，葛尔红再也无法忍受下去，做出了离开的决定，不惜失去自己在古巴所有的财产。

这场糟糕的婚姻结束后，两个人老死不相往来。葛尔红曾经断言海明威会进疯人院，事实上结局更坏，1961年海明威对自己开了枪。葛尔红则寂寞地活到了90岁，于1998年吞服安眠药自杀为终。

作为战地记者，葛尔红的成就是相当显赫的，她以女子之身亲历了八场硝烟弥漫的战争，把这项危险的重活儿干得有声有色。她一生追求独立自由，在枪林弹雨里出生入死。她生得美，追求者众多，但她宁愿久居非洲，不与他人往来。如此魅力超凡、内心强大的女人是不会低头的，也不会被另一个人消灭，无论那人是谁，她都将独立存在，她生来不是附庸。

当一个男人非常优秀时，会有许多女人争先恐后地来做保姆，以服侍伟人日常起居为幸福。而优秀女人就没有这么物美价廉的出路了，倘若真有男人也这么低声下气，她只会越发地蔑视。当真遇上棋逢对手的男人，照样也要失败，因为男人无论怎样欣赏女人的独立，也希望局面的掌控权在自己手里。

能给海明威吃苦头的永远只能是葛尔红这样的女人，美丽聪明，独立决绝。阅尽中外名人的情史，女人通常都是被欺负得死去活来还不敢怨尤，默默无闻地死了一批又一批，好像她们的牺牲如蝼蚁般不值钱，而经受过的伤害也不值一提。

像葛尔红这样的女人是极其罕见的，因为女人总是不愿意彻底死心，哪怕手里全是烂牌也要守到最后一刻，非要别人将她扫地出门才真的相信散场了，有太多的女人哭嚷着说要离开，其实不过是惺惺作态，妄想以退为进，渴求男人伸手挽留。

葛尔红走了就真的走了，她的冷峻气质与坚强内心，使她无论在战场还是情场都没有沦为弱者。先走一步，把抓狂留给海明威。先走一步，把海明威变成怨夫。爱情的事，历来都是谁先动心谁输，谁先离开谁赢。就算对手是海明威也一样。

舍不得让你输

◎童　话

他和她是同事，在同一家工厂的流水线上，两个人上班每天面对着面。她有时候会看着他走神，他有张好看而略略颓废的脸，不像个车间里的工人，倒是像外面美发厅里那些男孩子，眉眼间似会飞出朵朵桃花。看得多了，他注意到她，便总是冲着她笑。她低下头，脸就红了。

很快，周围的同事也窥测出她的心事，频繁开起他俩的玩笑来。这样一来二去，她和他，竟真的成了恋人。

他们都到了结婚的年纪，那天一起吃饭的时候，她犹豫着，提到了婚事。当时他愣了一下，没有作答，半天，才嗫嚅着说："只怕，只怕以后，你跟着我会吃苦。"

"不怕的。"她小声说。

他不再说话，轻轻地叹了口气，在她看来，他算是答应了。

回到家，她把两个人的事告诉了父母，遭到他们的强烈反对。父亲是工厂的老职工，认识他，对他印象不好，一直就反对他们交往。理由是，他是个不上进的男人，懒散，没事业心，还跟社会上一些不务正业的年轻人来往，女儿跟了他，以后绝对没有好日子过。尤其现在，工厂效益每况愈下，有能力的人都自己出去单干了，而他还在流水线上混着一个月几百块钱的工资……这样的男人，没前途的。

不仅父母，当初开他们玩笑的同事中，和她走得近的，也反对她嫁给他，理由和她的父母一样，说这样的男人，喜欢可以，绝对不能当丈夫。

她却铁了心一般，不管谁劝，就是一句话，我就要跟他。

父母失望至极，母亲冲她嚷，你这是拿自己的幸福赌博！

她抬起头，斩钉截铁，就算是赌博，就算会输，我认了。

所有人的阻止都无济于事，24岁，她嫁给他为妻，租了套小房子，从家里搬了出去，这也似乎更证明了大家的猜测，他是她本命年的劫。

可事实却出乎所有人的意料，结婚后的他，像变了个人，分外刻苦努力起来。他先是离开半死不活的厂子，断了与那帮狐朋狗友的联系，去一家私企跑起业务。

开始时没底薪，他又是外行，不知道走了多少弯路，费了多少心思，总算艰难地在那家公司站住了脚。那一年，她看着他变得又黑又瘦，大夏天顶着太阳走在快被晒化的柏油马路上，汗都顾不过来擦。晚上几乎没有在10点前回来过，一回家，倒在床上，衣服不脱就睡着了。

一年后，他的工作走上正轨，业务提成渐渐多起来，而她却下岗了。索性，他不让她再出去工作了，安心待在家里，等着做母亲。

孩子出生的时候，他做到了业务经理，手里有大把的客户，还在业余时间重新学了英语和日语。公司给他配了车，他们按揭买了新房子，每个人都看见了他的大好前途。

这时的她，因为生了孩子，胖了许多，又总不出门，穿衣服随意起来，和他站在一起，竟然有种不般配的感觉。此时，当初替她担心过的人又开始有了新的担忧，担心长着一双桃花眼的男人，会在这个时候离她而去，这个念头，这样的事，数不胜数。

但这次，大家又看错了他，在他人生和事业不断攀升的日子里，他爱她始终如一。那爱，比恋爱时不知扎实了多少倍，是贴心贴肺的呵护。从衣食住行的大事，到心情喜好的小事，他面面俱到，从来没有忽略过。从她坐月子起，每天晚上，都是他给她洗脚，这个习惯一直被他保留了下来。

他从来不隐瞒对她的感情，有时候同事和朋友开玩笑，说，什么都换了，现在该换老婆了吧。他摇摇头，认真地说，这辈子，就是她了。

她的幸福，让所有人渐渐无话可说。其实当初她也不确定会拥有这样的幸福，那时她只是爱这个男子，舍不得离开他。哪怕跟着他吃苦，像他说的，但她认了。

那天晚上，他又给她洗脚，温暖的水中，他一如既往，爱惜地把她的脚握在掌心。她忽然笑着问："怎么会对我这么好？"这个问题其实已在她心里存了很久，她甚至还想问，为何会在结婚后变了一个人？只是觉得不妥，所以只问了这一句，用半开玩笑的口吻。

他依旧蹲在她面前，握着她的脚，抬起头来，看了她片刻，然后认真地说："因为当初，你拿了自己一生的幸福做赌注，要跟着我，你是这个世上唯一这样信任我的人，我怎么舍得让你输？"

她看见，向来爱说笑的他，说完这话，眼圈红了。

45岁的初恋

◎摩　罗

景色宜人，正符合卢梭抛离都市归向自然的志趣。他在感到万事如意、无所企求的时候，回忆大半生的道路，忽然发现自己已入暮年，浑身病痛，心灵所渴望的幸福，从来不曾得到过。于是出现了强烈的空虚感和对于青春热情的渴望。他多么希望自己依然年轻，多么希望自己能够真正享有一次如疯如狂的爱情。

正在这时，乌德托夫人光艳夺目地出现在卢梭面前。

乌德托夫人的父亲、兄弟，都是很有身份的人，丈夫是宫廷近卫队军官，卢梭早就跟她认识。卢梭还认识她的情夫圣朗拜尔，这位日后以长诗《咏四季》出名的诗人，当时是一位军官，在外服役。乌德托夫人是为了向卢梭报告圣朗拜尔的消息才来拜访的。这次拜访充满了情趣，但并未留下特别的痕迹，直到第二年，乌德托夫人第二次来访，这次拜访才对卢梭构成了强大的冲击。

这一年，乌德托夫人27岁。据《忏悔录》的描述，她说不上美，脸上还有麻子，皮肤又不细腻，眼睛近视，脸形太圆。可是她又活泼又温柔，娇小玲珑，还喜欢亲亲热热，这正是最能打动一个中年男子的气质和风韵。乌德托夫人热情地谈论自己的情夫，表现出强大的爱情感染力。“我听着她说话，感到自己在她身边，竟幸福得不由自主地浑身颤抖起来，这是我在别的女人身边从来没有体会过的。在我们两个人都没有觉察的情况下，她用她对情人所表现的全部爱情，激发起我对她的爱情来了。”

在乌德托夫人走后，卢梭意识到自己心里发生了某种变化，同时感到自己的这种感情是很不幸的。不久，乌德托夫人又一次来访，卢梭被邪念和羞涩压得喘不过气来，在她面前直发抖，既不敢开口，也不敢抬头看她，心中的慌乱无法形容。他只好向她袒露自己的心情。乌德托夫人以极大的敬意和温存怜悯他的痴情，有时还给一点儿责备。卢梭于是也自责起来，“我把所有强有力的理由都找来帮助我扼杀我这份爱情。我的操守呀、我的感情呀、我的原则呀、可羞可耻呀、不忠不义呀。最后还有个理由：以我这样的年纪，还让最荒唐的热情燃烧起来，而且对方已经心有所恋，既不能对我的爱有所回报，又不能让我保留任何希望，未免太惹人笑话了。而且这样荒唐的热情不但不能由坚持而得到任何好处，反而变得一天比一天更苦痛难堪”。

可是乌德托夫人的心早就给了圣朗拜尔，在她83岁的人生中，她与圣朗拜尔相依相恋50年。尽管她对卢梭非常尊敬，也能理解他的火热感情，可是她对圣朗拜尔的坚贞之情不允许她另有所依，凡是最缠绵的友情所能给予的，她都尽情给予卢梭，任何使她失节的事，她都坚决打住。那段时间，她常常来看卢梭，卢梭也常常去看她，可谓朝夕相处，形影不离。

卢梭为什么在人届中年时，才第一次在乌德托夫人这里产生了真正的恋情呢？

卢梭在其青年时代没有获得爱情的机会和心境，作为一个四处漂泊的人，他最关心的是他的前途而不是爱情。在对乌德托夫人产生恋情时，卢梭已与戴丽丝同居多年。戴丽丝是个没有文化的婢女，虽然心地善良，能与卢梭相依为命，但两个人之间不存在相互的理解和交流，也是一种不平等关系。而这一次，卢梭实际上还是失败了。巴黎上流社会的女人并没有强烈的节操观念，而乌德托夫人决意不肯委身于卢梭，也许正因为她的内心深处并未真的与卢梭平等。

对于那些热烈的生命来说，一旦意识到自己已入暮年，都会出现青春激情的重现，这可以看成生命的回光返照。80岁的歌德曾经疯疯癫癫地爱上了一位18岁的姑娘，卢梭这回的恋情正与歌德相同。

暗藏的身影

◎赵兰振

那时，我刚满15岁，不可能明白什么是爱情，再说“文革”刚刚结束，从一个禁锢的年代走过来，爱情被认为是一件很不好的事情。第一次知道她，是在班里排队上操时。点名的时候她还没到，我听人小声说她家是县城的。我们班是恢复考试制度后全县招收的第一届重点高中班，学生都是真正凭成绩考上来的，差不多全是农村的孩子，城里人寥寥无几。这寥寥无几的城里人自然就成了众人瞩目的对象。

她很快就引起了我的注意。说实话，她长得并不怎么出色，个头不高，微胖，脸上又有许多雀斑。可就是这些雀斑，有一段时间是那么令我神往，觉得天底下的女性要是脸上不长雀斑，实在是太可怜了，因为雀斑是那么美丽，似乎每一粒都闪闪发光。她就坐在我的前排，当她仰头听课的时候，那两条粗粗的发辫偶尔会拂到我的桌子上，这时候我就再没有听课的心思了。我还发现，在她的耳朵和发际之间有一颗黑痣，就像一颗星星那么明亮，所有的美丽都要打折。

但受大环境的制约，无论我怎么年少狂热，都不会做出任何稍稍出格的事来。我不可能给她写情书，也不可能主动接近她，就是这样，暗地里想想她，要是被人知道，也会笑掉大牙。再说我又是那么敏感、那么有自尊，要是我这些见不得人的想法被人知道，人家的大牙笑掉不算，我这条小命也会被羞死。所以我很谨慎，不但把想法藏得很好，而且很快，对目光也实行了管制。一直到毕业，我都没有找她搭过话，前后排坐了三年，我和她说的话总共不超过五句。

她家离学校不远，住在百货大楼旁边的一个大院里。当时，百货大楼是县城最高的建筑，四层，通过三层楼梯间的窗户，就能望见她家的小院。不止一次，我偷偷地站在那扇窗户后，侦察那处小院的动静。但我十次有八次会落空，很少有机会看见她。要是有一次能望见她，我就兴奋莫名，觉得一下子和她近了，跟在班里看她的感觉很不一样，似乎这样的时刻只有我们俩，是我们两个人私下里共同拥有的一个秘密。

每天吃过晚饭，我一个人从学校溜出来，等在离百货大楼不远的一个路口。

那是个很热闹的路口，算是小小县城的中心地带，混迹在人群中，我不会被人注意。这是我经过精心挑选选中的地方。我的双眼紧盯着大街上并不婀娜但在我看来却很漂亮的身影。我就那么不远不近地跟着她，是那么痴迷，又那么幸福。每天的这个时候，是我最快乐的时候，多少年后想起来，仍使我怦然心动，就像又回到了当年的街角，又看见了那垂着两条发辫的圆圆的头顶，还有那件在晚风中飘动的白色涤纶衬衫……这一切是那么美好，好像是一幅天上的图画。

我从来没有想过以后会和她怎么着，我只是深深沉浸在想象里自我陶醉罢了。三年时间就这样不知不觉过去了，我的成绩当然是不理想。迷迷糊糊地参加完高考，又迷迷糊糊地毕了业。刚离开学校的那阵儿，我觉得还是像每年放暑假一样，隔一段时间，又能回到熟悉的校园，又能继续无边无际的梦。一个多月过去了，我才明白我已经毕业了，不可能再坐在她的后边，偷偷地观察她的后脑勺……我的心猛地失落，情绪一下子沮丧起来。我甚至不太关注我考没考上，像刚刚过去的三年一样，我的整个心都在她身上，在那个离我看似很近实际却是遥不可及的美好的身影上。

我终于忍不住，在一个晴朗的清晨，骑上自行车，向县城进发。我家离县城有三十多公里，但我只用了一个多小时就到了。我没有去学校，我知道这个时候她不可能在学校。我径直去了百货大楼，径直登上了三层楼梯，站到了我不知站过多少次的那扇窗户前。

我站在那扇窗户前，眼睛一眨也不眨地盯着那个院子。一个小时过去了，又一个小时过去了……我没看见我渴望的那个身影，但我的双脚一点儿也不想挪动，不想就这么一无所获地走开。那天要是看不见她，我真的会大哭一场。

中午时分，我终于看见了她。她从正屋走出来，可能是去厨房帮她妈妈做饭。她在院子里的自来水龙头下洗了洗手，又用毛巾擦了把脸。我真羡慕那只铁质水龙头和那条毛巾，它们离她是那么近，该是多么幸福啊！她把毛巾拧干搭在绳子上的时候，仰起的脸正朝向我这边，我看到那张脸仍然是那么美丽，那些好看的雀斑好像一颗也不少，仍那么光辉灿烂、疏密有致地散布在她挺直的鼻梁以及两侧的鼻翼……我直直地望着她，唯恐错过任何一个细节。

回家的路上我仍然激动不已，把自行车折磨得差点儿散架。我疯狂地蹬着车子，老想唱歌。

正如预想的那样，那一年我没有考好，只考取了本省的农业专科学校。自从那次暑假看见她后，我再没见过她。听说她的成绩也不理想，只上了个本地区的林业学校。

但我无论如何也没有想到，大学毕业后会和她分配到同一个单位。在外地上学的时候，我没有跟她通过信，倒不是我另有所欢，而是不再有这个愿望，尽管这时候，老同学通通信已是平常事，不一定非要有什么用意。不想就是不想，好像以前的一切都是假的，没有存在过，甚至几年后再见到她，也不感到新鲜惊异了，仅仅是对分到同一个单位感到意外，好像是被人开了一个恶意的玩笑。

她身上牢牢摄住我心魄的东西哪儿去了？我的热情哪儿去了？难道我和她都变成了不同的两个人……我弄不明白。但有一点是真的，我想也没想，一口回绝了那个想做我和她的媒人的人。

现在我和她仍在一个单位，各自也早已生儿育女，过着平常得不能再平常的居家日子。我们仅仅是老同学，需要的时候互相照应一下，但并不是推心置腹的朋友。所有的浪漫都成了明日黄花，曾经有过的一切，我都懒得去回忆一下，但有个结论我却一直记着：当你恋爱的时候，其实是在和自己的想象恋爱，与现实中的对方联系并不大。

即使知道这个结论的残酷，知道爱情的虚幻，但我仍然想再爱一次，想再度燃烧一次，因为爱情实在是太美好。爱着，是世界上最美妙无比的事情。

你的男神凭什么喜欢你

◎入江之鲸

很多年前看《恶作剧之吻》，又蠢又傻的袁湘琴最后真的降伏了一代男神江直树，那部剧让无数追剧的女生产生错觉：人生何必太努力，我就这么一无是处不思进取，书读不好，办事出差错，说不定我的江直树就把我当袁湘琴来爱了呢？

谈过恋爱的人不会不知道，真正的爱情很“势利”。男神身边站着的，往往会是优雅出色又有修养的女孩子，穷光蛋也就配娶个踩三轮拔火罐的。你管不住嘴，一千零一次减肥失败；你静不下心，一年也看不了几本提升自己的书；你懒癌晚期，学厨健身练英语统统以失败告终。试问，你如此乏善可陈，男神凭什么喜欢你？

我有一个闺蜜，曾暗恋她的“江直树”很多年。终于有一次，男神空窗寂寞，作为备胎的她终于被翻了牌子。

我那闺蜜有点儿壮硕，管不住嘴，千百次试图减肥，却永远以暴食告终。

后来男生劈腿了，被我闺蜜发觉，男生干脆和她分手。他的新欢是个又瘦又仙的女生，纤腰盈盈不堪一握。

我闺蜜不知道哭了多少回，她说她一点儿不恨男生，她只恨自己。她恨自己口口声声说爱他，可连放下手上零食的决心都没有，肚子上一圈赘肉，又凭什么要求他不移情别恋？

失恋后，闺蜜痛定思痛，花一年时间，瘦了三十斤。变瘦变美后，追求者不断，微博上随便放几张自拍就一大堆评论夸她是女神，现在她还时不时接一些商演主持或者模特的活儿，收入不菲。闺蜜跟我说，以前胖的时候，飞机上放行李箱时，别人都觉得你那么壮硕，自己就放得上去。瘦了以后，常有人殷勤地帮她放行李，说她这种文文弱弱的小美女，哪能提动那么重的行李箱。只有她自己知道，其实力气根本没有比以前小。

只有你活得漂亮了，世界才会对你温柔以待。

你对异性毫无吸引力，是因为你没有努力活得漂亮、活得丰盛。

另一个我很喜欢的女孩子，也不算绝色，但十分会生活。和她一起旅行，她会用民宿的烤箱做各式精致的甜点。她的业余爱好之一是画画，一有零碎时间她便拿出本子画起身边的风景建筑来。她用别人刷朋友圈的时间，画出了一整本旅行写生，让人惊叹不已。同行的男性私下里跟我说，她这个人呀，很不一般。说这话时，他的目光中盛满了欣赏。这种对生活很用心的女生，男生自然喜欢，甚至连女生也很难不喜欢。

某位年逾花甲、德高望重的导演，前几天和我们聊起他的大学同窗，一个当年很漂亮的女孩。十多年前，一场车祸使她卧病十余年，长期遭受病痛的折磨。她的丈夫很爱她，十几年如一日，无微不至地照顾着她。她自己也没有因为这飞来横祸而自暴自弃，挨着病痛继续她的艺术创作。他们没想到，卧病多年的她，竟然能咬紧牙关创造出那样打动人心的作品。毕业几十年，美貌消逝，身体渐衰，可对抗病魔、坚持创作的她，在班里同学的眼中，仍然是光彩照人的女神。

人生有多种活法，你可以去做随波而下的泥沙，也可以成为努力上溯的鱼群。但无可否认的是，比起泥沙来，大多数人都更爱奋力上溯的鱼群。

请对生活用心一点儿，再用心一点儿——给你喜欢的人，一个喜欢你的理由。

为了自己，瘦下来

◎那　英

记得终于决定彻底和高峰分手的那个晚上，我站在镜子前，看着自己那张“大饼脸”，那副圆乎乎的身材，我骂了自己一句：“瞧你这德行，怪不得男人都看不上你！”

真正让我开始介意自己的外表，是从我认识孟桐开始的。孟桐给我的爱和呵护是我之前从未体会过的。我想我一定要让自己变得更好，无论外在还是内在，我要担得起他给我的爱，要让他带我出去的时候，觉得有面子。

我首先想到的就是要减肥。我找到了当年在香港开演唱会时帮我瘦身的营养师，让她给我拟定了一套减肥食谱。我严格执行，几乎每天半夜，我都要被生生饿醒。除了饮食方面的控制，我还加大了运动量，最后到做梦都梦见自己在跑啊跑啊的……

半年之后，效果就出来了：先是以前穿着很紧的衣服，现在显得宽松了，朋友们一见我，不约而同的第一句话就是：“真精神！是不是去整容啦？”

说起来，我一开始减肥是为了别人，但是我发现，最终真正受益的还是我自己。现在的我减掉了10公斤的体重，身体一下子轻盈了许多，而且运动多了睡眠就好，睡眠好了气色就好，这就是一连串的良性循环。

自从减肥以后，我最显著的变化是自信了。

最能感受到我的变化的是老公孟桐。以前我挺小心眼的。有时候他晚归啊、应酬啊什么的，我就会瞎想：八成有年轻的小姑娘吧？但是现在我就不管了，我是这么想的：他要真是想出轨，你天天跟着他，他照样会出轨。与其花那个心思管着他，还不如把心思花在自己身上，让自己活得漂漂亮亮的，其他的，都随缘。

我现在就时时刻刻有这样的意识：美丽对于女人来说是最重要的事业。真的，活了大半辈子，我才活明白：聪明的女人要先爱自己，而懂爱的女人才最美丽！

打坐

◎严歌苓

打坐，是为了入定。打坐的人很多，但能否入定，就是另一回事了。我属于一打坐就入定的幸运者。据说这类幸运者天性中得具有几个不幸的素质：轻信、孤僻、一心无法二用。假如我正专注于某事（烧菜、写作、读书、看电视、做白日梦），有人请求我或要求我做件什么事，我会马上应承下来，事后却一点儿印象也没有。这种人专注起来是非常可怕的，眼都发直。可这恰巧是打坐入定的优势。

我最开始学打坐是因为失眠。据说半小时入睡顶上四小时睡眠对人精神的滋养，我们家当时住在旧金山城对面的一个岛上，二楼的三间卧室中间，有一条走廊，走廊上方，一孔天窗又大又亮，把整个房子照得白白的。我天天就坐在天窗下打坐。我的感觉是有一种“空”，灌顶而来，渐渐把精神里所有淤塞冲了出去。当然，你要引进“空”，首先要停止思考，了断所有念头。当代人停止思考是近乎不可能的。因为脑子被有意义无意义、片断的、残碎的信息塞得非常满、非常脏，如同当代人的肠胃。美国一个杂志发表了一个统计，说当代人脑子每天处理的信息比莎士比亚时代的人要多一千多倍。这就难怪再也出不了莎士比亚了。创作大作品跟打坐入定有相似之处，那就是精神的单纯、沉潜。一旦坐在那个天窗下，闭上眼睛，我首先追逐一个念头去想。管他什么念头，追到底，直到送走。送走了这个念头，“空”就来了。“空”是半透明的白色，自我的脑门灌入，把我变成一口井，越来越深，白色是探入深井的光亮，渐渐变成一根虚虚的光柱。一股一股的“空”灌入，污浊淤塞被冲了出去，渐渐地，浊流被稀释了，最后，浊流成了清流。这时候，你飘飘荡荡，随时要腾空而起。

其实我无法形容那感觉有多妙。它可以延续四个多小时。我从地上站起来，两脚踏云地走到马路上，正看见轮渡船带来的一舱一舱下班的人们。他们步履匆匆，行色仓皇，每一双眼睛后面，都是一个塞了比莎士比亚多一千多倍的信息的脑子。奇怪呀，他们急什么呢？愁什么呢？激动什么呢？高兴什么呢？无非是急着回家吃晚饭看电视，无非是股票跌了或涨了，无非是情人失而复得或得而复失。一切离我都远得滑稽，一切都让我善意地偷着乐，一切在此时的我看来，都不值得在乎。这个时候，我会想，人其实只需要那么少的一点点，就能满足。而满足就是快乐。

当然，我知道四个小时之后，被驱去的信息又会回来，我的脑子又会很快变得很挤、很脏，处处淤塞，跟四个小时前我偷着乐过的人们一样，在乎一切。但我毕竟可以有四个小时的满不在乎啊。有时候我写作写得忘乎所以，突然发现自己呼吸很深，常常疼痛的背部舒缓了，偶然出局的脑筋也潜在最深处，万一此刻有人打电话来，我会喑哑失语，侥幸答上话，也是不知今昔何年，我意识到这也是一种入定般的境界。或许通往那个境界不止一条路。

太容易上火就难爱

◎吴淡如

有天下班时，在塞满了车的街上，隔着车窗，我看到一幅景象：

一对大学生似的情侣，本来骑着机车，男载女，两个人不知怎的一言不合吵了起来。男人于是把机车靠着人行道停下来。嘟哝了几句后，女生背过脸去，男生想把她扳过来，她不依，于是，男生大力地把他的安全帽掼在地上！

一声巨响。女生似乎也说：“你会摔，我也会！”她也摔了。

用力甚猛，两个安全帽像两个破鸡蛋一样，无辜地躺在地上。

如果我认识他们，那一刻，我好想跟他们说，你们两个人在一起，如果脾气不改改，一定是两败俱伤，不改，就分手吧！

摔安全帽可以解决问题吗？当然不行。

谈感情要见微知著，如果不想嫁给或娶到一个暴力狂，那么就看看他一时暴怒之下会不会有大动作出现。

太容易上火的，千万快走。不要安慰自己说，他只是会捶墙，不会伤害你。那样的行为，很容易有进阶版。

这幅画面，让我想到《世说新语》里头的王蓝田忿食鸡子的故事。这个故事对于暴躁者的描写很活灵活现。

故事是这样的：

王蓝田（蓝田是世袭爵位，他爸爸是王安期，是个爱民的好官）想要吃鸡蛋，用筷子插，没插起来，他就气得把鸡蛋丢到地下，蛋在地上转个不停，他就想用木屐踩扁它，又没踩到，更气了，就把蛋从地上捡起来，放进嘴巴里，咬破了，马上吐出来。旁观者把此事传到王羲之那儿去，王羲之笑了，暗骂他一无可取。

忘了自己本来只是要吃鸡蛋，吃不到，就把鸡蛋当仇人了。

爱不到，或得不到自己所要的，就把你当仇人了。

我看过一个中年男人，在创业过程中，妻子一直跟着他，受尽委屈，也尽责地养儿育女，后来，妻子到底受不了他所谓的逢场作戏，决心离开，结果他对付起妻子来，黑白两道加律师什么的都用上了，就是要让她不好过。人生活到一大半，最大的仇人是当初最亲密的枕边人，想来凄凉。

这种暴躁型的人，在事业上未必会一无是处，不过，如果不改其性的话，能够永续经营的可能性不大；跟他相伴一生，可就辛苦了。这种人会忘了当初为了什么跟你吵架，也会忘了人生到底有什么目标，就跟你一直周旋报复下去。

有这种暴怒性格的，不只是男人。

一时盛怒，什么事都做得出，伴侣怎么可能平安度日？

弄得心惊肉跳的，不是爱。

有一种人不动手丢东西或捶墙，他会用言语先伤自己，其目的是让你跟他一样难受。比如“我知道你就是瞧不起我”“对啦，我就是配不上你”……这不是自谦，是语言暴力。

有些话是双面刃，而向外头的那面还更锋利些。

没有永恒的情侣，但有常青的爱情

◎小昭奸妃

他们是我的大学同学，从上大一两个人就在一起。在我们这个小圈子里，他们是模范情侣。

记得有一次一桌有七八个人一起吃饭，席间男生们聊起别的系某个很漂亮的女生，男生喝点儿酒说话总是口无遮拦，于是那个男孩就开玩笑说："那姑娘看着让人很想糟蹋啊……"

结果女孩一下子急了，蓦地站了起来："你不许糟蹋别人！只能糟蹋我！"一桌人几乎笑得断气，女孩也觉着不好意思，可还是红着脸憋着气咬着嘴唇皱着眉瞪着眼不肯坐下。男孩也乐得酒杯都拿不住了，忍住笑搂着女孩抚乱她的头发："宝贝儿，你放心，我就可着你糟蹋……"

还有一次，半个班的同学去春游，女孩有点儿胖嘟嘟的，总是嚷嚷着要减肥，大家商量好了逗她。当时野餐在山上，没有大块的空地能坐下，于是分了两拨，距离几十米吧。于是这一拨的同学说："某某，我的可乐在谁谁谁包里呢，你能不能帮我拿下啊？"女孩很想喝可乐，于是颠儿颠儿地跑上跑下拿来了可乐，刚坐下，又有另外的同学说："某某啊，我的午餐肉在那边呢，没得夹面包了，你能帮我取来不？"……两趟下来，男孩先发觉出不对劲，等到第三个同学说的时候，男孩突然大声说："自己没手不会去拿吗？"男孩是一贯温和好脾气的，并且这次大家也非恶意，纯粹是和女孩开玩笑，所以看到男孩认真的样子都有些诧异，各自讪讪啃面包喝可乐去了。女孩也被男孩突如其来的脾气吓了一跳，忙摆手劝："啊，我真的没事啦，大家开玩笑的又不是故意要欺负我，我还正好减肥呢……"男孩完全不管女孩絮絮叨叨，低着头一字一句地说："你记住，除了我，谁也不能欺负你。"

第三件事我没有亲历，是女孩讲给我听的。她说，有天两个人一起吃饭，男孩像往常一样把自己碗里的肉夹出一半来给女孩，正当他专心夹肉的时候，女孩忽然问："哎！将来你结婚请不请我去？"当时两个人的关系是经历了一点儿波折的，因为男孩的家里不是特别同意两个人的事情，男孩一直想自己处理好不过多给女孩压力，没想到女孩居然这样问起。男孩停住筷子，抬头看着女孩，一时不知该说什么好。女孩扑哧笑出声来，一筷子夹走男孩碗里的肉，略带傲气地说："笨死你啊，我不去你跟谁结啊！"

那年国庆节的时候，男孩结婚了。可是女孩没有去。

我已好久没有见过她，却总也忘不掉她当着一桌子人的面红着脸却不肯坐下的小倔样，忘不掉她听到男孩说"除了我，谁也不能欺负你"时眼里的泪光闪动，忘不掉她和我讲起"我不去你跟谁结婚啊"时的找抽表情，不知道，那个男孩能不能忘掉。

你也是一只蘑菇吗

◎王小面

四月，收到了一张来自威尼斯的明信片。上面是夜晚灯火中的叹息桥。

明信片的后面有一排歪歪斜斜的字：祝我最好的兄弟新年快乐。落款，画着一只小小的蘑菇。

这么多年，你的字还是那么丑，丑得让我一瞬间就对着那个蘑菇图案飙起了眼泪。

很多年前的四月，我逼着你把网上所有的ID（账号）改成“蘑菇”，因为你又矮又胖，而且头很大，实在很像一只蘑菇。你和我成为朋友，是因为上课的时候，我说了一个冷笑话让你笑出声被老师叫出去罚站。你当时一脸义无反顾，下课之后你对我说“你真有趣呀”，于是我们就熟络起来。

被偏爱的都有恃无恐，因为知道你会对我好，所以我才能如此猖狂。我记得是高二那年，我失恋了，我的自尊心刹那间崩塌瓦解。因为无宠可恃，于是我也就乖了起来。可是你不乐意了，你说安静温顺的我不再像我，你还说看着我沉默掉泪，你有一种自己家人被欺负的感觉。

你和我蹲在学校的操场边，在我又一次要哭出来的时候，你扯扯我的衣服，说：“我给你说个笑话吧。”

也不管我是不是有心情听你胡扯，你自顾自地继续：“有一个精神病人，每天都撑着一把伞蹲在房间的墙角里，不吃也不喝。他的医生为了研究他的心态，就也撑着伞蹲在他旁边。结果，那个精神病人，你猜猜，他说了什么？”

我还是不理你，你虚张声势地干笑：“他说，咦，你也是一只蘑菇吗？”

转过脸，是你不怎么好看却真诚的脸，大概就是那一瞬间，我忽然觉得我这一生都不会再有一个像你这么好的朋友。

后来的你漂洋过海，我们却像从没有生分过一样。生活里芝麻绿豆的小事，我全部想要和你分享，这仿佛是一个姿势：当我感到疲倦时可以靠在你的肩膀上休息一会儿，喘一口气，继续朝前走。

今年过年，我们在寒风飕飕的街头回了一趟中学，我站在以前你给我说冷笑话的操场，忽然就又有点儿想哭。

于是我还真的哭了出来，你没有说好听的话安慰我，只是在我眼泪逐渐稀薄的时候，问我：“我们要不去吃口味虾吧？”

在热火朝天的大排档，你剥掉坚硬的虾壳，然后把虾仁扔到我碗里。你老说我应该得到最盛大的爱和关怀。在你眼里，我永远优秀，一说起我你就觉得自豪。其实我很羞愧，我觉得我没有那么好，我觉得我并不够努力，我甚至觉得我好像辜负了你。

那种辜负，比爱情的辜负更让我感到惶恐。

你大概是察觉到我这一刻的多愁善感，又问我：“要不，我给你说个冷笑话？”

这次你还没说，我就笑了，我说：“还是我来说吧。”

有一个精神病人……

你却比谁都明白，当你心爱的朋友难过和失意的时候，他不需要天花乱坠的大道理，也不需要忘情嬉戏的疯狂，他需要的，只是能有一个人在他身边蹲下来，陪他一起做一只蘑菇。

所以啊，你最好永远都不要变瘦，这样我才能把你胖胖的脸永远和蘑菇联系在一块。

还有，希望你能一直做一只幸福的蘑菇。我不知道我会不会幸福，但是你的幸福，绝对是我完满幸福的一部分。

这么近，那么远

◎陈又礼

我和菲比姐姐坐在小咖啡馆蜜糖色的灯光下谈论起葛优——她的梦中情人。解释起为何用“梦中情人”这4个字，我记得她突然豪放转含情，甚至有点儿羞涩地朝我眨了几下眼睛，说：“因为我确实梦到过葛优很多次。”

2008年年初，菲比还在上大学时遇上了些挫折，一狠心用打工存的钱买了机票，飞到成都散心去了。几天后要回北京，荷包奄奄一息，又碰上挤破头的春运初潮，硬座硬卧早已售空，无奈，她只有用全副身家买了软卧车票。

那天的软卧车厢出奇地安静，每格包厢都房门紧闭。这恰好遂了菲比的愿。她有写日记的习惯，在成都吃喝玩耍落下了好几篇，所以一上车，她就坐在过道上的小桌板前奋笔疾书起来。

不知过了多久，菲比才注意到有个人影晃来晃去，绕到她身后时还伸过头来瞄一眼。她觉得眼熟，又因近视看不清。那人影不急不缓地走了几趟，停在了菲比身后，俯下身来慢悠悠开了腔：“姑娘，我看你写了好几个小时了，是作家吗？”

菲比猛地一扭头，看着30厘米外那颗突然拉近的、亮晶晶的光头，瞬间石化。这是菲比最爱的男演员，她郑重地对我说：“没有之一。”那几秒，菲比仰头看着这张刚步入天命之年的脸。半晌，才口齿不清、吞吞吐吐地说：“我……我写日记。”拙口笨舌到一个多余的字也吐不出来。

这时有工作人员过来叫他，他应了几句，随即再次弯下腰，以同一水平线的视角对菲比说：“你先写，等会儿吃饭时我们再聊。”菲比愣了：“还有‘等会儿’？”

后来她才知道，除非逼不得已，葛优从不坐飞机。2008年1月，他刚在成都演完话剧《西望长安》，剧团包了软卧车厢回京，剩下唯一的散客位，竟被自己给捡着了。

到了饭点，餐车似乎被搬到了葛优那一小格门前，菲比看着那些端着小碟鱼贯而入的厨子和列车员，竟产生了身处御膳房的错觉。她听见葛优前后跟谁说了好几次菜够了，“上菜流水线”才终于停止。随后葛优的助理走过来，并将她带进了葛优的私人包厢。

那两个多小时，从头到尾都是葛优在发问，他撑着下巴，露出两颗门牙，稍咧着嘴并微微点头，对菲比所讲的一切，她的大学生活、她所学的专业、她如何热爱背包旅行等，都表现出强烈的兴趣。她暗自琢磨，这是“大腕”该有的架子与距离感吗？如此看来，葛优就是一个普通而平凡的男人呀，并不像大银幕上那般口吐莲花、贫个没完。但他又这么不落俗套，慢条斯理，裹着与生俱来的幽默。但有一点，葛优和他所塑造的人物是统一的：让人心里有谱。

葛优鼓励她去当记者，他觉得菲比能让人产生“信任感”，甚至说，如果需要，自己可以提供帮助。最后他拿出手机，笑眯眯道：“如果你不介意，我们交换一下电话号码吧，以后可以常联系。”

一个月后春节到了，出于礼貌，菲比尝试着编了条短信，琢磨着不过问候一下，他竟回复了。2008年3月，《西望长安》在北京开演，菲比第一时间上网查票，却连头等座都在半个月前售罄。她只能满心遗憾地发信息预祝葛优演出成功。过不多会儿，葛优的电话打过来，他说：“演出那天你到剧院，我给你留票。”当晚，菲比近距离看葛优演完整出话剧，他脸上的神情，无论喜怒，历历在目，她甚至能嗅得到他身上暖洋洋的味道。

我追问她之后故事的走向，她却捶胸顿足地告诉我：“手机不久后就遭了小偷。”在还不流行补办SIM卡的年代，葛优的号码就同那台老式索尼爱立信一块儿随风而逝了。

但她说：“没关系啊，他那些不经意流露的东西，让我明白，无论你飞得多高，去到哪里，都要沉下心来，脚踏实地。”

菲比真的成了一名外媒从业者，每天跟着各国高大强悍的记者上山下海、深入虎穴。照她的话，这一定是“托了他老人家的福”。

第二辑

明星爱，一世长

舞台上耀眼的聚光灯，不是我的最爱。我最爱的，是夕阳下你柔美的影子。

好好珍惜在一起的每一分钟，美好的回忆应留给快乐和欢笑，用一颗心去温暖另一颗心。我爱你，一世长。

——马伊琍

李钟硕：行走在人群中孤独的猫

◎将　君

李钟硕16岁起开始独自生活，本身性格非常内向并且有严重的注目恐惧症，直到现在出席公开活动还会紧张到不停地流汗。

他在近期的采访中还坦言非常难适应演员的工作，因为演员并不只是演戏就好，没有台词的时候他很恐惧。他曾经说他想要做一个值得别人信任的人，公众人物有很多面，但他希望如果他有了绯闻（韩国不好的新闻统称为绯闻），粉丝们会说：他不是那样的人。近期闹得沸沸扬扬的机场拒收礼物事件在粉丝群中就得到了很好的反馈。由此事引发的后续黑幕说暂且不论，至少粉丝们大都持宽容态度。

一个明星的口碑在日常小事的积累中，粉丝们心里总是有数的。我一直认为如果以动物类比，李钟硕就是猫。他极其高傲，想要依赖却总是独自一人，并且永远不会掩饰情绪。他在机场道歉信中自称“公司主力商品，受到过度保护”。他对明星这个身份看得太透彻，又说得太透彻。他说过身在娱乐圈他常常妥协，但我总觉得他始终保有猫的秉性，即使他妥协也总能让人发现。对于演员来说伪装并不难，被发现是因为他故意如此。他这种故意可以解释为：做出让步但是并不示弱。韩国娱乐节目曾经详细总结过他的圈内好友，他却坦言自己没有朋友圈子，朋友一共只有两个，常常想出去吃饭却不知道找谁来陪。

对于感情他说想在自己最漂亮的时候结婚，即使不谈恋爱直接结婚也可以。他是那种了解得越多就越能够看出他内心寂寞的人。事实上他很爱撒娇，常常大笑，但身上总围绕着一种透过眼睛甚至整个身体从深处渗透出来的孤独，与外界始终若即若离。这种猫科动物的特质在国内一个演员身上我也看到过，那个演员是梁朝伟。

李钟硕非科班出身，成为演员一共不过四年的光景，真正算得上大热的剧集也只有《听见你的声音》一个。《听见你的声音》之后由他参演的三部电影票房都低于预期。但韩国电影头把交椅宋康昊却对他赞赏有加，称对他抱有很大期待。他的演艺生涯才刚刚开始，还有很长的路要走。作为喜欢他的粉丝我期待他能给我更多的惊喜，但或许对他来说，更在意的是让自己满意。

最终以高南舜（李钟硕在《学校2013》里的角色名）的台词说给李钟硕听大概最为合适：“细看方知美丽，久品才解可爱，你亦如此。”

蔡少芬，是我一生的风景

◎付 超

谈及张晋这一路，不得不提的是他的太太、贤内助蔡少芬。有句老话怎么说来着，“每个成功的男人背后都有一个女人”。

两个人最早相识于《水月洞天》剧组，张晋引起活泼外向的蔡少芬的注意，依旧是因为他天生的害羞性格。蔡少芬回忆说：“当时全组除了陈法蓉，只有他会广东话，我看他经常闷坐在那里，好可怜，我又比较喜欢照顾安静的人，就老找他玩。”

跟所有的爱情故事一样，张晋和蔡少芬的爱情最初也充满戏剧性。张晋回忆说，自己最早对蔡少芬有感觉，是“当时她在煮面，我从后头看着她，觉得这要是我女朋友该有多好”。那时候，两个人在剧组天天泡在一起玩，岁数都不小了，但彼此对两小无猜的把戏乐此不疲。在一次跳远比赛里，张晋甚至玩得兴起，折断了自己左手某根手指的骨头。“她当时还捂嘴嘿嘿笑呢。”回忆起这段甜蜜时光，张晋满脸宠溺。

2007年，蔡少芬给港媒发手写公开信，正式公布和张晋的恋情，并表示两个人即将完婚。谈及这段过往，张晋又开启了害羞模式，“信特别肉麻，我觉得有点儿过了，但喜欢的人夸自己，就这样吧”。

在张晋看来，对方对自己性情潜移默化的改造，是一笔可贵的财富。在蔡少芬的影响下，张晋本身的少年心气，也被打磨得越发温润——他坦言，自己刚跟蔡少芬好时，“看她跟别的男人在一起拍肩膀、搂在一起拍照都会吃醋”。现在，他对此已泰然自若，“最重要的还是沟通”。

当一个男人能把嫉妒这枚毒药的毒性都消减殆尽，还有什么扛不过去？

2015年元宵晚会上，张晋和蔡少芬一起，献唱了一曲《平凡相恋》。这应该是两个人第一次以对等的身份，在公众场合亮相合作。从“蔡少芬老公”到做自己，张晋完成了人生蜕变，这对伉俪，将要面临的是新的身份的转变和挑战。

同年5月的《鲁豫有约》里，蔡少芬就主动谈到了这一点。“现在找他出去玩的派对多了，他会说又没有叫你，你就不要去了。我就会觉得为什么不找我呢？我的心态也需要慢慢调整。”

如今张晋在业余时间基本不碰武术了，“前几十年接触武术的东西太多了”。现在他觉得更需要做的是陪伴家人：“生活中很多东西过了就没有了，我女儿大了，我就不能再送她上学，我太太老了，就看不见她年轻的样子，这是我每天活在当下，应该要去做的。”

薛佳凝和胡歌：有一种爱情蜕变成友谊

◎佚　名

她是《粉红女郎》里的哈妹，是《租个女友回家过年》中的楚笑笑，但她更是“一个人，继续在自己心里流浪”的薛佳凝。近来胡歌的大火，却引出了她的另一个身份——胡歌的前任女友。

薛佳凝与胡歌的缘分，始于2004年薛佳凝拍摄电视剧《天下无双》，当时同为上戏毕业的师弟胡歌也在隔壁拍戏，胡歌一次偶然的串门，造就了两个人的相识。当时的薛佳凝正沉浸在失恋的痛苦之中，胡歌的出现成为意外的良药，终于，在2006年2月，两个人确定恋人关系。

然而，命运却没有给予他们更多的眷顾，反而在两个人热恋之时，给了他们当头一棒。2006年夏，胡歌遭遇重大车祸。得知消息的薛佳凝感觉整个世界要坍塌了。

当时胡歌伤情的惨重，想必大家都已有所了解。而薛佳凝向来把家庭看得比事业重，看到恋人伤成这个样子，当即停掉了手中所有工作。从治疗到后期整形康复，薛佳凝都全程陪护。最终，皇天不负苦心人，胡歌在其照料下，恢复得很快。

然而，遗憾的是，这段“女大四的姐弟恋”最终却遗憾分手。对于当初薛佳凝的悉心照顾，胡歌铭记在心。只是向来喜欢低调的他，因未在公开场合感谢过薛佳凝，成了他永远难以弥补的遗憾。

关于他们分手原因的传言有很多，到底哪种更具真实性，我们不得而知。用胡歌自己的解释是，年龄、性格等原因导致分手。尤其是他的大男子主义，不允许女友辛苦养活自己，在自己刚复出时又有许多的不自信。加之薛佳凝事业的低迷，年龄比胡歌大等，在各种压力之下，两个人的矛盾慢慢激化，最终导致了分手。

或许，爱情的复杂之处就在于此，很多时候，我们都是爱自己，胜过爱爱情。

有时候分手，或许真的不是不爱了，而是不能继续以原来的方式相爱了。

分手之后的两个人，历经爱恨情仇，终也成了肝胆相照的好友。可以一起坦然地吃饭，可以自然地进行微博互动，胡歌新开了餐厅，薛佳凝也极力为其捧场。

更有意思的是，在胡歌去过西藏半个月后，薛佳凝亦去了向往中的西藏。不禁让人感慨：我来到你的城市，走过你来时的路。只是，开通微博第一个关注的人，却最终再也无法回到原点。

随后的薛佳凝，没有大红大紫，但也没有怨天尤人。随性的她，依旧泰然享受着自己的简单生活。

在她看来，事业有谷有峰都属正常，作为艺人，更易受到外界物欲或流言的影响。但她并不是个易受外界影响的人，而是活在自己的内心，敢于坚持内心想法的人。这样看来，当初能够放弃事业，全身心照顾胡歌，也是出于同样的果敢吧。

默默打拼的薛佳凝，虽然尚未迎来事业的巅峰，但这个37岁的女人依旧可以笑靥如花。拍拍写真，参加真人秀，走到哪里就把温暖的笑容带到哪里。或许，内心淡定充实，才不会积攒怨气，才不会被岁月带走真正的美丽吧。

薛佳凝这段过往被扒出后，很多人都心疼这个曾经如此为爱付出的姑娘，亦有网友深情呼唤两个人复合。但青春是用来怀念的，包括那时爱过的人。我们以后还会爱上别人，只是不再需要当初那个他了。

而今的薛佳凝与胡歌，再也回不去做那个彼此的唯一。曾经相惜，现为特别好友的胡歌与薛佳凝，以后也都会遇到对的人，但他们之间的那段青春记忆，是谁也偷不走抹不掉的！

情出自愿，事过无悔，温暖大气的姑娘，就算不能回到当初，终究亦是会被时光眷顾的。

高圆圆：宅在家里学中医

◎叶　枫

高圆圆那套名为“一千栋”的别墅门口，挂着这样一块牌子——药园。一进门，扑鼻而来的是中药味道，因为家里有个房间是药房，三面背景墙全由小抽屉组成，每个抽屉里都装着药材，近700种中药。

高圆圆最大的爱好就是：看医书、学中医、玩中药，并且她有了独特的养生、防病、美容心得。

古人越吃越健康，自己却越吃越难受

刚出道的时候，因为工作繁忙、饮食不规律，高圆圆的身体状况越来越差，去医院检查，医生认为是亚健康。在朋友的建议下，高圆圆开始尝试吃固元膏。

高圆圆将固元膏的配方做了升级：人参代替阿胶，灵芝取代黑芝麻，鹿茸代替红枣……正值12月份，室外温度零下，可她动不动就是一身大汗。虽然体热，却又耐不住低温。

高圆圆去看医生，内科大夫将其归结为食物中毒。转挂中医门诊后，医生一搭脉就乐了：“乱吃补药了吧？”高圆圆很困惑，这个固元膏的配方是从唐朝流传下来的，据说当年杨贵妃就用这个方子，怎么古人越吃越健康，自己却越吃越难受呢？

医生很有耐心地分析：“杨贵妃很喜欢跳胡舞，跳舞看起来简单，其实非常消耗体力。你像杨贵妃那样几乎每天跳舞吗？再者，跳舞的人胃口都很好，你再看看你，每天吃的东西多不多，是不是吃一点儿就觉得饱了？如果是这样，你的肠胃怎么可能消化那些大腻大补之物？”

高圆圆这才明白，要想吃入补的东西，首先要有一个能补的胃。

没有吃完的固元膏，高圆圆送给了妈妈，说来也奇怪，自己一吃就状况百出的固元膏，老人家吃起来非常有效——脸色红润、中气充足。

在进补之前，必须做一件重要的事情——底补，就是滋润清洁肠胃。

底补，实施起来非常简单。吃粥也可，吃面也行。粥要白粥，不用加一些乱七八糟的东西；面必须是清汤面，不需要加蛋加肉加海鲜。

一个月之后，她发现自己的脸色红润了，皮肤光泽度提升，睡眠质量也改善了，整个人非常轻松。

药补不如食补，食补不如神补

古医书中将人的唾液称为玉泉，称其具有固齿、养精、益精、祛病延年、诸疾不生、邪火不炎、气血流畅的疗效。高圆圆觉得这多简单易行呀，早上起床后叩齿36遍，搅舌9圈，最后将唾液分9次咽下，这便是中医养生中大名鼎鼎的十六锭金功，也被称为胎食之方，零成本、零副作用。

她的第二大养生心得是——睡。“古代的养生家把睡个好觉当成很重要的事情”“不寻仙方寻睡方”，并且认为——药补不如食补，食补不如神补。神补，就是睡觉。

晚上9点以后，不能吃东西和喝刺激性的饮品，因为这时候是免疫系统排毒的时间，最好放松精神，可以看本轻松的书。

如果不知道自己的体质怕食补出错的话，高圆圆有一个保险的方法——药枕。合欢花、百合花、茉莉花各二两，白芷一两，弄成末，越细越好，装入透气的布袋子。也可以用灯芯草二两、酸枣仁三两、夜交藤一两，做枕头。这些药材价格很便宜，而且对人体非常有益。

不逐利，却好名

姚晨和高圆圆同年同月同日生，所以两个人的关系格外好。一次，姚晨患了消化不良，吃了药没啥效果，吃山楂片喝大麦茶也收效甚微。高圆圆给姚晨开了个猛方——饿两天。她告诉姚晨，消化不良就是积食，饿上几顿，堵塞的车走掉了，道路自然就顺畅了。

饿到第二天中午，姚晨兴高采烈地给高圆圆打电话，说她感觉到饿了，连喝粥都觉得格外香。姚晨顺便问高圆圆有没有什么保养肠胃的好办法，高圆圆隔天发了条短信：“不多食，每顿一定要吃一点儿米饭。少吃菜，几根青菜一小碗饭几片肉，足矣。”

高圆圆说，现在的人不是吃得太少，是太多。如果把胃比作一个工厂，我们吃下去的东西就是原材料，经过胃的转化加工变成气血滋润全身。

姚晨谨遵高圆圆的“医嘱”后，肠胃病竟然慢慢有了好转，高圆圆买了别墅后，单独布置了一间药房，除了常用的中药材，她还买了切片机、中药秤以及煎药熬膏制丸的全套家什。姚晨凑趣，找人做了个“药园”的招牌，挂在了高圆圆家门口。

贾静雯找高圆圆讨要养发的方子，高圆圆抓了包枸杞头，也就是枸杞叶子给她，让她拿回去煮水洗头，叮嘱她每周洗头不可超过两次。一个星期后，高圆圆又把一包皂角和透骨草送给了贾静雯，让她煮水后与枸杞头交替使用。不久，她又给人家送去了两种新研发的产品：芝麻叶、桑叶、甘菊是去油配方；桑白皮、柏叶是固发配方。不论效果如何，光是这种免费而且殷勤的服务就让人感动。

拍戏时，高圆圆发现导演王小帅咳嗽不止。收工后，她去买了银耳，泡开洗净去黄蒂，撕成小块，加点儿盐、糖、香醋、味精、六月鲜、鲜辣粉，最后掺上萝卜丝和香菜，送给王小帅。王小帅一吃，见效。

圈中喜欢喝花草茶和药茶的朋友，每个人都收到了高圆圆送的甘草。高圆圆说，这东西虽便宜，却被称为药中国老，单独用能补五劳七伤、一切虚损，还是个百搭万金油，具有调和诸药的功效。无论喝什么茶，加一点儿甘草，有益无害。

受了她恩惠的朋友们，嘻嘻哈哈地给她送锦旗。几年下来，“杏林高手”“药到病除”之类的锦旗，她着实收了不少。虽然没有行医执照，但“高大夫”还是踌躇满志。她说，自己算个标准宅女，不泡吧少应酬少逛街少旅游，最大的乐趣就是在家里琢磨中药，恬淡自身、帮助朋友，也算是一种另类的低调吧。

姜武：我的逍遥生活，姜文眼红

◎姜武　李唐

在国内的男演员中，最没有气场和明星范儿的非姜武莫属。虽说他也是“影帝”级的演员，但走在街上，十个人有九个人认不出他是谁，最后那个会指着他：“姜……姜……姜文……”

对于这种现实，姜武很认命，“要说我不羡慕姜文事业上的成就，那是假话，虽是兄弟，但也是同行，我还没伟大到摒弃好胜心的地步。只是，作为一个非著名演员，冷眼旁观他这个一线男星的生活，觉得他过得其实挺没意思的。”

他很想当孝子，有空的时候会经常过来陪二老，开车带着我们一大家子出去吃饭购物。但问题是，无论走到什么地方，他都不可能享受到平常人的生活乐趣……

一进餐厅，就有人叫他名字，接着就凑过来要合影要签名。保暖内衣刚上市时，他把我们带到商场说一人送一套，结果刚到那个叫“南极人”的专柜，周围5米内顿时变得比花车还热闹，商场里的人都拥了过来。见势不妙，我们立马落荒而逃，忙乱中姜文的袖子被扯掉半截儿。

第二天，姜文把钱塞给我让我去代购，我轻轻松松就把内衣给买了回来，从那以后，姜文再也没有陪我们买过东西，不是不想，而是不敢。请我们吃饭也跟做贼似的，早早地预订好包房，进酒店时要么走员工通道要么戴着帽子捂着围巾，全副武装像是赴鸿门宴。

什么叫幸福？有点儿闲钱，而且有花这点儿闲钱的时间、精力与心情。闲钱往哪儿花？吃饭、购物、旅游，这些我们兴之所至就能马上开展的节目，基本跟他无缘。当然，他可以去国外，可一件异常简单的事情如此高成本，想想怪可怜的。

跟他比事业我会很失落，但跟他比生活我一定会幸福感充盈。我们有房子，也买了代步的帕萨特。孝顺老人、养活孩子，喂饱自己之余，还能为孩子存下点儿教育基金、婚恋基金甚至未来给孙子辈的成长储备基金。

我有个非常恶俗的爱好——买彩票。福彩双色球，每期5注，双倍。运气好的话，可以拿到税前2500万元的大奖。我跟爸妈以及老婆孩子一人选 5 个数，收集起来后定为我们家的自选红球号码，再让姜文报 5 个数作为蓝球号码，期期如此永不更改地守着这5注。

虽然每期成本只有20元，但家里人都很乐于一起憧憬这20元变成2000万元以后的生活。二老说姜文不缺钱，所以中了奖以后全都归我，没人和我争。宋研的理想是换车，她说她喜欢奔驰的一款小跑……我们聊得热火朝天，姜文基本不会参与这种无聊透顶的假想游戏。看他耷拉着眼皮稀里哗啦吃饭喝汤，我发自内心地对他这种缺乏幻想的生活表示同情，做白日梦如此一件美妙无比的事情，到了他这儿也变成了没啥意思，你说这日子还有什么劲？

这么聊以自慰，我的事业心和好强心就淡了很多，起先那种在姜文面前不服输的劲头也就慢慢少了。一年拍个一两部戏，给自己定的年收入标准是40万元，赚到这个数就放假，安安心心在家陪父母老婆孩子。工作一阵宅一阵。

有一次跟李保田喝酒，我自夸我是演员中的独一份儿，他问我怎么个说法，我告诉他：星期天，带着老婆孩子在王府井逛街的普通人里面，我是独一份儿的“影帝”；在“影帝”里，我是可以不戴墨镜、不围围巾在闹市区信马由缰的独一份儿普通人……

我和我的青春赛跑

◎陈志朋

一天24小时，一小时60分钟，一分钟60秒。日日夜夜在86 400这个数字里冬去春来。多挣得一分是一分，仅仅多得60秒也是睡眠的魔法蛋糕。

季节变换，时光荏苒。那些歌曲音符依旧常驻我耳。我的血液是沸腾的，如此燥热的气息令我撼动而泪湿。媒体报道下酷似张国荣的我，陈志朋的我，哪一个才是我？我在我们的青春之歌里迷失不见了“我”……有人发现吗？连我自己都没有发现：我不是我。我叫作“小虎队”。我的灵魂我的世界里只有那3个字。它主宰了我的喜怒与哀愁……

经过8个月的培训以及测试人气度，公司停掉我们的助理主持工作，“小虎队”正式出道。

公司针对我们3个人不同的特质以及形态包装我们：吴奇隆有运动选手般完美的体格，俊帅的风采，还有他那帅气的后空翻，因此他是“霹雳虎”，并且是我们的领袖，我们的大哥。苏有朋一路上从建国中学考到台大。他斯文优秀的好学生形象无疑让“小虎队”正面评价加分不少，年纪又是最小，“乖乖虎”由此而来。至于我，无论歌曲或是舞蹈平均分数皆在80分以上，然而武不过吴奇隆，文有苏有朋，除了酷似张国荣成了我出道以来的话题之外，没有一项个人特色分数高于其他两个人，公司给我“小帅虎”的封号。

为什么我们竟不知道我们走红呢？其中还有一个小故事。

除了我们的工作课业忙碌之外，我们少与外界接触。每个星期公司会请同事去电视公司扛回装满几个布袋的信件，而这些歌迷写给我们的信，当年我们3个人从来没有看过。公司的出发点是不想我们受到这些信件的影响，小小年纪因为大受欢迎自我膨胀进而骄傲自大。

小乖苏有朋的功课向来是最好的，他没有我天生的舞蹈细胞，也没有吴奇隆的运动神经，日积月累下，因为“比较性”压力很大，有朋长期以来对自己很没自信，情绪低落得很严重。那是唯一的一次，公司为了让他明白，其实有很多歌迷非常支持他、鼓励他，才破例让他看了歌迷的来信。除此之外，我和吴奇隆从未看过歌迷们写给我们的信件，更不晓得我们竟然已经大受欢迎。

年纪尚轻的我，当时隐隐约约明白这层“比较性”的痛苦。媒体拿我们3个人做比较，歌迷们也各自有其拥护的对象，同时也比较着我们3个人。而我们3个人也默默地在心底做着比较，就像滴水可以穿石，那种不在台面上的暗流，从那一刻起在我们3个人之间无形地侵蚀。但是我没细想更不愿意去承认，我是骄傲的，我知道我唱得最好，舞蹈学得最快……

我选择独善其身般的工作态度，默默做好我的分内事，就像在家中排行老二的情形一样，我不是最受老人家重视的长子嫡孙，也不是最受宠爱撒娇的老幺，那种老二情结从那个时候开始让我尴尬至今。

我还记得日本NHK（日本放送协会）特别来台湾采访我们。记者通过翻译告诉我们，日本的偶像团体几乎都是休学专心闯荡演艺圈的，他们十分惊讶并好奇，我们3个人居然都还在念书。

接下来有了更多更多的第一次，我们发了第一张专辑、第一次开大型演唱会，之后更有“小虎队巡回演唱会”，我们出了写真集、漫画书等。

对于“偶像”这两个字我是感到骄傲的。甚至我以“小虎队”为荣。像现在有许多年轻艺人可以大大方方在镜头前做出不雅的举动或行为，这对当时的我们来说，那是不可思议的。在我的认知里面，我们是青少年模仿崇拜的对象，自然而然那些不好的言行举止怎么可以在媒体前展露出来呢！

由小看大一点儿也没有错。那个时候，吴奇隆身边就有一堆死党，有时我也会参加他们的聚会。他常常会在大家面前诉说他的理想，未来他想要投资个人的事业，他想要做什么样的生意、想怎么做……事实上他也是我们3个人里面最有生意头脑，并且最早拥有副业的人。有些朋友到现在10年有余了，我也和他们某些人变成好朋友，每次回台湾，都会和他们相聚或是通电话。

有朋从来就是课业工作两头忙得不可开交。他念的是著名的男子高中，课业繁重。我和吴奇隆毕业了，我也搬到台北来住，那一年有朋正值高三，准备考大学。

我们都知道他最大的压力还是来自他的学业，尤其他是明星，常常有许多歌迷下课后会跑到校门口等着要看他，造成其他同学对他投来异样的眼光，然而他一直保持着很好的成绩，实属不易。

公司为了他的学业，经过开会讨论后决定将“小虎队”所有的发片计划以及工作全部往后延期，直到他考完大学。突然间，我从一个老是睡不够睡不饱的人，变成有大把大把时间空在那里却不知道该如何是好的闲人。

我习惯了被安排着过日子，我习惯了忙碌，我习惯了当一个公众人物，我习惯了当一个偶像。从忙碌不已的日子一下子变得清闲，每天醒来，我为了自己一天时间不知道如何打发而感到苦恼。甚至，我还跑去公司上班，帮同事做一些杂事，例如做剪报……

日复一日，对于这个长假我非但没有任何喜悦，反而感到无比空虚。从“小虎队”抽离以后的陈志朋，只剩下躯壳似的浑浑噩噩。我不懂得如何去安排自己，我不懂得如何跟自己独处。

我感觉好无助，那种几近是掏空般的茫然令我不知所措。我本来就是少与公司在公事以外有交集或是不懂得和同事表达些什么念头的人。加上老二的哲学态度，以往是骄傲的自我武装，现在无事太平的情况之下，我更不会开口跟公司说出我的空虚，我的问题。

更甚者，我没有朋友。一直以来我们身边总是围绕着许多人。然而我回过头去看这段时光，我必须承认我是没有朋友的，那些围绕在我身旁的人皆是肤浅地想认识明星而已，这样的情况一直持续到我实在再也支撑不住那样的情绪时，我学会了喝酒。

我知道喝酒不好，但是，只有喝了酒，我才可以暂时忘却压在心头的“比较性”的痛苦难堪，甚至是我不明来由的深沉的失落以及彷徨。

我没发现我的问题，我鸵鸟似的给予自己解释：当工作再度来临后，这一切都将迎刃而解。

千万别再把90后当小孩儿

◎刘　同

有个生于1990年的朋友，叫苏铁。

苏铁那会儿刚大学毕业，她的未来和她的爱情一样，都不知道将去何方。她小妈就把她推给我，说："你同哥特擅长职业规划，你让他给你上上课。"然后苏铁就热情地把我约到一家高级餐厅，帮我点一杯喝的，自己要杯白开水，睁大眼睛看着我，问："同同哥哥，你说我未来要干吗呢？"

我说："既然你也不知道自己喜欢什么，不如随便干一个新兴的工作，没准走在时代的前沿，稍微努力就能被人看见。"

她似懂非懂地回家了。

过了两个星期，她说："同哥，我到新浪微博实习了呢。"

新媒体行业的淘汰速度比传统媒体更迅速。每次遇到苏铁我都问："怎么样，什么时候被开除啊？"她都很忐忑地回答："估计快了，估计快了，我又得罪领导了。"问她怎么得罪了，她说："领导好奇怪哦，在电梯里遇到我几次了，每次都问我是不是新来的。然后我今天很生气地告诉他：'你别再问了，你都问过我三次了。'"

再后来我和苏铁妈妈相约吃饭，苏铁出来的次数少了，问起来才知道，那时微博有任务，无论新员工还是老员工，每个人都有自己的业务量，每个月必须要拉多少个人注册微博才行。我深深地对此感到焦虑……

又过了一两个月，苏铁妈妈说苏铁想和大家吃饭。见面后苏铁一脸灿烂，不太像被开除的样子。苏铁妈妈说："苏铁最近可得意了，三天就完成别人一个月的任务量。"我问："你最近转行做安利了吗？怎么完成任务那么快？"苏铁说："哦，同事们都是一个人一个人去说服的，我专门找那些协会，一个协会就好几百号人，我搞定两三个协会就完成任务啦。"

就在苏铁越来越被领导和同事信任的时候，她突然提出了离职，原因是不喜欢复杂的人际关系。她说有个奢侈品公司在找她，她想过去试试。"什么岗位？"我问。她嘻嘻一笑，回答：“门店销售。”

苏铁完全没有辜负她的决定，在进入奢侈品店大概两个月之后，她就成了最旺商业区门店的销售冠军。

突然有一天，苏铁给我发短信说：“同哥，我今天非常生气，跟一个店员绝交了。”我心一紧，连忙打电话过去问为什么。毕竟很多刚参加工作的年轻人，不是被工作给累残的，而是被人际关系给弄残的。

事情并不复杂，在这样的门店，每个销售都有自己的老顾客，其他销售是不能抢老顾客的。

与苏铁同时期进店的销售接待了苏铁的老顾客，然后把业绩记到了自己的名下。

苏铁找到对方，很认真地告诉她：“抢顾客的事情，从来都是老店员对新店员做的事，那时我们都被欺负，一起觉得不甘，可是你回过头就用这一招来对付我。这个业绩我可以不要，但我必须要告诉你，从今天开始，我们不再是朋友，而且，你未来所有的顾客都是我苏铁的。”

苏铁冷静叙述的时候，像极了电视剧中暗流涌动的转折剧情，我甚至能想象到另一个店员尴尬的表情和不知所措的样子。

苏铁说完这番话之后，同期的店员立刻找领导，把她的业绩换到了苏铁的业绩里。

这个90后的苏铁给我做了一个榜样。如果心里因人不爽，最好的办法就是说出来告诉对方。

以前我管90年出生的苏铁叫妹妹，自从她如此处理事情之后，我开始在心里把苏铁当成同龄人。我想，年龄从来不是衡量一个人是否成熟的标志，一个人是否成熟来源于他是否了解自己所作所为的目的，来源于他是否敢承担所做决定的后果，来源于他对自己的了解与信任程度。

我仍然忍不住想，如果当年的我能像如今的苏铁一样，33岁的我会不会变得不太一样啊？

苏铁现在仍然在那家奢侈品门店做销售，是该品牌北京地区年度销售冠军。她本来有机会升职为副店长，但因为常常不按常理出牌，所以没有被升职，仍然干着销售的工作。我问她为什么不做副店长呢？她说：“只要我现在收着就能升职，但我想看看自己放开了工作，究竟能做到什么样子。做副店长对我来说不难，但持续做一个好销售有点儿难，你明白的，对吧，同哥？”嗯，我装作很明白的样子，点点头，心里想90后真吓人，如果你还把他们当成小孩儿的话，自己怎么被他们埋了都不知道。

承诺，不过是甜品

◎张小娴

宝咏琴女士在电视访问中说："我不再相信承诺了，比方大家说过如果将来我们赚到一层楼和一百万，我们就怎样怎样……但是，什么都会变的，太多事情会改变，不如不要再有承诺。"

过来人有切肤之痛，可以理解。只是，每一个发誓不再相信承诺的人，再投入恋爱时，也会忘了以前的痛苦，再要求承诺。

相信承诺并没有错，错只错在以为承诺是正餐。

爱情里的承诺不过是甜品、下午茶、零食、夜宵。没有了这些，生活便显得单调。

譬如甜品，明知无益，我们还是想吃。看到这一天阳光普照，明知要工作，我们还是会溜出去享受一顿美好的下午茶。明知许多事情都会改变，我们依然相信他许下的、像甜品一样诱人的承诺。

我们想要承诺，不过因为贪婪。

一个只吃正餐、不吃甜品、不吃零食、不肯浪费时间享受一顿下午茶的人，必然是一个乏味的情人。然而，把甜品当饭吃，早晚会变成痴肥。把零食当正餐，会营养不良。

爱情里的海誓山盟不过是正餐以外的小吃，我们觉得失望，因为我们被爱时以为这些山盟海誓不过是正餐，受伤害时以为它是毒药，却从来未察觉，承诺，不过是甜品。

你早就应该知道，它不过是点缀。

周立波：我的顽劣青春

◎周立波

我妈那时天天打我，除了不打头，其他都是她的打击目标，打了之后我就像斑马一样到学校去，真的很丢人！两个女同学看到我老起劲儿了，说："呀！周立波，你妈妈又买新拖鞋啦？"我问："你们怎么知道？"她们说："你今天这个花纹跟昨天那个花纹是不一样的啊！"我那种皮是很另类的。记得在我们那个年龄都会请木匠到家里面打家具，我家就来了一个。木匠带了个小孩儿，那个小孩儿经常要跟我玩，我不跟他玩他就哭。有一天，我把木匠锯下来的木屑、锯末之类的都放在碗里，用热水一冲，挺厚的一碗，像藕粉似的，然后我就骗他说："哥哥给你吃藕粉哦！来，要一下子吃完的哦！给你吹吹啊——来，预备，啊呜——"他就真吃了，一口进去，"哇"就哭了，因为那种樟木锯末很辣很辣。

他一哭，我妈对我又是一顿打。第二天我就把胡椒粉撒在手背上，跟小孩儿说："你想不想要很阴凉的感觉呀？"我给他示范，把胡椒粉放在鼻子跟前："你一定要用力吸，要使劲儿，知道了吗？好，来试一下！预备，来！"好，又哭了。所以我的确是该打，很恶劣。

隔壁的一个好好阿婆好打小报告，我就想要怎么才能报复她一下呢？那会儿鸡是很稀奇的，买回来都要养着，不舍得吃。有一天，我看到好好阿婆那只浦东三黄鸡，用很高傲的眼神看我。我气不打一处来，就把弹弓的橡皮筋卸下来喂它。我喂了它29条橡皮筋，每丢一根，鸡都非常好奇地上来，"啪"一下子吞掉了，"啪啪啪啪"，29根下肚了，打结了，不一会儿我就发现鸡看我的眼神不对了，很迷茫。然后它就慢慢倾斜，脚慢慢地撑开，往后仰，整个身子就软掉了，我一看，吓死了，一只鲜活的鸡当场就变成一具尸体了。

起初好好阿婆觉得可能是鸡瘟，快点儿把它杀了吧，眼见着阿婆拔完毛，把内脏取出来，等她把鸡的胃拨开看到29根橡皮筋的时候，第一反应就是转过头来用恶狠狠的目光看着我。哇！我又被妈妈暴打了一顿，打到那个好好阿婆都不好意思了。

记得我那会儿坐在马桶上，旁边有杂物的，我看到了爸爸的套鞋，哎，这个鞋跟怎么这么厚？我用我爸的刮胡刀把它割开，一看没什么，又放回原位了，放好以后自己就有点儿害怕了，迟早要被知道的嘛。还好，两个星期没下雨，等到下雨的时候我都忘了这件事，只看我爸爸回来之后每走一步都发出奇异的声音，原来两只鞋全进水了，于是我爸上报我妈，我妈继续打我。上海男人一般很少打自己的孩子，都是妈妈打，如果男人打自己的孩子会被别人认为娘娘腔的。

当时麦乳精非常稀罕，只有尊贵的客人来了才会拿出来泡。一天，我同学五六个人过来，一人一调羹，有的还再加一调羹——当然通常是加给女同学了，结果一下就没了半罐。那可怎么办？我把剩下的麦乳精全倒出来，把报纸放进去垫着，再把麦乳精倒回去，这样看起来又是一罐了。现在饭店那种牛肉下面垫着好多萝卜丝的菜全都是跟我学的。

小学四年级的时候，爸爸给我买了一个海绵铅笔盒，那时候可是非常稀奇的。我旁边的一个女同学特别喜欢玩吸铁石和海绵，所以第一天用我就把这个崭新的海绵铅笔盒一刀划开，把吸铁石分别送给了旁边的男同学和女同学。做完这事以后知道自己闯祸了，不能回去了，居然想到逃。

下午没上课，先跑回家拿了五条年糕，三条插在腰间，其余两条给了同学，因为我是老大嘛。我说我们沿着铁路走，去北京。结果从市区走到郊区就走不动了。我发现不认识路了，就又回来了。到家以后不敢上去，躲在家门口。哇，没想到整栋房子的人都出来找我，我爸爸妈妈真的被吓到了。隔壁邻居一看我躲在旁边，把我一把拖上去了。我家当时住三楼，妈妈看到我就抱头痛哭，爸爸也急死了，嘘寒问暖，给东西吃，给我洗澡，所有人都来看我，这时候我想差不多该挨打了吧？可是没有。我竟然睡得好好的，所以我就觉得这样做很有道理。没过两个星期，一闯祸，又逃了。

这次回来真的刻骨铭心了，我爸第一次打我，他是体育运动员，“啪”的一巴掌打下去，就把我搞到位了，到现在为止都没再逃过。

当时家里靠墙边有个桌子，我妈妈每次回来以后我都会把它放在屋子当中，这样一旦挨打我好有迂回场地，妈妈追我的时候我就沿着桌子转。

有一次我技术失误，妈妈追得我太狠了，我一下钻到床底下去了，以为钻进去妈妈就抓不到了。想不到我妈妈把床板翻起来，然后把一边的出口堵住，我无处可逃，狠狠地被打了一顿！后来我就再也不钻床底了！

我从小就极有表演欲望，记得三年级的时候，有一次可能是好多天没被打了，骨头有点儿轻。正值放暑假，家里面就我一个人，大热天的我把纱窗帘拉起来，把一整瓶墨水全部涂在脸上、身上，再用刀把家里的西红柿酱打开，涂在各处，好像七窍流血，还把多余的西红柿酱抹在菜刀上，然后在家正中斜躺着，做成那种凶杀现场，把我妈妈吓得尖叫！我也不知道为什么，可能是想引起大人的关注吧。

当时考上海滑稽剧团很不容易，报名的有2800多人，最后只收了16个人，姐姐第一轮海选的时候就被淘汰了。那时候我也就15岁，没经过正式的表演训练，基本上只考原始反应，所以严顺开就考我一悲一喜。考到喜的时候，他说家里面买了台彩色电视机，你开心吗？我说很开心。他问彩色电视机怎么样？我说非常清楚！他说怎么清楚？我说，哎呀！那真是黑白分明啊！毕竟小时候知道的形容词有限，所以要描述什么叫清楚只会用个“黑白分明”。结果严老师马上反问：“慢！彩色电视机怎么黑白分明？”我说：“今天放黑白电影！”他一叫停：“就是你了！回家等通知吧！”我们共考六轮，这是第三轮，我就被录取了。

上海襄阳南路上的“大可堂”是当年上海滑稽剧团的原址，1981年至1990年之间，我在这里待了差不多十年，家人那时最头痛的回忆就是经常全家去学校挨批。最后爸爸被批烦了，就跟老师说：“要不算了，你们把他开除吧，我们也没办法，教育不好。”我们在剧团住的是那种老洋房，二十米长的甬道没有灯，平时很吓人的，经常还放点儿布景什么的。我同学打热水必须要通过这条甬道，但是因为很害怕，就会唱歌给自己壮胆，我经常躲在黑暗里，等他过去了，跟在后面鬼吼，把男同学都吓哭了。当时差不多每两个星期我就会写一次检查，后来写检查跟开支票一样，都有套路了，基本抬头换一换就是了。我们是三年毕业，再实习一年，等我从学馆毕业的时候，馆长给我的毕业礼物就是我所有的检查，他说：“周立波，你今天毕业了，成为上海滑稽剧团的青年演员了！来，这些检查还给你！”我接过来一看，简直像《家》《春》《秋》一样，很厚的一摞。

奔跑吧，黛玉

◎王秋女

作为一个颜值不够只能勉强拼智商的平凡女生，一直本能地不喜欢AngelaBaby（杨颖），而且我发现这并不是我一个人的感觉，每次女人扎堆，八卦到Baby，大家总是带着不屑的眼神恶毒地嘲讽："那个Baby，和她那个二哥，一对假脸情侣，真是般配啊，纯粹靠颜吃饭。"

而自打这段时间《跑男》开播，才看了一集，顿时颠覆了对Baby的所有观感，立马路转粉！确实，Baby在节目里，不做作、不矫情，开得起玩笑吃得了苦，飙得起颜值耍得了萌，卖得起风情拼得了EQ（情商），撇开这些作为一名艺人的必备要素不说，Baby在里面爆发出来的超强小宇宙更是令人刮目相看，全程狂奔体力超强，冷水浇头颜值不改，做任务时脑子好使反应迅速，泥浆地里还敢抱人打滚，撕名牌时有勇有谋，看起来单薄的身材里蕴藏着无限能量！原以为她不过是颜值超高老天赏饭吃，没想到却是一枚不折不扣的女超人。而且心理素质超好。网上攻击她下巴整得像门把手，她就拍个蹂躏下巴的视频发到微博上自黑；人家说赵薇才是二哥的真爱，她索性大大方方地奉上一张去美国探班三人行的照片；对于网友刁钻古怪的问题："你和赵薇掉水里了，二哥会先救谁呢？"她也是轻轻巧巧地突破盲点，说自己会游泳，邀请赵薇："我们一起救黄晓明吧！"

怪不得有粉丝感慨，Baby呀Baby，你本来靠长相活着就挺滋润了，非得还要靠才华，你跑这么快二哥他知道吗？

确实，这年头明星艺人们单纯靠貌美如花老天就能赏饭吃的日子似乎一去不复返了，你看各大卫视轮番轰炸的户外真人秀里，张柏芝、黄圣依、蔡卓妍、秋瓷炫等一干美女，颜值所占的比重越来越轻，更多的是拼EQ、拼IQ（智商）、拼体力、拼毅力、拼耐力！

不过别说明星艺人们了，看看我们身边，像Baby这样长相柔弱、内心强大、不停奔跑的女人真是越来越多了。生活中，虽年岁渐增，但仍然听从内心，追求爱情，不惧世俗，独立自信的盛女越来越多；校园里，也不再是学霸无美女，美貌与智慧并重的女学霸越来越多；职场上，更是随处可见漂亮干练、杀伐决断的职业女性。

记得十年前刚入职，就有前辈传授职场、生活秘籍，女生嘛，要学会示弱，要多动嘴少动手，多发发嗲，撒撒娇，有什么事男人自然会帮你做。可如今，虽然办公室里换桶水喊男同事帮下忙是应该的，但如果你杀几个木马，重装下系统都要喊男同事帮忙的话，那还是赶紧做好被深刻鄙视的心理准备吧。要知道，在这年头的男人心中，胸小尚可以填硅胶，脑容量小可不能装糨糊。

前些天跟着一帮驴友去走徽杭古道，入门级徒步路线，难度不高，就是磨磨脚力罢了，有一美女没走多久就气喘吁吁，一会儿嫌包太重，一会儿叫着台阶太多，几位男士只得默默地不情不愿分了她大半负重。到了营地，大家忙着搭帐篷铺地垫，生火做饭，大小姐叉着腰，什么也不会做，完了还嫌野外吃饭不卫生，又担心帐篷里会不会爬进什么小虫子来……终于旅途结束，美女鼓着可爱的腮帮子跟领队大哥撒娇，“太自虐了，除非以后你们帮我背地垫睡袋什么的，不然人家下次再也不参加了！”领队朝我们做个鬼脸，大家都心照不宣地交换眼色，心里暗暗冷笑，“哪有什么下次啊，早被打入黑名单了！”

是啊，这年头，男人早比女人想得明白，与高高在上地扮演强者保护弱小者角色而得到的满足感相比，找一位能平等对话、共同应对人生的女性，才是最具现实感的选择。不管是艺人明星，还是普通女人，就算是林黛玉，也要跟着Angelababy奔跑，否则真的是没出路！

爱是陪伴彼此一生颠沛流离

◎琦　惠

有人说：“对于多数奥斯卡评委来讲，看《荒野猎人》能让他们彻底忘掉《泰坦尼克号》，于是，我们的莱昂纳多终于抱得小金人。”想来，也确实是这样，连莱昂纳多自己都承认，这是他演过的最艰难的影片。

我们记忆中风度翩翩的少年，其实早已离开大家的视线很多年了。一度还有人将他身材走样的图片做成表情包，但我们又觉得庆幸，至少这样，我们就能将更多的目光放在他的演技上。毕竟他已陪跑奥斯卡22年，从他第一次提名到获得此次最佳男主角已经整整8054天。

其间，他演过通缉犯、神经病、黑帮分子、飞行员、卧底、百万富翁等众多角色，然而，大家最喜欢的角色永远是记忆中的“Jack”。可以说，这个角色成就了许多男士的英雄梦，也是众多女士心中的“梦中情人”。对于一个演员来说，这是成功，也是不成功。莱昂纳多塑造了一个经典的人物，再无人可超越，可遗憾的是，他自己也无法再去突破。

可对于一个男人来说，他无疑是成功了。那么多女孩视他为初恋，连“Rose”凯特·温斯莱特也这么想。

2009年，站在台上手捧金球奖的凯特·温斯莱特，眼含热泪地对台下的莱昂纳多说：“莱昂，我真的很骄傲能够站在这里对你说‘我爱你’，爱了13年。你在影片中的表现非常完美，我全心全意地爱你。”

闻声，莱昂纳多先是愣了一下，他的脸涨得通红。紧接着，他微微一笑，给了温斯莱特一个飞吻。而在此之前，他其实已经在采访中公开表示过：“在所有合作的女艺人中，我最喜欢的就是Kate（凯特·温斯莱特）。”

曾经有很多次，温斯莱特都为莱昂纳多打抱不平，她会公开质疑，为什么获奖的不是莱昂纳多？为什么？大概是机缘未到吧，正如他们两个人的爱情。这不免会让人想到《我可能不会爱你》里面的那句台词，“Timing is everything（时间就是一切）”；也不禁会让人联想到《One Day》里所讲的：“多少人是以友谊的名义爱着一个人。”

爱情不像是奥斯卡奖，兜兜转转终于到了莱昂纳多的手里，它有时只是仅有一次的勇气。这份勇敢，温斯莱特大概已在拍摄《泰坦尼克号》时全部耗尽。那时候，她远远地盯着莱昂纳多，然后对导演说：“他就是Jack，你必须选他！”

而今，她再也不会对众人炫耀，眼前的这个男人究竟有多好。她只是坐在台下，在莱昂纳多获奖的那一刻，热泪盈眶。这样就足够了，至少在弥漫着青涩的年华里，他们已经相恋过了，即便只是在电影中。可我相信，不仅是观众，连同当事人也一定会觉得，那一幕是永生难忘的画面——Rose从救生船跳回船上，Jack一遍又一遍地问：“Why did you do that，why？（你为什么要那么做，为什么？）”Rose回答：“You jump ，I jump（你跳，我就跳）。”

那一刻的爱，一定是真的。否则这一生，浪大水深，他们怎会还陪伴着彼此颠沛流离，还是会“you jump ，I jump”。

最好的爱情是透过你，我看到自己

◎晚睡姐姐

刘翔公布新恋情，女友是同行小师妹，撑竿跳名将吴莎。

据说吴莎是刘翔的前女友，两个人在2009年全运会之后曾经交往过，两个人还见过刘翔的父母，后来不知道什么原因在刘翔结婚前分了手。刘翔和葛天经历了闪婚闪离之后，两个人又旧情复燃。

有人说这场恋情是前女友的逆袭，但其实吴莎未必比葛天更有竞争力。比如葛天是富二代，吴莎父母都是普通工人；葛天颜值中上，吴莎是邻家女孩气质。当然，最后，这一切的理由都抵不过刘翔的“我喜欢”，以及两情相悦。

上一次，前女友传奇逆袭的是袁泉。

袁泉和夏雨是中央戏剧学院的同学，恋爱是夏雨主动，约袁泉夜游，去爬长城，结果大雨瓢泼，长城上就只有他们两个。他们开车回来，夏雨表白，袁泉默认，然后他们就正式在一起了。

夏雨是那种带点儿桀骜不驯的男人，而袁泉呢，看起来清淡柔弱，其实极有个性，不过略带点儿被动，需要主动的人来点燃。恋爱8年之后，两个人黯然分手。

正当很多人都为这场长达8年的爱情落幕而感到惋惜的时候，半年之后，在金鸡电影节闭幕式上，夏雨拉起袁泉的手，冲出影迷重重包围，在众人面前“英雄救美”。随后，两个人一起在苏州小店亲密吃蟹，更被拍到一起买房。前女友重新变成了现女友，接着又变成了太太。现在两个人结婚多年，这对明星夫妻把自己的私生活保护得特别好。

而现在的夏雨已经知道如何在追求自由和踏实生活中寻找一条中间之路。他重新找回了袁泉，并不是“好马吃了回头草”这么简单，而是透过袁泉，他逐渐发现了自己，知道什么人才是最适合自己的。

当一个人真正找到自己之后，爱情往往随之尘埃落定。如果他自己过得迷糊，爱情往往就会颠沛流离。

比如李安，作家洁尘评价他是“那种很早就确立了自我并遵循自我的人，一般这样的人身上都有一种很熨帖很体面很令人心安的味道”。正是他的自我健全，淡然笃定，所以他才能在没有工作的那些年里，依然能拥有太太的爱，并且有力量回报这种爱，而不是因为陷入经济的困境就找到一个婚外情来拯救自己。要知道，现实中太多婚外情的发生都是为了摆脱失败，填补空虚。

那些自我迷失的人们，常常会觉得爱情像不合身的外套一般，配不上自己，他们试了一件又一件，却不知道，其实不合身的正是他们自己。很多人在爱情中挑挑拣拣，以为自己是在寻找爱情，其实他们只是还不够明白自己。

刘翔和吴莎之复合，或许也是刘翔在向着真正的自己走去。如果说他曾经觉得英雄应该配美女的话，那么吴莎作为同道中人，显然更能够理解和支持他，他终于到了不贪恋外界的艳羡，而只希望自己能过得舒服、安心的阶段，这来自内心的呼声能带着他和一个更成熟的自己相见。

总有人希望得到能永葆爱情的诀窍。其实这里从来都没有什么秘诀，唯一能够肯定的是，爱情什么时候变得稳定，就是已经透过对方，找到了自己，发现了自己。

爱一个已经找到了自己的人，这爱情会更少变数，如果你恰好在他正迷茫，不知自己的时候出现，你多半都会成为他成长的祭祀和牺牲品。

妻子的爱，在宁静中盛开

◎李　宁

妻子陈永妍是个不爱喧哗的人，从小到现在都是这样。她和我同为广西人，比我大一岁。当年在广西壮族自治区体操队时，我俩就相识了。

永妍比我早两年进国家体操队，我进入国家队时，她已经是国家女队的队长了。平常见面时，她总是把家里人送来的辣椒酱拿来与我分享，每有旁人起哄时，她就莞尔一笑，说："这是老家菜，老乡才能分享！"渐渐地，我俩除了分享辣椒酱，还开始分享所有的喜怒哀乐。

1982年，在印度新德里举行的第九届亚运会，我和永妍分获男、女子全能冠军。在归途中，我俩心照不宣地并肩坐在机舱最后一排。我问了自己最想问的一个问题："永妍，你有男朋友吗？""有了。"看她一本正经的样子，我反倒没底了，急说："我不信！""信不信由你。""在哪里？""远在天边，近在眼前。"永妍不露声色的脸庞，像一朵宁静盛开的莲花……那天满机舱的人都在为亚运会上的胜利而狂欢，谁也没有注意到最后一排有一对幸福的年轻人！

我退役以后，健力宝集团创始人李经纬邀我加入健力宝。当时，很多亲友听说企业要用我的名字做商业开发，都劝我谨慎；永妍却感觉这是条不错的路子，鼓励我说："'李宁'牌其实早就有了，吊环、鞍马项目上不都有以你名字命名的动作吗？你那么喜欢挑战，怎么不为其他退役的人闯一条新路呢？"她的话真的打消了我很多顾虑，1989年5月，我加入健力宝。

1993年7月1日，我和相恋多年的永妍在健力宝山庄招待所举行了婚礼。婚姻的幸福更让我在事业上迎来好运，1994年年底，我先后成立了李宁体育产业公司和李宁集团，并担任董事长兼总经理。当时为了便于管理，我从亲友中物色了一些人进入管理层，妻子也参与了管理工作。然而，1997年的亚洲金融危机，让我清醒地认识到家族企业模式的种种弊端。我和公司高层决定推行股改方案，在一定程度上削弱家族成员的权力，但很快在公司内部引起了一场"高管危机"。这一回，又是深明大义的妻子为我解了围：她率先退出公司管理层，不再持有股份；随后，家族成员在她的带动下纷纷离去。公司因此正式走上股份制重组之路。

妻子带给我的感动远不止这些，1999年5月18日早晨7时，37岁的她为我生了个3200克重的儿子！而在事业上，李宁集团也早已成为国内最大的体育产业公司。去年的一次企业颁奖典礼上，坐在我身旁的妻子突然对我说："李宁集团的成长，也是李宁的成长！"这句听起来普通的话却让我慨叹良久，因为一路上陪伴和见证我成长的人不正是她吗？

谈到2008年成为北京奥运会开幕式的主火炬手，我不禁又想到妻子那份宁静的爱。因为一个多月以来，我都是瞒着家人进行准备的，关于担任主火炬手以及如何点燃火炬塔的许多事情，我没向妻子透露一点儿风声，我一直以为，这个"终极悬念"只有到点火那一刻妻子才会知道。谁知，点火仪式开始前一个多小时，在开幕式现场，我收到了妻子的短信："我为你自豪！你一定会成功！"直到这时，我才明白，通过朝夕相处，妻子其实已看出"悬念"的端倪，但她不闻不问，是怕我分心和因"保密协议"而为难，而她牵挂于我的又何尝不是份"保密的爱"呢？

当我在8月9日凌晨2时回到家里时，一场由妻子精心准备的庆功聚会早已等待着我。我的第一个动作就是给妻子一个拥抱，然后把在沙发上睡着的儿子抱到床上，随之，我邀功似的问妻子："我刚才表现怎么样？"妻子仍然沉浸在激动中，兴奋地说："实在是太精彩了！不过在电视上看你怎么胖了？""那是因为衣服太多。包括钢丝护具在内，我整整穿着四层呢！"我俩的对话把在场的亲友都逗乐了……

林允：天生美貌，不如活得热闹

◎佚　名

参演星爷最新电影《美人鱼》，坐在头排看了Chanel（香奈儿）的秀，一线杂志主动找上门，要说幸运，这个叫林允的姑娘也是幸运过了一点儿。当然，还有她1996年出生，19岁。

总以为这么年少就被捧到聚光灯下的女孩该是锋芒毕露，至少是带着反骨的，但眼前这个女孩却拿出小饭盒，请我们品尝她在家炖的排骨。没有世故的热情，也没有一丝刻意，就好像上学午休时跟同学分享从家里带来的饭菜。

○一不小心成为“林允”○

冬天的摄影棚很冷，林允到的时候安安静静的，以至于忙碌准备的工作人员都没注意到。见惯了明星抵达影棚时常有的喧嚣热闹，相比之下，对任何事情都浓淡有度的林允，像是不温不火的一阵小风。

林允出生在浙江一个普通人家，家里人给了她很多支持，让她一直都可以尝试自己感兴趣的事情。从小练舞的林允生得漂亮又有灵气，17岁时就成为平面模特，拍了不少杂志和广告，合作过的摄影师都夸赞她在镜头前极有天赋，表现力很强。

2014年，周星驰最新的电影《美人鱼》启动海选，没有任何表演经验的林允，从12万女孩中胜出，成了这部电影的女主角。参演过周星驰电影的女演员都被称作“星女郎”，带着这个标签的，如今细数下来都是“大腕儿”——吴君如、朱茵、张柏芝、莫文蔚、张雨绮、黄圣依、徐娇……现在，这名单后面，又将加上林允这个名字。

当最新“星女郎”出炉的新闻爆出后，林允曾经就读中学的百度贴吧沸腾了，“比我大一届，10班的”“好漂亮的学姐”“以前在我隔壁班，我竟然不知道”……她的微博更在一夜之间涨粉十几万。从没有任何背景的普通学生，到周星驰电影的女一号，林允的人生轨迹忽然发生了改变。

○赢在天生够漂亮○

拍摄之前做方案，感觉所有方案用在她身上都成立，又或者都不成立。因为她实在太年轻，所以有太多可能性，也因为太年轻，几近空白的参考之前，我们并不确定什么才是适合她的。面对能激活任何少女心的梦幻拍摄地，林允倒是显得比在场的每一个女编辑都淡定得多。

“你不喜欢粉色、梦幻、少女系的东西吗？”正在拍摄的林允面对编辑的发问，显然有点儿没有反应过来。拍完一组才特别认真地说：“我超爱粉色，这个景简直太梦幻了，不过拍的时候不是不让我笑吗？我得端着啊。”活脱脱直爽又认真的白羊女。

贴着“星女郎”的标签，至少在迈出第一步时占了先机。林允说自己也好奇，只是不太敢问，偶尔开玩笑似的问起，星爷无厘头地就答过去了。又或者星爷自己也不知道选择的标准究竟是什么。不过，经纪人告诉过她，估计是因为她没整过容，五官真。星爷给这个答案时，究竟是开了个玩笑还是真心这么觉得也不得而知，但在这个“颜值”当道的时代，天生漂亮的确就是更大的资本。

○男神一号是权志龙，二号是彭于晏○

虽然已经坐在了Chanel的头排，合作了一线导演、演员，但面对采访还是偶尔怵头，时不时就回头看看经纪人，担心自己泄露了什么“秘密”。

只是说起男神的时候，这个姑娘就一步回到了19岁。不仅全然一副小粉丝模样，还给男神排了号，一号是权志龙，二号是彭于晏。虽然最早关注的是BIGBAND里的T.O.P，但后来发现唱歌有动感的GD才是自己的菜，而且一喜欢就长达四年之久。

聊起这些的时候，林允才真的“暴露”了自己的年龄。虽然努力工作让自己更像个大人，要求自己更有担当，更敬业……但还是会有松懈的时候，小女生的心思会从她为自己关上的大门门缝中透出一些光。不过好在她有松懈的时候，才能放下专业的“包袱”，率性做一回自己。这样的她才真实，才能和同龄的女孩一样，崇拜着帅帅的男明星。虽然她没意识到，其实自己与他们的距离并没那么远。

《小时代》上映时，电影院里少女们的尖叫声此起彼伏，有人说这是电影史上的一次奇迹，你没法从电影艺术的角度来评断它的成功与否，但它却实实在在搅动着青春期及后青春期族群的心。两年前，林允坐在那些尖叫的女孩中间，并不知道两年后的自己将站在荧幕的那一边，在郭敬明最新的电影中，成为别人尖叫的对象。

19岁，人生好像刚刚开始。刚进入大学校园的年轻女孩们都像盛夏的花一般，拨开彼此的茎叶肆意绽放。有人会洒脱地说，年轻就是用来挥霍的，要活就要活得淋漓尽致才好，而林允却并不认为年轻是自己的资本，她安静地想了一会儿说：“年轻也会过去的。”

此时此刻的林允正经历着最极速的蜕变，这一年的时间，仿佛颠覆了前面将近二十年的全部生活。成为演员不仅意味着成名走红，更意味着对专业的负责。除了不断磨炼演技、学习英语，还为了上镜效果去健身。而作为公众人物，很难避免的就是，生活也成了工作的一部分，她的周围开始不断列出不被允许的清单，这个活泼开朗的女孩慢慢地适应工作对自己性格的磨砺。“自己的时间少了，似乎做什么事情都要小心翼翼的，我一直都大大咧咧的，说话比较直，经常会被提醒。不能做的事情特别多，刷微博、跟人说话的时候都要特别注意。”

“有什么事是以后做不了的呢？”

“我昨天还去南锣，从头吃到尾。以后怕是没什么机会了。”

“你最爱吃南锣的什么？”

“冰糖葫芦。”

“电影一旦上映就要被人认出来了。”

“对。趁现在，多吃几次吧！”

她曾经在微博上说，自己从出演《美人鱼》开始就进入了很疯狂的梦境。到今日，这句当初只是用来形容电影如梦如幻的无意之言，好像成了她对自己接下来人生的预言。我们喜欢年轻的姑娘，不仅是因为她们漂亮，充满活力，更重要的是，她们身上有太多可能性。而林允就带着这样的可能性，真实地站在我们面前，我们希望可以跟着她一起去看看这些未发生、正开始的梦境。

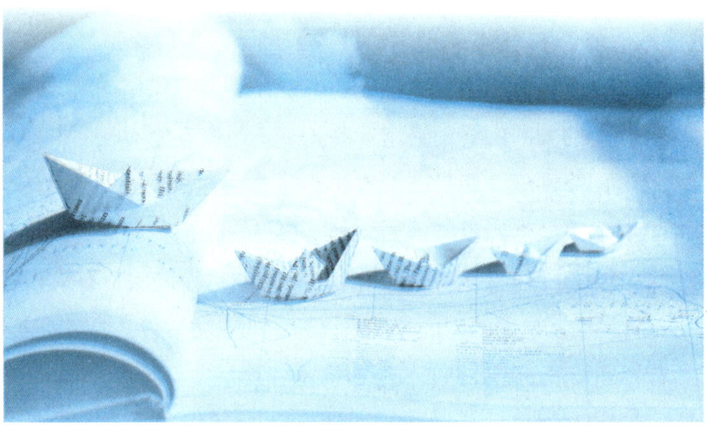

第三辑

亲爱的，陪你去流浪

如果有一天，你厌倦了尘世的喧嚣，想要走出人潮，那么，亲爱的，我愿陪你去流浪。

不要那么孤独，请相信，这个世界上真的有人在过着你想要的生活，愿你我带着最微薄的行李和最丰盛的自己在世间流浪。

——大冰

白衣少年，与岁月有染

◎苏从安

每个女孩子的记忆中，总是会封存着一个关于白衣少年的片段。清眉皓齿，指尖修长，白色的纯棉衬衫，衣袂翩然。

那时，我们十五六岁，总是喜欢站在天台的顶端，远远地看着篮球场上少年的身影，然后把一封写得悠长的信偷偷夹进他的书里，若无其事地从他身边经过，闻见他白色的衬衣上淡雅的柠檬香。如今，时过境迁，岁月已经过滤了青春的痕迹，只剩下周围那些体态略显臃肿、有些邋遢的同事。于是告诉自己，从此再也没有人，能将白衬衣穿得如那十六岁少年般好看。

偶然在街上看见穿白衬衣的少年，会停下脚步，目光随着他的身影游走，同事在一旁笑我的少女情怀。其实，这只是对曾经岁月的一种纪念，白衣少年，也只是那段记忆中不可磨灭的符号。

其实，有的时候，连自己也说不清楚为什么会有这样莫名的情愫，只是微微记得与儿时外婆讲的童话故事有关——白马王子，带你回家。

这终究是怀念。时光匆匆逝去，看到自己的青春从心中最柔软的地方淌过，偶尔内心会不经意地一怔——那是曾经辉煌的、精彩的片段。但这样的片段总是过于短暂，从年少时的不惜为之倾尽所有的付出，到现在淡然地与自己爱的人讲述那段年华，才明白，尽管有很多错过与偶然的擦肩而过，那段与白衣少年有染的岁月却会一直铭刻在生命中。

你是谁的白衣少年，有修长的指尖，衣袂翩然，与岁月有染？

男神，就是那个可以把你变得更好的人

◎卢思浩

汤圆来墨尔本是为了她喜欢的人。这事得从她的高中时代说起，汤圆从高中起就疯狂迷恋NBA（美国男子篮球职业联赛）。在我们都没那么关注NBA的时候，她还是每年的总决赛都会看。总决赛是勇士对骑士，骑士上一次进总决赛还是2007年，而她的暗恋也是从2007年开始。

那年的科比如日中天，那年的詹姆斯第一次进总决赛，那年的汤圆刚刚知道这两个人，其他的一概不知。那年学校组织篮球赛，篮球赛总是惹人注目，但汤圆一直对这些没兴趣。决赛那天几乎全校都拥向篮球场，汤圆也被闺蜜拉到了篮球场，一眼看到了挥汗如雨的男神。

男神是校队主力，最终他们学校以五分惜败，而汤圆从此记住了男神的名字。有时当你注意到一个人时，你会发现整个世界都是他。在学校的小卖部、食堂，每天上早操，晚上放学，你都可以一眼看到他。汤圆也说不上自己是什么时候经过男神教室时会多看一眼，当她反应过来时，她的脑海里只有他了。为此她也想方设法地打听男神的消息，开始看起了NBA。

后来文理分班，汤圆擅长的是理科，跟男神分在了一个班。那时理科班的女生很少，看篮球的女生更少，汤圆一下子成了班里的焦点。男神也留意到了她，有时也会一起讨论篮球，两个人变成了好朋友。

男神成绩也很好，班里排名永远在前十。而汤圆除了篮球，再也找不到跟男神的共同点。她一直没有表白，本以为拖得久了也就不那么喜欢了，可越接触越是喜欢，越压抑越是压抑不住。

高考完男神出乎意料地考砸了，汤圆花了夏天的一半时间跟男神在一起。有时男神会去打球，她就坐在篮球场边看，对她来说能看着男神打球，给他买瓶水就是幸福。两个人毫无意外地传出了绯闻，有天男神的好朋友问起这件事，汤圆假装不在意却一直偷偷地观察男神的反应，男神微笑着摇头否认，说：“这是谁说的？

她是我特别好的朋友。”汤圆先是一阵失落，可又觉得自己没有什么好失落的，她本来就不期望真的能跟男神在一起。

男神在复读和出国之间纠结了整个夏天，在夏天就要结束的时候告诉汤圆说自己要出国，去墨尔本。汤圆点点头，什么都没说。大一汤圆去了上海，开始迎接自己的新生活。

2010年詹姆斯宣布加入热火，整个球迷圈都炸开了锅。她第一时间收到了男神的信息，男神问她知道这个消息吗，汤圆说她看到了。男神说，NBA要变天了。汤圆想，那天看了那场球赛，我的世界就已经变天了。

那时梁静茹的歌是女生们去KTV（配有卡拉OK和电视设备的包间）的必点曲目，大家都喜欢点《勇气》《丝路》或者点首《分手快乐》恶意搞怪。汤圆最喜欢的歌偏偏是那首《燕尾蝶》，歌里唱，“你笑你哭你的动作，都是我的圣经，珍惜地背诵”。她不知道这首歌到底唱的是什么，但她唱这首歌的时候脑袋里都是男神。

大学四年她一直跟男神保持联系，每年夏天他俩也总会聚会。男神跟她说自己在国外生病的经历，她第二天就偷偷去买药，可来来回回这么多假期，她一次都没能把药送给他。只是每次男神要走的前夜，她都会发短信提醒男神买点儿药带过去，不要生病死撑着不吃药。

后来微信和微博开始普及，两个人的交流变得更频繁。墨尔本跟中国有时差，她就定上闹钟早起想跟男神说早安，又怕自己太明显，就每隔几天给男神发早安。男神给她发信息时，她也故意晚一些才回，她怕自己的秒回太明显，她怕自己的热情收不住，所以干脆假装不在意。

可她怎么可能不在意？大三那年她就决心一定要去墨尔本看看，她想知道墨尔本到底是一个什么样的城市，她想走男神走过的路，义无反顾开始学雅思，给自己一年多时间为各种考试做准备。几乎是同一时间，男神告诉她自己有了女朋友。

我不知道汤圆是什么样的心情，但这件事没有给她的计划带来影响，她还是决定要考研。因为准备得很早，她的申请很顺利，大学毕业没多久就等来了期待中的offer（录取）。可男神也在这个夏天决定回国，准备和他的女友结婚。

汤圆那天破天荒地给男神分享了一首歌——《燕尾蝶》。男神打趣她，说这首歌太难懂了，你还是给我分享一首简单的歌好了。汤圆说：“我就是觉得这首歌很好听，想分享给你。”

梁静茹还有另外一首歌红遍大街小巷，叫《可惜不是你》。那阵子汤圆一直循环着听这两首歌，汤圆一直单身，追她的人不是没有，可她通通拒绝。也有人问她这样默默陪着一个人是不是值得，汤圆说她想得很清楚，她觉得这样值得。我知道这事时，我也这么问她，我说：“你觉得哪里值得了？”

汤圆说：“有时我也怨，为什么自己喜欢的人不喜欢我，为什么我连喜欢都说不出口。但我更多怨的是自己，那时他告诉我有女朋友时我整天整天睡不着，每天夜里都会做梦。我在自己的脑海里跟他过完一生，可现实中却风马牛不相及。”

“可我后来还是决定来看看，我想知道这里的生活是什么样子。所以我想通了，有些想法是因为他萌生的，可做决定的还是自己。我想要靠他更近一点儿，所以我努力学习；我想要和他有共同语言，所以我喜欢上篮球；我想要走过他走的路，所以我来了这里。如果不是他，我一辈子都不会做这些事情。你们说的我怎么可能不懂，只是我觉得这几年虽说是为了他做了这些事情，但我也喜欢上了我现在的生活。让我再选一次，我还是会这么选。”

我们说要向前走，想要发亮让喜欢的人看到，于是我们一路往前走。等到能并肩，才发现你再怎么发亮，你喜欢的人也看不到你。索性洒脱，假装擦肩而过，虽然他不知道这擦肩而过是你一路飞奔的结果。有时就是这样，你也不得不承认，有些人注定擦肩而过，而你却因为他发现了自己新的可能性，也算好结果。

男神年初结婚，汤圆没有赶回去。我担心她心情不好，就叫上几个朋友一起吃饭。她一眼看穿我的用意，说没事儿，现在这样反而轻松。

那天她说起，那些年她给男神买的药，一直藏在自己的抽屉里，有些过了保质期已经不能再用；那些年他们也去看过几场电影，每张票根她都收着；那些她觉得有意义的聊天记录，她都存着；那些想说的话从来没有说出口，早就变成了秘密。

总有那么一段时间，有个人是你的秘密，却不是你能分享秘密的人；而你能分享秘密的人，又不是那个可以安慰你的人。希望那个你可以分享秘密的人，就是可以安慰你的人。

青春就是彼此辜负

◎猪小浅

45° 暗恋时光

升入高二，尽管班主任说理科更适合我，可我毫不犹豫地选了文科。因为我心心念念的少年陆青野，必定会去念文科。

感谢上帝的眷顾，开学第一天，我在高二（7）班的教室里如愿见到了他。少年陆青野，站在舞台中央朗诵诗歌。灯光打在他的脸上，美好得如同传说中的王子。

我的少女情怀，就在那个瞬间，彻底被唤醒。

在文科班相遇时，陆青野瞪大眼睛说："Hi（你好），雅茹，原来你也在这里。"

张爱玲的对白，被少年陆青野用得惟妙惟肖。我对文学向来没天分，只能俗气地打招呼："哈喽，陆青野，Nice to meet you（很高兴见到你）。"

晚自习时，我常常坐在位子上发呆。一起发呆的，还有陆青野。从我座位的角度看向他，正好是45°。

我曾矫情地在日记里写，这是属于我的45° 暗恋时光。

后来，我却在不经意间发现一个让人沮丧的事实。从陆青野的角度看过去，让他发呆的那个女生，竟然是沈欣旎。

沈欣旎美得像个尤物，学习成绩好得让人望尘莫及。这样的沈欣旎，是男孩子们心中的"女神"，只能用来远观。就连同样优秀的陆青野，也只是小心翼翼地暗恋她，不敢张扬。陆青野摊开的草稿纸上，重复写着满满一张纸的"sxn"。

暗恋，真是件让人忧伤的事情。

某天的语文课上，老师讲到卞之琳的《断章》。那是我17年来读过的最心疼的诗句："你站在桥上看风景，看风景的人在楼上看你。明月装饰了你的窗子，你装饰了别人的梦。"

这样的景象，像极了我和陆青野以及沈欣旎的年少时光。喜欢这件事，从来就是这样，让人毫无办法。

最好的方式

其实，女生们都不喜欢沈欣旎。谁会喜欢她？那样孤傲而又不可一世，没有哪个女生，愿意留在她的身边，充当可怜的绿叶。

沈欣旎的青春，是孤独的。

她总是一个人。那个黄昏，隔着人群，我看到陆青野的背影里，有无尽的落寞。他写给沈欣旎的情书，被她当众扔进了垃圾桶。就在那个瞬间，我做出决定：我要帮陆青野追到沈欣旎！

沈欣旎家和我家只隔了一条街，每天放学，我都跟在沈欣旎后面却不敢走上前和她打招呼。课间休息时，我拿着数学题去请教沈欣旎，她塞着耳机，当我是透明人。也许喜欢陆青野这件事，让我变得无所畏惧。我仍然怀着赤诚之心，期待着用我的真诚，打开沈欣旎的世界。

春天来的时候，终于有了转机。

那天上完晚自习，我如往常一样跟在沈欣旎身后。穿过一条没有路灯的小弄堂时，一群小混混拦住了她。我急忙掉转车头，去街边找到公用电话报了警。警察带走那些小混混时，沈欣旎哭得像个无助的小孩儿。这一次，我听到她说："宋雅茹，谢谢你。"

夏天来临的时候，我和沈欣旎已经成了要好的闺蜜。

她的秘密

真正熟悉之后，我发现沈欣旎其实是个很可爱的女生。私下里，她爱笑也爱撒娇，和学校里的那个她判若两人。但这样的一面，她只肯展现给自己信任的人。

周末，我和沈欣旎约好，一起去书城买参考资料。我偷偷告诉陆青野，让他装作在那儿与我们偶遇。出于对我的信任，沈欣旎不再排斥陆青野，这是个良好的开始。

那天选好资料后，我们三个人一起去吃肯德基。从那之后，我、沈欣旎，还有陆青野，慢慢就变成了三人行。每当我们三个人走在一起的时候，我常常觉得，自己是多余的那一个。

有一天，陆青野突然说："雅茹，以后每个周末，我去图书馆帮你补习英语，怎么样？"我激动得一颗心快要跳了出来。可是，他又装作不经意地说了一句："要不叫沈欣旎一起吧，大家一起温习功课，不懂的地方，还能相互交流。"

陆青野的目的昭然若揭。我没有拒绝，因为我舍不得错过任何一个与陆青野相处的机会。

可是，第三个周末，沈欣旎跑来悄悄告诉我，她有事，来不了。因为她暗恋的邻家大哥哥，周末正好回来，她要打扮得漂漂亮亮的去见他。这是我第一次，听沈欣旎说起这个秘密。那个周末，没有沈欣旎在场，陆青野的眼神里，有难以掩饰的淡淡忧伤。而礼拜一上学的时候，沈欣旎的眼神里也有同样的落寞。

不过，我们都没有多余的心思用来忧伤。一眨眼的工夫，便是水深火热的高三，紧张的气氛一触即发。

对于高三学生来说，爱情不过是消费不起的奢侈品。

暗恋是重复的

当我将心思更多地用在学习上的时候，各科成绩都有了突飞猛进的提高。慢慢地，和沈欣旎和陆青野的距离，也近了一些。

我们三人，还是会常常聚在一起。不过，讨论得更多的，是考哪所学校，以及怎样对付试卷上的那些难题。

仿佛只是打了一个哈欠的工夫，高考便如约而至。我们没有出现传说中将喜欢的人的志愿表拿来照抄一遍的场面。喜欢一个人，并不是盲目追随，而是在这个过程中，让自己变得更好。

美好的大学时光里，分布在不同城市的我们三个，仍然是彼此最好的朋友。自始至终，我都没有告诉过陆青野，我曾以一种笨拙的方式，热烈地暗恋过他。而他，也同样，没有跟沈欣旎说起过自己的喜欢。

17岁的一切都值得期待，而一切也都值得被原谅。

电影《情书》里，暗恋藤井的大井早奈说，男生和女生的故事总是重复的。是啊，仿佛年少时表达喜欢的方式，是重复的。喜欢的人的样子，也是重复的。甚至连暗恋，都是重复的。多年后，QQ（即时通讯软件）上有个男孩跳出来，说："你好，宋雅茹，你知道吗？高中的时候，我曾喜欢过你。"

也许青春，本来就是一场重复的辜负。可我仍然觉得，那是我们最好的青春。带了一点儿小纠结，却永远在记忆里闪闪发光。

写给那些年不追我的男孩

◎赵牧南

那些年不追我的男孩：

Hello（你好），你们好吗？你们肯定不记得我了。如果记住我，是那么轻易的事情，那么喜欢我，也应该是一件不困难的事情。

但是你们，你们中的任何一个人，都没有喜欢过我。更没有像其他男孩子追求女孩子一样地追求过我。没有日落黄昏下，骑着自行车，走过校门口，看到我不言而喻的微笑；没有拿到试卷后，回头看看我的神色，是不是考得不错呢；没有在食堂人最多的时候，帮忙打饭；没有在体育课后去小卖部帮我买过一瓶水；没有在我身体不舒服的时候，发一条短信告诉我要喝热水；自然也不会有在起风的马路上静静地等待绿灯亮起。

这不是你们的错，你们有你们的喜好。你们记得那位女孩的笑颜，记得她的长发，记得她看你的眼神，记挂她，打听她，在她的婚礼上哭泣。没有一个人会说“我还记得你，记得你这位我不想追、我的兄弟也不想追的女孩”。

想想你们有不追我的理由。我不美丽却太骄傲，我不温柔却太执拗，我不服输总是像钢铁一样坚硬。我看着你，往往先瞪起眼睛，再翻一个白眼。我会嘲笑你考出来的烂成绩，把自己的喜讯写在脸上。

其实，某一刹那，我也认真地看过你。我记得你。在你做完作业，认真啃铅笔的时候。在你花了几秒钟就用湿拖布把全班的水泥地都拖了一遍的时候。在你不看我的时候，我会睁大眼睛，看着你。

往往那个刹那，你是不会看到我的。我的整个人都在你的注意力之外。你怎会记得我？但是，我记得你。我记得在操场上，脱掉校服光膀子的你；我记得吃起“来一桶”方便面连吃三桶的你；我记得帮她写作业，帮她打扫卫生，帮她停自行车的你。我知道你不喜欢我，我却一门心思地喜欢你。就这样，死脑筋的我，等了这几年，却也只有空等下去。我不知道一句话，叫作“开始不喜欢，以后也不会欢喜”。我只会告诉自己，我喜欢你与你无关。傻乎乎的举动也是有的，买早饭、买夜宵、图书馆占座，这些点滴小事，我以为你知道的，你会聪明地明白地给我一个回馈。可惜，你太聪明，也太年轻，你不懂得一个女孩子的心——在最年轻的时候为你付出才是真正喜欢你。爱你，要用最美的一面对着你。

或者，这几年过去，再问我，为什么喜欢你。我回答不出。因为我喜欢的是喜欢你的自己——那么无怨无悔，那么直率坦然，那么干净利落地喜欢你也喜欢自己。

因为你不喜欢我，也没有旁人追我，我因此有了最安静的时光。不用看手机回短信；花整天时间在图书馆，读马尔库塞的书。一个人的时间，最为悠长和动人。谢谢你没有追我，给予我那份最宝贵的时间。

其实，我也羡慕你们一起追的女孩子。她们往往美丽、自信，知道该如何对着你们笑、对着你们哭，像一个仙女，而非机器。下雨的时候，有一个男孩子前来送伞；烈日下，有人帮忙取快递。不是羡慕她们的轻松，而是羡慕这份温情。何况这份温情来自你们这些最年轻、最无谓，也最自私的男孩子。

我不是故意指责你们的自私。很多时候，甚至我羡慕你们的决断。你们可以在人群中，以本能去挑选一个自己心动的女孩子，付出行动后静观其效。无论她是否理睬，你们都带着笑意，因为这份感情，取决于你的主动和心意。女孩子则在原地等待，圆圈舞一开始，就在盲目地转圈子。不知有几分幸运，才可以遇见会追求自己的你……

在等待的时候，我们不明白怎样得到你的开口，只有继续等待下去。

或者，你们的冷淡，给予我们的是下一次等待的勇气，因为只有继续对爱无怨无悔下去，才不违背初衷，才不远离我们所喜欢的你。

谢谢你们，那些年不追我的男孩。

向你们致敬！

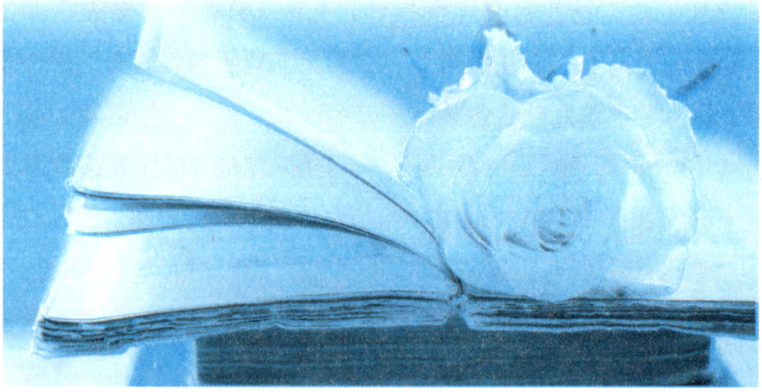

听见你羞涩的歌声

◎白国宁

黎小溪一走进教室，便听到一阵阵哄笑声。尽管那笑声，是刻意压抑住了的，但她还是从那些男生的眼睛里，读出她昨晚主持的学校电视台脱口秀节目的糟糕效果。

但她看到林七七带着一贯的极具杀伤力的微笑，与她擦肩而过，坐在池亦飞的前面时，她依然带着不可一世的骄傲，坐在了池亦飞的后面。这已经不是第一次，黎小溪与林七七同台飙戏。她与林七七都是从本校初中部直升高中部的学生，相对于外校考入的池亦飞，她们早就在这所学校里混得如鱼得水，大小的活动，有了黎小溪也必缺不了林七七。

可是，池亦飞的加入，却让两个人的关系发生了微妙的变化。

池亦飞最早让两个人注意到，是在全校的校庆晚会上。这个面容冷酷的男生正在一边投入地敲着鼓，一边歇斯底里地狂吼着一首从来没有听过的歌曲。鼓点密集如雨，歌声阔大强劲，每一个节点都如一把锤子，重重地击打在听众的心里。

此后的一年，黎小溪总会借故与池亦飞接触。池亦飞显然是个大度的男生，与任何人都可以和睦相处，这一点倒像是林七七。可是黎小溪却最恨他这一点，就像，她一直都在嫉妒着林七七有幸福完美的家庭一样。

黎小溪读高一时，爸爸名正言顺地搬出去住，只有要交学费的时候才能找到他。没过多久，他遇到了一个喜欢的女人，很坚决地便与妈妈离了婚，而黎小溪也因此搬入学校住。本来以为自己会厌倦住校的生活，可是当她得知池亦飞就在同一栋楼的男生宿舍里住时，她原本抑郁的心，突然间就被一缕阳光给照亮了。

黎小溪第一次丢掉高傲去找池亦飞，表面上是为了商讨校电视台脱口秀的事情，事实上，想要坐在池亦飞的对面说话的欲望，在她的心里已经跃动了很久。只是这样一个契机，让她鼓足了勇气，与池亦飞有了真正深入的接触。

所以黎小溪对于那次脱口秀的重视程度，胜过任何一个编导人员。她甚至越俎代庖，包揽了本不是自己的服装设计的职务。这样越权的行为，一度招来很多人的白眼，但黎小溪不在乎。只要能够让池亦飞真正看到自己的才华，而不是与林七七惺惺相惜，将她忽略，那么，她愿以冷落身边所有人的代价，换来这样的结果。

在直播开始的时候，因为瞥见台下一角正在用力鼓掌的池亦飞，黎小溪紧张地跌倒在地，并像推倒的多米诺骨牌一样，语言也连带地钝了，昔日备受推崇的风趣与幽默都卡了壳，让她自己都觉得生硬枯燥，索然无味。而与黎小溪形成鲜明对照的则是那晚林七七的夺目耀眼，她的飘逸的长裙、纯净的微笑几乎迷倒了全场所有的人。而摇滚王子池亦飞，当然也掀起了会场的第二次高潮。

黎小溪在博客上自言自语了很久，她始终无法原谅池亦飞还有林七七，如果没有他们，她也不会如此热衷于这场角逐。而池亦飞与林七七，则像是什么也没有发生过一样。

黎小溪，在这样的平静里，知道自己快要撑不下去了。她在博客里，看到一个匿名的留言说，一直在她的身后远远地注视着她，像一个影子跟着一个不会回头的漂亮女孩。

而几乎是同时，她又在信箱里收到另外一封匿名信。信里几乎没有字，只有一幅手绘的漫画，深蓝色的夜幕下，一弯月亮微笑着，一个长发的女孩，正在歌唱。而黑暗的宿舍楼里，却有一盏灯安静地亮着。那盏灯的位置绘者无心，看者却瞬间便猜到了所处的宿舍的号码。

黎小溪知道第一封信来自林七七，亦知道那一幅画来自池亦飞。她一直以为，自己不仅被父母忘记了，亦被另外两盏度数超高的灯给忘记了。是这场让她差一点儿丢掉希望的角逐，才看清了他们与她，原是一样敏感又羞涩的少年。

有个巨蟹女孩属于我

◎Bottle

这个人曾经那样对我说过："一想到以后可以对别人说你是我朋友就觉得很自豪。"我甚至可以想象到她笑得像个傻瓜一样地说。

那时候我的心情处于低谷，友情、写作、学生会，总之几乎事事不顺。她有俩酒窝，而且不会藏着掖着，她经常笑。如果你突然有那么一点儿兴趣要去接近她就会发现，这个人不只是与众不同而已，而是一个奇葩，超级大奇葩。

她最奇葩的地方是笑点低，也许我这辈子再也找不到笑点这么低的人了。当年她对我们说："从前有一个剑客，他的眉毛是冷的，他的鼻子是冷的，他的嘴巴是冷的，他的心也是冷的，他的剑也是冷的，最后他被冷死了。"这个笑话让我们对她的笑点有了一个大概的估计。几年过去了，我还是没有找到那个笑话的笑点在哪里，但是她的笑点一直在打破低的极限，据推测目前她的笑点已经不在地球上，甚至有飞出银河系的趋势。

前几天讲笑话，室友听完之后很无语地问了我一句："是不是你们福建人笑点都很低啊？"我说："不是啊，只是我们宿舍的笑点低而已。有一个人就怎么逗都不会笑。"寝室长很可爱地说："那是那个人没情调。"于是我把这对话发到空间去并且附上总结：笑点低等于有情调。结果她以及小太后的评论都是"哈哈哈……"。

她是巨蟹座，到现在我都看不懂的巨蟹座，看不懂她的悲伤，即使说着自己很难过、很低落的事依旧会哈哈大笑，但又绝对不会强颜欢笑。我在想，是不是她失去表达失落的能力了，没有哪个表情可以来解释她失落悲伤的心情。然后我学习她那样，学了几分我不知道，我知道的是现在好像不会再经常犯傻，就是在难过的时候说话也很欢愉，明明已经对她说了我很难过，她还是回复我说："可是我感觉你很开心啊。"看到这样的话，本来难过的心一下子就豁然开朗起来。她就是有这样奇怪的魔力，即使我们三观不同，经常意见相左。

前两天我们因为一篇小说在争执，在我收起电脑用手机QQ上线的时候还收到她的消息说："我已经过了看校园小说的年纪。还有，你不要哭。"她知道哪些话会伤害到我，但还是毫不避讳地讲出来，知道我们彼此没有错也就没有所谓的道歉。于是这两个幼稚鬼的对话经常是这样的："我以后再也不会看你推荐的小说了。哼！""我也不会！我也不要听你推荐的歌了！""我不看你推荐的电影了！""我不看你推荐的韩剧了！""什么，韩剧你根本没看好不好！"结果两个人又因为这样的事情吵了起来。她说："看到你跳脚我就圆满了。""像每个晚上一样，祝你晚安。"

结束战斗。晚安。

这个人用言语和真诚的心为我清除了一些迷障，让我觉得，虽然阳光苍白，但是还好阳光还在，五年来，时光日日夜夜都在消逝，而我们渐长渐久的关系在逐日地稳定下来。没有人天生就能获得友情，只要肯去经营、肯去相信、肯去喜欢，终有一天会获得友情。

"我想认真去生活，可以让你以后自豪地说这是我朋友。可是我很差劲。做不到。"

"不会，你的存在就足够让我炫耀了。"

"等我有资本了你再拿出去炫耀。现在我是'无产阶级'，啥都没有！"

有时候我煽情一把对她那样说，她也会回我以煽情。不过我们都不适合煽情，还是吵架比较适合我们。

写给我的青梅不竹马

◎路人宇

亲爱的H：

在你看到这封信的时候，我已经离开中国了。现在，我正一个人坐在尼日利亚拉各斯的海岛上，望着海边的风景，没有哪一刻会比这一刻，更想念你。

如果我没记错的话，我们认识12年了。第一次见你时，是我们的第一个本命年，那时候，我们都年少无知，情窦未开；最近一次见你时，是我们的第二个本命年，这时候，我们都已过青春，有的情种已开出花，有的情花也已经结出果来。

12年的时间，你从一个少女蜕变成一个淑女，我却从一个少男退化成一个浮夸男生。在你面前，我不用掩饰什么，也没有什么可以掩饰的。

在给你写信之前，我觉得倾诉欲爆棚，可是真的动笔时，却又觉得没什么可写的。毕竟我们坦诚相待这么多年，我不说，你不会懂，我说了，估计你还是不会懂。这大概就是人世间最纯真的感情，飘忽于心中而止于白纸间。也可能我们之间本来就没什么可写的，如果真有的话，那就只能靠我编了。反正，我也无所谓了，你想骂我，我已经不在中国了，你要打我，我又不在你身边。

高中之前，我们要么前后桌，要么左右桌，即使偶尔“藕断”，但一直“丝连”。高中之后，我们虽然在同一所学校，但有过一段时间的失联，你在我的QQ列表上沉睡，我尚未出现在你的朋友圈，你存在于我深深的脑海里，我从未出现在你的梦里。然而一梦三四年，那些念念不忘的人也在念念不忘的日子里被遗忘。最后不知是造化弄人，还是缘分作祟，你在空间发了一些在武大赏樱花的照片，那时烟雨蒙蒙，应该是艳遇的好时光，我仔细一看上面的时间地点，正是我们当时进行调查问卷的时间地点。我暗自惊喜，突然想到张爱玲那句：于千万人之中遇见你所遇见的人，于千万年之中，时间的无涯的荒野里，没有早一步，也没有晚一步，刚巧赶上了，那也没有别的话可说，唯有轻轻地问一声：“噢，你也在这里吗？”

“你也在吗？”我想问，“可当时我没看到啊。”

你说：“怎么可以这样？就这样擦肩而过啊！”

于是，前世千百年的回眸，换来今生一次的擦肩而过。后来我在图片下面留了我的联系方式，我们像久别重逢的故友，每一次叙旧就像经历一次青春，我们重新回到我们一起傻兮兮做题的日子。我给别人打电话从来没超过半个小时，给你打电话从来不会少于45分钟，并且每次都是我给你打过去，即使你打过来，我也会挂断回拨！哎，多么有爱的场景，却和爱没有关系。

年前的深冬，大学生们在求职的大潮中风起云涌、你追我赶。我找到一份还不错的工作，在广州，而你尚未确定。同是求职过的人，知道那时你也迷茫，我却无助，电话里找不到安慰的字眼，连沉默都像是在唱歌。

我们就这样联系了两年多，大学即将毕业，你尚未嫁，我也还未娶，然而这两者并没有什么关系。最后，你回到故乡的城市上班，我南下广州开始漂泊。

最近一次见你，是在你们的学校。你还记得吧？不要告诉我，你忘了。其实是这样的，我快想不起来了！

你说，等到再回忆的时候，会有什么来着？你带着我，在你所在的城市，到你所在的校园，逛了一大圈，吃了一顿饭。现在我记得非常清楚的是，上车时，我站在窗户旁，看到你清澈的眼睛。我多么“希望在我最后的目光里，你的眼睛仍是那样纯粹”。

那时候我们都临近毕业。因为毕业后要外派，我想到两件事，一个是死，一个是爱。好像凡是跟爱有关的，就会涉及死，大概这样才会显出爱的伟大，死的光荣，比如罗密欧与朱丽叶，比如梁山伯与祝英台。

当然啦，这里的死亡与爱情和我们也没有多大的关系。

年后寒冬刚过，外公因意外离世。那是我第一次真正面对死亡，我开始真正思考一些触及生命的东西。时间，我们无法抗衡；命运，我们更无法抗衡。这些，你比我认识深刻，反正你们女生就是比男生早熟，我也没有办法。

这大概是我本来可以直接回校，却要从你那里转车的缘故。我不知道，在下一个本命年，我们是否还会再见面，我甚至不知道，在下一年，我们是否还会再联系。

在离开中国之前，我想到过在非洲因意外而死亡。虽然大家叫我不可救药的文艺青年，但我还是可以非常清楚地认清现实生活，甚至可以说，我从来都不是理想主义者，当然我还是有理想的。我想，在国外如果真的回不来了，会因为没见你最后一面而遗憾终生。看到这里的话，就不要感动了，虽然你也看不到。女人往往会因为男人的一句话感动很久，其实，你也知道，他们通常会对很多女人说类似的话。然而我就第一次对第一个人说了这话，看在我们认识这么长时间的分上，希望这不是最后一次，当然我也不会介意你是最后一个。

上面一些是关于死的部分，接着是爱，这里也不是爱情，虽然我希望我们之间能擦出点儿火花什么的，但是衣服都擦破了，也没见着花。我身边的不少人都知道我一直在写东西，但我很少公开，我不想因为这些东西而影响大家的感情，尤其是我们俩。其实写文章，有时候就是发泄，把生活中的不满或者高兴以另一种方式表达出来，写完了就完了。但，文字叙述里的我跟实际生活中的我是不一样的。我不可能在你面前老是提文学、提理想、提写作，真不如我们一起去吃个晚饭，看个电影，哎呀，天太晚了，我们就……不回去了吧！

我之前给你发过一个还未发表的长篇，思来想去，也只有你可以信任了。如果不是因为要出国，我是绝不会把这个长篇发给你的。这个长篇开始写的时候是四年前，写完已经是三年后，很多细节，连我都忘了，唯一清楚记得的是，这里面的女主角是你。我多么希望在毕业的时候，它会结集成书，然后我亲手送给你。里面的故事可以说大部分是真实的，可以在生活中找到原型的，我所遇见的人，我所经历的事，基本都以一种伪装的方式表达出来了，这也是为什么我自称为“浮夸男生”，因为喜欢伪装，文人骚客嘛。

虽然这个故事写得有些烂，并且故事的结尾好像还虚构得很狗血，但我真的想过，万一哪一天，我真的回不来了，这个长篇就埋在我电脑的Word（文档）里，因为我只公开了非常小的一部分，大部分根本没在网上发过。那样的话，就像我真的见不到你一样，我连悲伤的感情和时间都不会有。

嗯，这部分是关于爱。因为一厢情愿，所以理所当然。因为痛彻心扉，所以刻骨铭心。

看到这里，想哭就哭吧，反正我也不会给你递纸巾，想骂就骂吧，反正我写着写着就饿了。

现在，我这边是凌晨四点多。到尼国的第一天，各种倒时差，更糟的是，刚出门，手机就被抢了，我手机上还有一张你的背影照片，从此我们天各一方。好像我们自从进了大学就是这样的，是不是因为以前我们一直是同桌？进屋不久，我被蚊子咬了，于是被疟疾虐得冷热交替，这里的医院简直像兽医院。我真感到绝望啊，在见不到你的日子里！

到尼国一个多星期的时候，我不那么想你。我每天都想着，我要好好活下去，我要活着回国，但是我真不知道自己能不能熬到回国，不是说身体不行，而是精神崩溃了，意念倒塌了。来这里后，最严重的一次是高烧到体温计爆表，那时候，我是第一次直面死亡，我甚至看到死神的样子，我当时极力挣扎，仔细看，才发现，那个死神竟然是你，原来我的女神就是我的死神。好吧，既然这样，那下辈子，你做我的女儿吧！

现在，我还是不适应这里的生活，但是学着接受。今天早上，我起床后，写了这封信，想发给你，但没有发。按照惯例，我会把它发在博客上；按照惯例，我会跟别人说这写的是小说；按照惯例，我会骗你说这些都是胡扯。

我是多么希望你看到，也多么希望你看不到。

这是第一封信，写给你，写给我亲爱的，H。

那不是初恋

◎［美］约翰·加西纳　译：佚名

在新学年开始的第一天，一个我以前见过，但从没真正看仔细的女孩和我在教室里并排而坐。我的两眼睁得老大，紧盯着她。她侧过头来，非常非常镇定地看着我，那一眼已经令我神魂颠倒。

“你瞪着眼瞧什么？”她问，接着又问了一次。

过了好一会儿我才听清她的话，又过了更久我才支支吾吾地回答。

“没……没看什么。”我嗫嚅着，趁她冷冰冰的蓝眼睛把人化成石头以前赶快别过头去。

她名叫赛柔。这个名字在我舌尖上打转，我一遍又一遍地低语，似乎它不是名字，而是祈语。我对赛柔的迷恋完全是天真无邪的。那是1950年，我才9岁，电影尚未分级，《花花公子》杂志比我还年轻，父亲还没有把我拉到一边给我讲“大道理”。我懂得些什么？

为什么赛柔一走近，我的心就扑腾扑腾地跳？是什么使我看上了她？这令我很烦恼，就像患了流行性感冒似的，出现了可怕的症状：头晕目眩、打冷战、茶饭不思。

赛柔对我的偌大影响真令我迷惑不解。老实说，我们是邻居，曾一起上过别的课，多年来我都没有理会她，可是这次不同。

看到她自然使我心动，但并不止于此。我一有机会就走近她——即使没有机会也如此——结果我有了一个惊人的发现：女孩闻起来和男孩不同，尤其是赛柔，她呵气如兰，一点儿也没有我们男孩因整天耗在沙地上而弄的那身霉味儿。

她的味儿使我眩晕。

夜晚我辗转反侧，渴望在学校时能有机会揪她的辫子，对她扮鬼脸，在她作业簿上涂鸦，做任何使她知道我对她多么有意的事。

这是已经感到却不准备承认的情意，我深信：全班人人都知道了，但没有人要说出来。当然这“人人”并不包括赛柔在内。

一天在学校吃午饭时，我们都到外面去了。我在朋友的怂恿下嘲弄了她。她突然转身面对着我，手叉着腰，噘着嘴。

接着发生的事好像有一辈子那么长，其实是瞬间即逝。后来想起，真有太多的东西值得回味。我常常从各种不同的角度回想这件事，偶尔又想到：要是那样，又会怎样。回忆时，整件事像慢镜头重播撞车过程，连相撞的一刻也是慢慢发生的，你看见车迎面而来，却无从躲避。

赛柔倾身向前说话时，整个操场都静下来了。她说："我妈妈说，一个男孩真正喜欢一个女孩才戏弄她。"然后她蹦蹦跳跳地跑开了，只听到她皮鞋擦地的沙沙声。

四周蓦地迸发出哄笑声。否认这个事实绝对不可能，我讲不出话来，只是怔着站在那里，气也泄了。我觉得自己在倒下，虽然实际上我呆若木鸡。我的脸红得像火烧云，时间完全静止了下来。

等我喘过气来，一切都和以前不一样了。

若不痴情枉少年

◎黄宝莲

我读过的大学里，有许多绮丽的爱情故事，一一印证所谓“若不痴情枉少年”。

最难忘记的是同我选修诗词欣赏的一个长发瘦女生。她不美，衣服穿得邋遢，就是有一股孤芳自赏的潇洒劲。很少见她与人打交道，成天跟她腻在一起的就是别系一个念自然组的男生，头发很短，像把钢刷，经常穿拖鞋，短裤，露出长毛腿，胡子不刮，带着流氓气息的聪明模样，两个人走在一起，特别臭味相投。

我当年难免也有这样一点儿个性，对这种勇于自命不凡的人，格外欣赏。当那些自称思想开放、行动保守，自视家教良好的同学，用批评审判的眼光讥讽那一对男女的惊世骇俗、放荡不检时，我就暗自赞赏他们敢做敢当的勇气。

他们每天一起吃午餐。十二点下课时，教室门外就等着一个提便当的他，然后一起到学校餐厅分享午餐。他们总是吃得津津有味，互相夹菜到令人生烦的地步。我有一次坐在他们旁边，看见男的三次把一块肉夹到女的碗里，女的三次夹回去。两个人总共说了六次“你吃”。最后，女的放下筷子，一副怒容：“叫你吃你就吃！这么啰唆个没完。”男的就乖乖地吃了。那一餐饭，两个人吃得意犹未尽，就商量是不是要在餐馆里再点一样菜。“你吃饱了没有？”男的先问。女的以同样的话又问：“你吃饱了没有？”“想吃什么？”男的说。“豆腐怎样？”女的提议。“你想吃豆腐吗？”男的又问。五分钟的反复征询后，他们决定多买一份豆腐。那一餐饭终于吃得一无所剩。男的牵着女的的手，提着便当，双双步出餐厅。

每时每刻，他们形影不离。只有坐在不同教室的时候，才能把他们暂时分开。他们大胆大方，对旁人视若无睹。在省人大代表建议辟室供约会的学生“合法接吻”的笑话闹出时，一般男女，都还只是找个阴暗角落，夏天蚊咬，冬来风寒。这一对男女就敢在大街上公然接吻，毫不扭捏，就像西洋电影的恋爱镜头一般自然与天经地义。春暖花开时，草坪斜坡上就见他们拥抱翻滚，忘了来来往往无数受惊的眼睛。

人们好奇的还是他们互相穿着彼此的衣物。你总是会发现一双绿袜子，一只是在男的右脚上，另一只是在女的左脚上，一双白袜子，也如此这般地各穿一只。一双红拖鞋，左脚在男方，右脚在女方，凡是任何成双成对的东西，都必须被他们公平地分开来，各自拥有对方的一半。歌词里的：你泥中有我，我泥中有你。

那样的排列组合，是一种分享的喜悦，是一种标新立异，还是一种趣味游戏？我始终没有弄懂。当时只信：这么年轻的两个生命，能如此刻骨相爱，肯定有一种早熟的悲剧，是我所不能理解的，他们能坦然面对绝大多数人的指责与误解，必定需要无比的勇气去坚持他们的选择。

后来，我们都毕业了。我第一件事便是在厚厚的毕业纪念册上，找寻这两个人，想从流言蜚语中，找出一点儿可以探寻真相的背景资料。当我翻遍整本册子，发现几千人的名单中，就缺了他们两张面孔。他们既没有一张标准死板的学士照，也没有像其他人一样有挖空心思的毕业留言。四年风风雨雨的日子，他们回报我好奇心的，就是二寸宽三寸长的“白色空缺”。

我冲动得想向人打听他们的下落，以及彼此相爱的结局。但是，我终于明白：“无题”是他们选择的最美丽的告别方式。我才学得如何尊重别人不同的生活方式。

藏在电影里的爱

◎梅　吉

田小爱一直记得和苏泊看的第一场电影是《这个杀手不太冷》，玛蒂达对莱昂说："我想我是爱上你了，这是我的初恋，你知道吗？"然后，苏泊的手在黑暗里稳稳当当地握住了她的手，田小爱的手心就湿了一片。

那时候，不过是田小爱的17岁，青涩如柠檬。

爆米花也是花

田小爱是送牛奶的时候认识苏泊的。她家穷，父亲做着几份工作，那几天父亲生病了，田小爱自告奋勇地替父亲去送牛奶。苏泊正好拉门出来，田小爱吓了一跳，手上的牛奶瓶"哐当"一声落下去碎了。

苏泊说责任在他，他的眼睛亮亮的，笑起来露出小兽一样的牙齿。田小爱的心就被什么击中了。她开始争着抢着要替父亲送牛奶，每天早起两个小时，骑着自行车穿行在雾霭蒙蒙的街上，满心欢喜。其实遇上苏泊的机会不多，也不总是他出来拿牛奶，田小爱就站在门口望呀等呀，迈不开步子。有很优美的钢琴声从房间飘出来，一整天萦绕在她的耳畔，怎么都散不开。

夜里，田小爱对着镜子看自己，她是那种瘦骨伶仃、干干巴巴的女生，身体藏在宽大的帆布衣服里，根本没有曲线可言，而且，她书念得并不太好。苏泊，是音乐学院的高才生，主修钢琴。他们之间的距离，不是一尺一寸，是隔着千山万水。

一张电影票，田小爱攥了许多天才递给苏泊。苏泊到底还是来了。他买了一份大包的爆米花，田小爱紧紧地抱在怀里，好像那是他送的花束。是的，爆米花也是花。他们第一次约会，苏泊就牵了田小爱的手。从电影院出来的时候，他也没有松开，他们在橘黄色的路灯下行走，影子拉得很长。田小爱的脑袋晕成了糨糊，她什么也说不出来，只是拼了全力，握着他的手。

那以后，苏泊就再不出来拿牛奶了。再后来，即使把苏泊拦在路上，他也是淡淡的。田小爱明白了，那次的牵手不算什么，像苏泊那样耀眼的男孩，怎么会真的喜欢上她呢？

包裹住伤口，也许它会变成珍珠

再过些日子，苏泊的身边出现了一个很漂亮的女孩，她像水蜜桃一样娇艳鲜嫩。苏泊说，她叫莉，学跳舞的女孩。田小爱看见莉和苏泊在十字路口拥抱，莉的爱那么张扬自如，没有半点儿掩饰。田小爱远远地看着，眼泪就打湿了脸。

田小爱22岁的生日，请苏泊看的电影是《春光乍泄》。整场电影，田小爱都看得很忧伤，她只记住了一句台词："当我站在瀑布前，觉得非常难过，我总觉得，应该是两个人站在这里。"

是的，她也想看日出的时候和他一起，看日落的时候和他一起，去超市去上班都和他一起。但她永远只有一个人，孤独而忧伤。

有一天，莉来找苏泊，苏泊正好没来酒店弹琴。莉说："田小爱，我要和苏泊分手。"

莉爱上了别人，她一向是张扬的女孩，不会掩饰也不会隐藏。于她来说，爱上一个人和放弃一个人，都是很简单的事。

田小爱看着莉穿过长长的走廊时，突然奔跑过去，她说："我可以抱抱你吗？"她从来没有抱过苏泊，她便想抱抱苏泊抱过的女人。

苏泊的情绪低迷了许久，但对于田小爱来说，那是最幸福的一段时间。他喝酒，絮叨，甚至冲着田小爱发脾气。她只是安静地陪伴着他，为他擦拭，不让他摔倒，不让他睡在大街上。

有好几次，他不要她管他，推搡的时候，她的身体受了伤。可她觉得，那些伤，她能把它们裹住，像蚌一样，使它们在她的心里变成圆润的珍珠，不再刺伤她柔软的心。

爱情需要门当户对

苏泊渐渐好转，他变得有些依赖田小爱。知道田小爱喜欢看电影，他常常带她去，还会买大份的爆米花。他教田小爱骑单车，教她切牛排，教她弹钢琴，他的手轻轻地盖在她的手上，她的身体就哆嗦地开出花来。

他第一次把田小爱带到他的世界中去，她努力地融进他的圈子，小心翼翼又手足无措。广告牌上的字她念错了，去听音乐会她说不出个究竟，听他的朋友冒出一句英文，她只能不解地望着他……她除了为他煲汤，好像再也不能为他做什么了。有一次，他的朋友问她学什么、在哪里工作的时候，苏泊的脸上就有几分尴尬，她看出来了。

田小爱24岁的生日，他们看的电影是《功夫》，电影里有人说：“不记得也好，忘却也是一种幸福。”

第二天，她去找周宝年，她说：“我愿意做你的女朋友。”

苏泊来的时候，田小爱让周宝年抱住她，她的眼前晃荡得厉害。苏泊冷冷地说：“还好，我并没有爱上你。”

田小爱听着听着，就心疼得直不起腰来。她是真的决定放下苏泊了，她放下，不是不爱，而是更爱，她只想在最恰当的时候让彼此记住最美好的时光。

她想，只要她再努力一点儿，苏泊一定会说爱她，甚至会娶她。可她也知道，他在爱与不爱之间进退维谷，犹豫不决，她不是他想要的那种女孩，也许现在他接受了她，那么以后他会后悔。他们的爱情，门不当户不对，她不能肆无忌惮地只想着得到他，而忘记了他的欲求。至少，他们曾经有过美好的时光，他再想起她来，内心应该是温暖的吧。

《花样年华》上映的时候，她一个人去看了。那么绵长的情节里，她只记得一句：“如果，我多一张船票，你会不会跟我走？”

她在那句话里，潸然泪下。原来，放弃比爱更难、更疼。但是，她别无选择。

小马小姐，我怎么这么喜欢你呢

◎陈佳期

小马小姐是我的高中同桌。第一次见到她的时候，给我留下深刻印象的不是她的外貌，而是她脚下奇厚无比的增高鞋。也许是因为鞋跟太高，她走起路来整个人总是向前倒，感觉就像一个没摆正的玩具公仔，再加上她故作淑女的姿态，说实话，这第一印象，当真是，呵呵。

正当我准备将她拉入交友黑名单时，天哪，她竟然成了我的同桌！苍天啊，你吓死宝宝了！在我捶胸顿足悲愤不已的时候，某人异常淡定地把书包放在我旁边的桌子上，还一不小心踩了我一脚，我在心里咒骂了一句，然后狠狠瞪了她一眼。往后几节课，我一言不发，不经意地看她一眼，发现她脸上凹凸不平，有些红红的油油的痘痘和黑头，心中对她更是不屑。那时我这个不成熟的傻瓜，真的以为自己与小马小姐是有缘无分。

生活就是这么阴险，它会不断证明你认定的真理就是谬误，不断将你身边的人带离你的世界，然后让新人进入，由此填充你的空白。每个人的出现，都有他不可取代的意义，只是，当时年少的我，并不明白小马小姐是礼物而非地雷。所幸，我醒悟得不算晚，没有为自己的愚蠢付出太大的代价。我们保持了一段时间的相对沉默。一次，她在上自习时捅了捅我，问我有没有课外书，我从抽屉里拿了一本历史杂志给她。过了一会儿，她又捅了捅我，问："这张照片上的女的是谁啊？"我回答："这是末代皇帝溥仪的妃子。"这家伙一听，张着大嘴瞪着大眼大叫："我去，这个女的这么丑，简直跟我有一拼，这样都能进宫，那我也能进宫啦！"我一口老血差点儿笑喷出来，也就是从这一刻开始，我慢慢发现，好吧，这家伙其实蛮可爱蛮真实的，而且不得不承认，这个妹子是有魔力的，她会干各种奇葩事，制造各种笑料，自黑无下限，花痴无上限。

我们终于可以愉快地玩耍了，我们聊一切女生聊的话题，帅哥，美女，明星，减肥……随着交流的增多，我发现原来这家伙也是个有理想有内涵的人呀。曾经我对她的偏见，到现在都成了理解。因为长得实在不高，所以只能在鞋上下功夫；因为颜值不高，只能培养气质，所以只能学淑女，只不过，两种装扮都太着痕迹。我曾问过她：“你喜欢什么样的男生？”她说：“何以琛那样的！”我无语，再问：“说正经的呢。”这家伙竟顿时羞涩了，说：“其实我以前喜欢过一个男生，我跟他表白了，被拒了，他说他喜欢大长腿淑女，不喜欢可爱的，我太矮了，从那以后我才开始穿增高鞋的。”我默然，又问：“他多高？”“192。”“你多高？”“154。”好吧，我啥也不说了。过后，当我问到小马小姐那段未曾开始就结束了的感情时，她平静地对我说：“其实我挺自卑的，我知道自己长得矮，颜值低，皮肤也不好，学习也一般，但是我不想让别人伤害我，也不想让别人看不起我，所以有时我会装作很有自信的样子。我喜欢他，但是人家长得好、学习好，家里又有钱，我知道自己没有一点配得上他，所以想让自己优秀一点儿，不求能跟人家有所发展，就交个朋友也行呀。他拒绝了我，说实话，我挺伤心的，感觉整个世界都黑暗了，回家哭了好久。我也理解，像人家那样的，怎么能看上我呢？”听完，我只有心疼。

或许我们每个人的身边都有这样一个妹子，也或许你就是这样的妹子，可爱的，肉嘟嘟，没有大长腿，颜值不高，智商正常，她像我们这些普通人一样，没有享不尽的物质，也没有爹可以拼，却有一颗纯净无比的心，有一份不用争议的真实，有一个想要改变的愿望。如果有一个这样的人出现在你的生活中，请你永远珍惜她。

小马小姐，我怎么这么喜欢你呢？

“日月神寝”里的姑娘们

◎花青瓷

1

大学开学的第一天，看着我的校园卡上赫然挺立的“11＃611”，调侃着“注孤生”，那时候我还不知道将要在里面“同居”4年的人，才是真正的“惊喜”。

我刚迈进宿舍，就看见操着一口香港腔和我打招呼的广州舍友正在穿秋裤，“秋裤姑娘”热情地告诉我：“有一个舍友还没到，那个已经整理得整整齐齐的床是‘不败’的，她刚刚出去了。”

“不败？”

“嗯嗯。她可是个奇葩哦。”

不败姑娘确实是朵名副其实的奇葩，她最喜欢的人物是东方不败，不败姑娘说：“我就是喜欢这个名字，不败，不言败，不愿败，不能败。”

2

开学两天，缺席的那个南方舍友仍迟迟未到，宿舍文化节已经开始了。不败姑娘做了一个简易的木牌挂在门上，四个帅气的大字笔走龙蛇：日月神寝。

“惊呆了”的我们好一会儿才注意到旁边的姑娘，素色长裙，随意披在肩上的长发，吹弹可破的皮肤……盯着门口的牌子问：“请问，这里是611吗？”

没错，她是我们缺席了两天的舍友，据说她在火车上看到一个地名很有诗意，就二话没说拖着行李下去玩了。很久后我们才发现她无论太阳多烈从来不打伞，就叫她“不打伞姑娘”。

3

北国的夏秋明媚可爱，但也晒得很可怕。女生几乎全部撑起了太阳伞，不打伞姑娘被放在人群中，有足够打破世界旋律的格格不入。而秋裤姑娘的关注度也毫不逊色，大一第一学期就动不动翘课，嚷嚷着“诗和远方”去满世界逍遥。

不过说到底，最让人瞠目结舌的还是不败姑娘。奇葩居然是学霸。我们仨都认为，如此强大又强势的不败姑娘，只怕是要嫁不出去了。不过到了大二，竟然有个很不一般的男生追求不败姑娘。对方是汉语言文学学院的，高我们一级，校篮球队队长。而且作为中文学子，写得一手好文章。据说，他在大学尚未谈过一个女朋友，直到在文学社的读诗会上遇见了不败姑娘。“不一般”男生用最传统的方式写信来表明心意，而不败姑娘眉头都未蹙一下就回绝了。

4

一转眼，我们走进了大三，不败姑娘辞掉了各种兼职，安心学习。而秋裤姑娘迎合崛起的新媒体脚步创办了一个微信公众号，叫“穿秋裤去流浪”，诞生没多久就收获了一大拨秋裤粉。大三下学期，不败姑娘格外关注高考，当录取结果相继公布时，不败姑娘趴在桌上号啕大哭。这是三年以来第一次见到不败姑娘掉眼泪，我们不解，不经意地看到了她的电脑桌面，是她和弟弟的对话框，那头发来消息说：“姐，北大。”

三年，我们都不曾知道，不败姑娘是单亲家庭出来的，还有个上学的弟弟，于是她的生活费多靠自己赚，攒下来一些打给弟弟。而弟弟也不负众望如愿考上了北大。也是那时，我才第一次懂得了不败姑娘为何不肯谈恋爱，为何做各种奇怪的兼职。也是第一次明白了她常说的几个词——不言败，不愿败，不能败。

那一年，不败姑娘保送了北大的研究生，秋裤姑娘成功拿到了一本很有名的旅游杂志的offer（职位），得意扬扬地和我们说：“姐以后……”

毕业后的第一个假期，我们从五湖四海重返母校，坐在宿舍楼下的草坪上，抬头看着611的阳台，酒杯交错，眼泪纵横。那一年，所有的故事似乎都是最好的结局。

你是我望尘莫及的美好

◎陆　浓

一

我刚上大一的时候，160厘米， 87斤，是众多瘦子中的一枚，大二的时候，我依旧160厘米，而体重变成了120斤，活脱脱的小胖子。

我是林薇雨，喜欢你三年了。可是你，从来都不知道。

第一次见你，是在学校社团的招新会上。突然有两个穿着跆拳道服的男生拦住了我们的去路，其中一个就是你。

你的同伴热情地对我说：“学妹，来参加我们跆拳道社吧，强身健体。”我笑了笑，以自己不太爱运动为由拒绝了。他坚持不懈继续追着我说：“哎，学妹，学了跆拳道可以保护自己的，你看你长得这么不安全。”

你在旁边“扑哧”笑出了声，风掀起你额前的头发，你的侧脸在阳光下熠熠生辉。你那天穿着白色道服，像极了武侠片中仙风道骨的大侠。那一刻，像是满天的星光都被你点亮了。

那一刻，我突然决定要去你的社团。

傅子钦，如果时光可以倒流，一切可以重来，我断然不会加入这个社团，也宁愿不曾遇见你。

二

我正式加入跆拳道社之后才发现，我能看见你的机会，也只有两次训练。

对于我们这些跆拳道菜鸟来说，或许有部分人是为了某个人而来，例如我。而你，从小就学习跆拳道，你对跆拳道的热爱无异于樱木花道对篮球的热爱。这一切，都是慢慢熟悉之后我才知道的。你说你不能理解，为什么我每次训练都要想办法偷懒，你说练跆拳道是一种享受。自那以后，我便不敢再偷懒，每一次训练都踏踏实实认真完成，经常累得全身酸痛满头大汗。

有一次，你问我要不要一起去聚餐。我刚想推辞，你却二话不说回过头跟其他人说今晚加一个人。我只能在风中默默点头。

吃饭的时候你突然义正词严地对我说：“林薇雨，你要多吃点儿，你看你瘦的，肯定找不到男朋友。”

那天，你和你的同伴估计都被我惊住了。他们说我一个看上去瘦弱得风都能刮跑的女生居然可以吃赢三个大男生。

后来你们几乎每次聚餐都要带上我，你说你的同伴说，带上我不吃亏，不会有剩菜。我抬头看向你，问你：“你呢，也是因为不想浪费？”

你笑了笑，把手搭在我的肩上，对我说：“我当然是因为觉得你吃饭的样子好看又有趣啊，而且，你这么瘦这么矮，是该多吃点儿。”说完还使坏地比画了一下我的身高。

是啊，我真的好矮。你180，我160，就好像一抬头就能说爱你，但是隔着20厘米的距离，剩下的便只有仰望。

三

我们的关系越走越近，你已经开始旁若无人、肆无忌惮地和我勾肩搭背了。舍友说，这是危险信号，关系越好，我们就越不可能成为情侣。我有一瞬间的落寞，可是我不能刻意疏远你，我实在是做不到。

我越吃越多。你去参加全市跆拳道大赛时，我已经可以去挑战自助火锅连吃六个小时不停了。你又开始担心，你说：“你这么能吃，以后谁养得起你啊？”

我问你：“没人要，你可以收留我吗？”

你那天说的话，我永远都记得，也是那句话，把我推向了万劫不复的深渊。你说：“没人要的话，我养你。”

我“哇”的一声哭了起来。你有点儿慌乱无措地说：“好好好，有人要有人要，我错了，就那么不乐意和我在一起吗？”

后来一次社团聚会，一群人玩起了“真心话大冒险”，我选了真心话，他们问我，从小就这么能吃吗？我摇摇头，看向你，说：“是因为傅子钦说我又矮又瘦要多吃点儿。”你在一旁笑嘻嘻地说：“明明自己是个百分百吃货还要赖给我。”

后来，你抽到了大冒险，一群人起哄让你抱在场的一位女生。你二话不说就抱起了我，不知道谁来了一句：“让他抱着林薇雨做二十个蹲下起立。”

你板着脸，抱起我，起先还很从容不迫的样子，越到后来我渐渐感觉到你开始吃力，汗水顺着你的鬓角流了下来。我抬手想帮你擦掉，你厉声说了一句：“别动，沉死了你。”

我默默收回了手。傅子钦，就是在那一刻，我开始意识到，我已经不是当年的那个瘦得只能穿最小码的林薇雨了，我是大了一号的林薇雨。

回到宿舍后称了一下，我已经103斤了。我失去了那个“太瘦要多吃点儿”的理由了。

舍友们都劝我早早跟你表白。

她们甚至连情书都替我写好了。我拒绝，我说那一看就不是我的风格，你是不会相信的。

我就这样踌躇着，纠结着，磨蹭着，等待着，错过了一次又一次的机会。

四

再开学的时候，我大三你大四。开学的时候在校门口碰到，你直勾勾地看了我半天，然后拍拍我的肩膀：“我说林薇雨，你怎么一个暑假胖成这样了啊，以后怎么嫁人啊？”

我哭了，我不是一口气吃成的胖子，难道之前你都瞎了吗？

你显然是被我吓到了，揉了揉我的头发：“不哭不哭，没事，胖点儿可爱，嫁不出去我养你。”傅子钦，你看，又是这句。你知不知道，你这么说我是会当真的啊。

你大四的时候开始出去实习了。

不和你在一起的日子，我开始减肥。我咬牙奔跑在学校的塑胶跑道上，一圈又一圈，没有终点没有希望，就像我对你的追逐，永无止境。

你第一次回学校来看我的时候，是你开始实习的一个月后。你说你挣钱了，要带我去吃大餐。我默默地摸了摸自己腰间的肥肉，艰难地点了头。

那天晚上，我依旧欢悦地搏斗在食物之间，像个腾云驾雾的齐天大圣般挥舞着筷子，将食物消灭。你默默地笑着看我独自战斗着，临了，你摸摸我的头，说：“这么多年了，还是只有你，一点儿都没变。”

不，傅子钦，我变了，我变成了一个胖子，我变成了一个懦夫。有些话，时间越长我就越没有胆量说出口了。我害怕如果我开了口，以后会不会连一起吃饭的机会都没有了。你看我懦弱得连自己都开始讨厌自己了，我本不该拥抱太过炽热的梦，比如明天，比如你。

五

如果说在追逐你的这条路上，我是个慢腾腾的参赛者，那么在减肥这条路上，我应该算得上是一个优秀选手了。

大三一年我瘦了整整20斤，并不像从前那么瘦，但已经看不出曾经120斤的痕迹了。而我的胃，也不堪折磨，胃溃疡已经严重到不可不管的地步了。

我问医生，我以后还可以去吃火锅吃龙虾喝啤酒吗？他说："能吃，溃疡再严重一点儿就可以把整个胃切除。"

大三的期末，你和几个从前一起在社团训练的学长回来了。那时你就要毕业了，我们一起去了从前经常去的那家店，又乌泱泱点了一大桌。他们闹哄哄地打赌说我能吃多少。你在一旁看着，默默地不说话。这时，突然来了一个学妹，跑到你的面前，递给了你一封信。我听见她勇敢地说："傅子钦，这是我写给你的第721封情书，请你做我男朋友吧。"

旁边的人开始起哄，他们说，这个学妹已经递了两年情书，你就算是石头也该化了啊。

你看了看我。目光交会的一刹那，我慌乱地低下了头。仿佛过了好久好久，你轻声说："好吧。"那个女孩欢呼了起来。

那天晚上，我不顾医生的劝阻又一次横扫千军破了纪录。我默默对你举了举杯，在心里默念了一句："来，傅子钦，干了这杯啤酒为证，从此火锅烧烤龙虾是路人。"可惜，你正被众人簇拥着，没有看见我眼里的决绝。

那天过后我在宿舍躺了三天，然后去医院，割掉了我四分之一的胃，也割掉了我这么多年来对你念念不忘的臆想。从此以后，火锅的畅快，烧烤的淋漓，龙虾的肥美，我都尝不到了。而真正让我最难过的，是你身边的位置终于有了别人。

我的青春伴随着我的爱情就这样无疾而终了。那些你陪伴着我吃到满天繁星都笑了的夜晚，那些你在灯光下温柔地看着我横扫食物的日子，都一去不复返了。

我一次又一次地把你留在我身边，却一次又一次地错过了你。到了最后，我不得不承认，我输了。而且我没有输给别人，我只是输给了自己。

第四辑

星星会说话，石头要开花

星星眨眨，像在说话；石头石头，它要开花；爱你爱你，天上地下。

我还是相信，星星会说话，石头会开花，穿过夏天的木栅栏和冬天的风雪之后，幸福终会抵达！

——饶雪漫

上品生活不着痕迹

◎雪小禅

我一直不太理解父亲。

父亲是一个老知青，绝对老三届的。他没有回北京，留在这座小城。小城中有他心爱的女人，然后，有了我和弟弟。

后来，他考取大学，仍然没有回北京，仍旧回到小城，在一个化工厂当技术员。

我不知道人可以有多少经历，但是，他喜欢的东西，都能玩到极致。他喜欢无线电，可以自己制作电视机和收音机，并且和全国各地的无线电发烧友都有联系；他喜欢电脑，在60岁那年，还能自己设计软件，有很多电脑知识，我还要请教他；他喜欢音乐，陶醉在古典音乐中，并且拉得一手好二胡，弹得一手好古筝。有时，我回到家里，看到他正在听一种叫埙的乐器演奏，一边听，一边写毛笔字，他的毛笔字，得过全国的大奖。

当然，有彗星飞过地球，他总是给我打电话，那时，我正为生活奔波，或者和人谈着合同，或者在酒店里吃饭。总之，我觉得自己干的都是正事。谁能像他那么活着，养着十几只猫，每天要去早市买鱼，因为那些鱼比较便宜。

当然，我一次也没有看到彗星，我没有那个心情，没有那个心境。况且，我总是很累，早早地睡去，怎么可能半夜起来看彗星？

父亲每次都要一本正经地看，他的器材很先进，他招了一帮年轻人，在那里看星星。

我对母亲说："我爸爸当年肯定和徐志摩差不多，太浪漫了。这把年纪，还有这种心情，让人佩服。"

母亲说："当年，我看中的就是你爸爸这种生活态度，他有一颗单纯的心，永远微笑着面对生活。"

每次，我回到家里，父亲都会让我坐在他的电脑前，看他拍的猫和花，他用数码相机认真地记录那些猫的生活，其中，有一张叫"这只猫三个月了，还在吃奶”，笑得我肚皮疼。他的每只猫都有名字，每张照片都有题目，每朵花也都有名字。父亲说：“那都是我的孩子。”

刚开始，我反感父亲的这种生活态度，和他一起出来的人，早就当了处级干部，他还是一个普通老百姓，种花养猫，看星星，看足球，玩电脑，他的世界总有不同的精彩在上演。我曾抱怨他说：“如果你官当大点儿，我和弟弟一定会有更好的工作。”父亲从不这么认为，他说：“指望父母的孩子，不会有多大出息，就像总在父母身边的鸟，永远也飞不高一样。”

后来的事情，验证了他的话是正确的，我做了外企白领，弟弟成了有名的工程师，那些只会依靠父母的人，却没有多少真本领。

有一段时间，我被派往美国工作，到了美国，我发现到处都是像我父亲这样的人。他们悠闲地过着日子，没有多少钱，但是，过着自己想要的生活。我问他们，为什么要这样，他们说：“人们挣了钱，想做什么？无非是过自己想要的生活，现在，我们能过这种生活，为什么要把自己弄得像陀螺一样旋转呢？”

每天，父亲给我发邮件，刚开始，我总是嫌烦，无非是他养的猫和兰花，那些猫又生了很多小猫，父亲把那段录像传给我，他说：“非常美妙。”

能把生活活出一朵叫作美妙的花来，这是一种多么快乐而迷人的心境。父亲60岁了，他从20多岁开始，就这么活着，过简单的日子，要美妙的生活，闻闻风中花的香，看看小猫咪的可爱，读读金庸小说的侠气，望一下神秘的星空，弹一曲高山流水，和老友下下围棋，和自己的爱人，牵手去捡鱼肠子。这样的生活，是父亲的生活，那曾经是我觉得不求上进的生活，现在，我认为那是一种最美丽的生活。生活的上品，往往不着痕迹，然后把自己融入自然。

最幸福的几张面孔

◎班　超

一天吃晚餐时，妻子迪伊和我谈起了幸福这个话题。“我们认识的人中谁是真正幸福的人？”她问我，“他们懂得什么，或者做了什么事使他们那样幸福？”

我迅速地进行了一次大脑扫描，几张面孔顿时浮现出来。

第一位，是我们初次访问日本时结识的朋友夏恩。夏恩热情有活力，他真诚、开心的笑容可以照亮任何所到之处。他就是一团爱的篝火。

夏恩是一位大提琴演奏家，在被诊断患了癌症后，他试图与疾病做斗争，但却感觉情况越来越糟糕。后来，他决定要爱身体里的每一个癌细胞。每天，他都为癌细胞提供“叫醒服务”，送上祝福和感谢。这样做让他感觉很好，因而，他决定要热爱全部生活——每个人、每件事——没有例外。出人意料的是，他体内的癌细胞竟奇迹般地消失了，这让他变得更加快乐。后来夏恩成了一名治疗师，在日本，他是一个家喻户晓的传奇人物。

接下来，我想起了我的朋友巴里和乔伊斯，一对有35年婚龄的夫妇。他们把自己的全部生命奉献给了他们的爱情和家庭。“乔伊斯和巴里通过做什么维护他们的幸福？”迪伊问我。“他们顺从于他们的关系。”我告诉她。他们看重快乐超过抗拒，他们从不抗拒爱情、亲情，或者生活。他们的态度清新、纯真，不让任何顽固的问题使他们的心灵复杂化。每一天，他们都能找到新方式来感恩、赞美他们的爱情，这变成了给予他们自己和周围人的更大幸福。

“还有谁？”迪伊问我。“巴瑞·丹尼斯。”我回答。巴瑞是一位精力充沛的天才音乐家，他总是全身心地投入音乐创作中，对所做的事情怀有饱满的热情。巴瑞怎么使自己幸福呢？他心目中只有一个目标。他是一位名副其实的音乐家，从不让电子表格、自我营销使身心忙碌、烦恼，更不会等待天赐良机。对他来说，每一天都做自己就是他给予自己的最好机遇。

而后，我回想起看过的一部关于百岁老人的电视纪录片。记者试图寻找长寿之人的相同点或者相似的生活方式。他们调查饮食——吃的食物，许多人吃肉和垃圾食品；习惯？也不是，有些人吸烟、喝酒；那么是职业吗？不是，他们来自各行各业。导演很为难，直到他意识到所有百岁老人都有一颗轻松的心。他们轻松看待生命，活得多姿多彩。那些百岁老人，几乎所有的朋友和家人都已先他们逝去，他们却仍然能发现每一天的美丽和新鲜。他们乐于活，所以生命给予他们机会活。

我又想起我曾与一位知名作家兼演讲家有过一次谈话。我们无意中谈到金钱，他告诉我："我已经拥有足够的金钱，真的不需要更多了。"我的第一个想法是："哦，那当然，你一次演讲就进账2万美元啊。"但之后我意识到，他认为自己有足够的钱，是因为他觉得他拥有的足够多了。在此之前，我从未听人说过"我已经拥有足够的金钱"这句话，我遇见的绝大多数人都认为他们的钱不够多，甚至我所认识的百万富翁亦然。从这位作家身上我学习到：足够不是一个条件，而是一种选择，只有眼睛看到足够的人才会感到满足，才可能幸福快乐。

当我还想在记忆中搜索其他幸福之人时，我看到坐在我对面的女子是如此坦诚、美丽。我不必再在记忆中寻找如何能幸福了，因为我的幸福正坐在我面前。我握起迪伊的手，告诉她："还有一个幸福要素，也许是最重要的一个：感恩。感谢你和我谈论幸福，我很喜欢你和我谈论形而上的问题。"接着我们继续享用晚餐，谈话更加愉快。

这就是我从朋友们身上学到的幸福要素：爱全部生活，不抗拒生活，忠实于自己和目标，心态轻松，知足，对你所爱之人说感谢。

香肠有肉不在肠衣上

◎周　扬

我和老公在德国旅行时，住在瓦尔内明德海滨附近的一个家庭旅馆里。说是旅馆，其实就是私宅，房东是一对年近半百的夫妻，老先生叫伯尔尼，是当地一所教堂的保洁工，老太太是博物馆的接待员。

伯尔尼先生是典型的日耳曼男人，刻板、较真、不苟言笑，有点儿让人望而生畏。我揣测，跟这样无趣的人生活了这些年，伯尔尼太太一定很不开心。

但在晚餐桌上，我发现，伯尔尼先生也有温情的一面。全麦面包有一层面包壳，牙口不好的老年人，是咬不动的。每次，伯尔尼先生都会把面包壳掰下来，撕成小块泡进奶油浓汤里，然后推到太太面前。只是，原本很温情的事，伯尔尼先生做时却面无表情。

晚餐后，我和伯尔尼太太聊天。我说："伯尔尼先生很有趣，心思很细，表面却非常冷酷。"伯尔尼太太说："德国男人都有这毛病，大男子主义严重。"她说："以前让伯尔尼先生去买尿布，他每次都要再买一箱啤酒，让人觉得他是买酒的时候顺便买尿布的。"

不过，伯尔尼太太告诉我："每个德国太太，都知道如何对付大男子主义的先生。"

伯尔尼先生喜欢钓鱼，有一根心爱的钓竿。不想，一次出海深钓，收竿时，钓竿承受不了重量，从中间折断。钓竿断了就是结构受损，没什么修复的必要了。于是，那根钓竿被伯尔尼先生扔进贮藏室，偶尔想起，才会取出在手里擦拭一番。

伯尔尼太太却上了心，她联系了一个专业钓竿修复作坊，悄悄把断掉的钓竿送过去。修理人员在钓竿内灌注一种塑胶溶液，断裂部位粘连后，用不锈钢护套固定，为了美观，还在护套上用激光刻了伯尔尼的艺术体签名。

这么一弄，钓竿非但看不出曾受损，反而更气派漂亮。事情说到此，我想当然地猜测：伯尔尼太太会高兴地拿着钓竿，送给老公，让他好好感动一下。但真正的结果是，伯尔尼太太悄悄回家，悄悄把钓竿放回贮藏室。

一个多月之后，伯尔尼先生打算缅怀钓竿时，方才发现重生的钓竿正在贮藏室等着他。酷酷的伯尔尼先生表达谢意的方法是：拎着钓竿就出了海，钓回一条5磅重的鲱鱼，很严肃地递给伯尔尼太太，当作感谢的礼物。

伯尔尼太太说：“在德国，几乎每个家庭都这样，看起来暮气沉沉无甚浪漫，但在对方忽略的事情上，恰恰会用心去做。”德国有句关于婚姻的俚语：“香肠有肉不在肠衣上。”意思是说，表达爱情与其张扬，不如默默为对方做点儿事，比大张旗鼓宣布“我爱你”更有效。

幸福达人小柯

◎汤小小

食堂里的饭菜单调寡淡，除了蚊子苍蝇觉得味美价廉，公司员工早已怨声载道。就在方圆两米怨声四起时，我亲爱的同事小柯用无比欢快的语调和全食堂人员都能听见的音量说："我觉得挺好吃啊，顿顿有肉，已经奔小康了！"一句话，招来全食堂几百双眼睛的怒目以对，四周静得只听得见小柯津津有味的咀嚼声。这小子，如果不是食堂经理亲戚，就一定是脑子有病，吃点儿肉末儿就把他美成这样！

当然，大家抱怨的事儿不止这一件，领导不在时，办公室就成了热情高涨的批判会。孟美女说："起得比鸡早，睡得比狗晚，工资才这么点儿！"杨帅哥说："现在物价比子弹飞得还快，那点儿工资已经养不活自己了！"就在大家捶胸顿足怒斥物价飞涨工资反降时，办公室又响起了一个不和谐的声音："已经够可以了，我们一年的工资就是古巴人十年的收入，人家想买鸡蛋还得有计划，我们多好，买一屋子鸡蛋也没人拦你，多幸福啊！"大家齐刷刷地投过去注目礼，又是小柯。

小柯是办公室公认的最幸福的人，有时候大家都纳闷儿，他的幸福感从何而来呢？

小柯属于贫二代，望子成龙的父母拼尽全部精力把他送入大学校门，可惜他这条龙落进了浅水坑，毕业后没有飞上天，在这家电子公司做普通的技术员，工资不高，没房没车，初恋女友也嫌贫爱富地投入富二代怀抱。

有人在身后议论：像他这种小富即安的人，活该被人甩。如果不发愤图强，还一直这样"幸福"下去，一辈子都休想找到女朋友！话虽然刻薄，想想也是这个理儿。婉转地把这话告诉小柯，他没有生气，但是也没有顿悟，依然在每一个场合发表他的幸福言论。

这已经是小美一个星期的第七次相亲，一进办公室她就气急败坏地吼："烦死了，有完没完？"办公室里立时炸开了锅。小美被家人逼着相亲早已成为公众话题，此女皮肤白嫩，貌美如花，家境殷实，本人还拥有双学位，据称和她相亲的男人条件最低也是开奥迪。可惜，她愣是一个没看上，不是抱怨这个太瘦，就是嫌那个肥头大耳。就在小美愤愤不平之际，我们的小柯同志又唱起了高调："想想古代女人，父母之命，媒妁之言，不知道男人长什么样就稀里糊涂地嫁了，现在女人婚前就把男人看得清清楚楚明明白白，真是太幸福了！"

小柯的幸福论不只停留在表面，还表现在实际行动上。

每次部门要派人出差，大家都不愿意去，一般出去都是解决比较麻烦的技术问题，解决好了是理所当然，解决不好就是名誉尽毁。大家想尽各种借口推辞，小柯却总是喜滋滋地一口答应："边出差边看风景，多享受啊！"就这样，小柯一次又一次"幸福"地踏上旅程。当然，除了看风景，他还学到了很多坐在办公室里学不到的东西。

一年后，小柯升为部门主管，升迁速度之快让所有人惊讶，不过，同事们不但没忌妒，还诚心诚意地请新领导小柯到酒店里撮了一顿。更让人惊讶的是，挑剔的小美美女居然视那些开奥迪的小开如粪土，听说，已经开始主动追求贫二代小柯了。

现在的小柯一定幸福得东倒西歪，而他身边的同事，也在他的带动下，一点点向幸福靠拢。

大家已经不谈食堂饭菜难吃、工资待遇太低这样灰心丧气的话，因为小柯说了，这些其实已经很好很幸福了。

留点儿精力看演出

◎李月亮

想起一个故事。

是一位外国作家的小说。讲的是有个小镇来了马戏团，因为有很多杂务要做，他们在当地临时招工，做三个小时工作的人可以给一张外场的票，做六个小时就可以进到内场，要是干一整天，就可以得到一张最前排最中间位置的票。有一对穷人家的兄弟，对马戏团的狗熊、狮子、小丑垂涎已久，因为没钱买票，他们本以为不可能看到精彩的表演了，听说做临时工可以得到票，他们兴高采烈地报了名，而且兄弟俩一致愿意做一整天活，换一张最前排的票。于是，他们开始了辛苦的工作。搬器具，搭台子，提水扫地……从太阳升起到落下，他们一刻不停地干活，中间只分吃了一个馒头。其实到下午的时候，兄弟俩就已经没有力气了。但是看马戏的信念支撑着他们——还是最前排最中间的位置。到了晚上，兄弟俩终于在艰苦的劳动后迎来了演出。他们筋疲力尽地坐在第一排，满身尘土，手上脚上都磨出了豆大的水疱。主持人出场的时候，大家都热烈地鼓掌，而这两个可怜的孩子，却在这掌声里，沉沉地睡着了。

故事挺让人心酸的。可是，你想想，这不就是很多人的人生吗?

这世界很精彩，就像马戏团的演出一样。而我们每个人，都渴望能坐在最前排最中间的位置看这场演出。我们其实也在一直接受着这样的鞭策，自涉世之初，就不断有各种各样的声音提醒你，鼓动你——演出很精彩，你要努力努力再努力，向前向前再向前，争取坐在第一排看。然后我们就玩命干活，干到筋疲力尽，干到手脚起疱，干到身体崩溃，终于得到那张美好的票，可是，到了这一刻，你已经老了，耳聋眼花，疾病缠身，半痴半呆。你拿着那张票，再也没有精力和心思去欣赏这场演出。

那么回头看看，你是愿意只付出一半的努力，然后高高兴兴地在内场看演出，还是愿意在第一排最中间的位置沉沉睡去呢?要知道，人生的目的，不是坐在一个多么好的位置，而是尽情地欣赏一场精彩的演出。

你误入歧途了吗？你觉得不堪重负了吗？停下来好好衡量一下，给人生一个更准确的定位吧。记住，我们来到这个世界，是为了看马戏，而不是坐在最前排睡觉。

印度女佣教会我的幸福

◎董玉莉

普嘉是我家的印度女佣——刚过三十岁，丈夫早逝，她独自抚养着三个小孩儿。她的住处是间老旧水泥平房，却是我见过的几位女佣、司机与守卫的住处中，唯一拥有双人床与电冰箱的。

普嘉的住处与许多经济条件不好的印度人一样，室内都没有厕所与水龙头的设备。在公用水龙头排队取水，普嘉早已习以为常。唯一担心的是遇到公用水龙头也无水可取的窘境。普嘉初来家里应聘时，就提出每天带一瓶过滤水回家的请求。

雨水也成为普嘉的用水来源之一。天空被乌云占领时，往往就是普嘉的请假日，她将家中大大小小的容器放在屋内与屋外接盛雨水。她说到这里时，完全没有因为屋内漏水而有任何的尴尬，反而有一种蒙受老天眷顾的窃喜，真是不折不扣的“自来水”。她五岁的小儿子早已训练有素地脱光衣服，溜到屋外享受难得的天然淋浴。当我抱怨下雨天影响到外出行程时，有一群像普嘉这样的人正以欣喜的心情迎接造物者的美意。

台湾一般家庭都会丢弃的苹果皮、烂菜叶、胡萝卜头、葱尾等，她都会高兴地打包回家。刚开始我以为她是搜集去当堆肥。没想到她喜滋滋地告诉我，她的小孩儿很喜欢吃苹果皮。我心里五味杂陈。

普嘉对物资的珍惜，让她即使处在一个经济极为拮据的环境，也容易保持乐观与知足，这似乎是许多印度人的写照。印度社会物质环境比不上欧美先进国家，但其人民的“快乐指数”调查却名列前茅。

虽然普嘉从事的是清洁工作且收入有限，但对自己的服装仪容仍很重视。每天早晨总是精心打扮成如赴一场盛会，穿着传统的印度服装，佩戴首饰，盘起头发，化上淡妆。进行清扫工作时，她会换上工作服，身上所有的配饰，除了耳环外，都会卸下。虽然汗水总湿透她的衣服，弄花了她脸上的妆，但她仍旧每天早晨盛装出现，从不例外。这真是验证了印度人爱美与爱面子的特性，即使是在路旁挑砖担瓦的印度妇女，身上也少不了金光闪闪的配饰。相形之下，一件T恤与牛仔裤就出门的我可就逊色多了。

前几天，我拿着数码相机对小狗拍照时普嘉正好在旁边，我便与她分享相片。她用手指了指相机，用期待的口气探询着说:“我的孩子们? ”

照相这事对普嘉这样的印度家庭来说，并不是件容易的事，于是我便选了个孩子们不用上课的午后到她家。普嘉欢喜地招呼略带害羞和紧张的孩子们一起入镜。他们像在参加升旗典礼似的规矩地站着，也没有摆出流行的“剪刀”的手势，只有原本僵硬的表情因我的要求而露出的淡淡笑容，但我知道孩子们是开心的。

昨晚普嘉要离开时，我将印出的照片交给她，顺便也将我们吃不完的饼干与巧克力转送给她。她抱着每天都必须带回家的一瓶水，拿着礼盒与照片，脸上洋溢着喜悦。我似乎可以看见，在印度新德里的马路上，飞舞着一位急于回家与孩子分享喜悦的母亲。

我的摩登母亲

◎戴　军

我读初中时，母亲还是个小学的体育代课老师。她的课上得非常好，她常年当选优秀教师却永远得不到转正，这是她性格所不能容忍的。一怒之下，她辞职进了一家民办的帽子厂。因为形象颇佳又有文化，做了几天工人，母亲就破格进了销售科。几年之后，当帽子厂在外地开分厂时，母亲毫无疑问地成了厂长。

母亲当厂长期间，是家里最太平的一段日子。父亲和我都上班，母亲又在外地，大家见面的机会极少。所以，父母吵架的机会也就降到了历史新低。我小时候，母亲常对我说："我和你爸爸没有共同语言，我总有一天会离开他。"

我相信，他们之间的共同话题很少，但生活其实很协调。他俩都会主动买菜做饭干家务，父亲负责重体力活，母亲承担所有的手工活。就在这时候，父亲突发脑出血去世了。母亲突然醒悟过来：这个世界上最爱她的人走了。

母亲一个人生活了很长时间，这期间，有很多男人在追她。我后来去了深圳，在和母亲的书信往来中，我劝她："父亲已经走了，你的生活还是要继续的，如果有合适的人，你就再找一个吧。"没想到，母亲马上就给我寄来了许多照片，好像一副扑克牌。

经过一番角逐，一位姓陈的叔叔跑出了头马，成了我的继父。

我给他们买了房子，给他们提供优裕的生活。这些都是父亲来不及享有的生活。我以为他们会很快乐。可2000年的某一天，母亲突然打电话给我："军军，我要离婚。"

我着实又吓了一大跳。我尝试着劝她：夫妻生活，磕磕碰碰总是难免的。而母亲的态度非常坚决。

于是母亲又过起了一个人的生活。但她突然变得快乐起来。因为我买的房子在鲁迅公园附近，她每天早上去公园学跳舞。再见到她，黑了、瘦了，以前穿不下的衣服又能穿了。她开始结交一群一群的朋友，家里俨然成了一个俱乐部。

她跟我说她找到一个高中时的同学，姓汪，中学毕业就出国了。在南美、日本生活了许多年，现在他们做了舞搭子，还在上海市一个交谊舞的比赛中，拿了老年组北京平四舞的冠军，实在出乎我的意料。

这以后，我就经常见到这位汪叔叔。我还发现母亲跟着他学做日本料理，学说日语。

有一次，我和几个朋友在上海街上看到我妈，她站在人群中闪闪发光。她穿着一件改良的黑色旗袍，领子以下是黑色的镂空纱，大波浪的头发掩映着化了淡妆的脸，架了一副大墨镜，挎着一个小包，手上还持着一柄小折扇，轻轻摆动着，活脱脱就是一个阮玲玉站在那里。这就是我神奇的母亲。

我写这篇文字就是要告诉天下所有的女人，其实命运和幸福都掌握在自己的手里，每个人都有享受幸福的权利。如果说，你的前半生贡献给了你的事业、家庭和孩子，那么，从今天起，你就为自己好好地活一次吧。

中国人的当代生活方式病

◎王　丹

我在奥克兰见到了多年未见的朋友王先生，他是一个台湾人。他父亲是圆山饭店创办时的财务总监。王先生是家里独子，他们的家业做得非常大，但是这个人非常低调，第一次见面，临走时和他提起，我特别喜欢台湾的牛肉面，他微微地笑着，慢悠悠地说："下次有机会去我家吃吧。"

时隔多年，我前两天去奥克兰，他和太太在等我，我去他家中吃了一顿牛肉面。那天呈现在我面前的，是桌上摆着一大碗面，还有两碟配菜，一碟是水焯的青菜，上面淋了酱汁，另一碟是炒出来半透明的酸菜，这酸菜是撒在牛肉面上吃的，就这么简单的三样东西：一碗面，两碟配菜，却是我吃过的最最好吃的牛肉面！我请教他们做法，王太太向我娓娓道来：她把酸菜一条条一丝丝仔细地切好，用滚油化开冰糖，冰糖刚化就把酸菜浸进去，用滚油和冰糖焖酸菜，这要焖三天时间，酸菜才会变成半透明状，才会不那么酸，既有甜味又不腻，这个酸菜是用来给牛肉面调味的，是三天前做的。两天前，王先生开始熬牛骨汤，里面要放上牛杂碎，慢慢把牛骨髓熬出来，这个汤要熬两天。一天前，他开始炖牛筋，因为他要给我做半筋半肉的牛肉面，假如牛肉和牛筋同时炖的话，牛筋还没炖烂，牛肉便炖老了，所以要先炖牛筋，炖出来后用小火焖着。到他家当天，他现炖牛肉，最后再用牛骨汤来下面。我吃到的这碗牛肉面，是他们两口子忙活了三天，为我做的一碗牛肉面。其实我相信做这碗牛肉面花的钱并不多，但他们花的心思，是做满汉全席的心思。你说，这碗面能不好吃吗？王先生说："我做的面，不放一粒味精，因为不需要。"

吃完面，他给我现磨咖啡，在咖啡上他用焦糖一朵一朵地画上小花。他儿子说："我爸爸做的咖啡不需要再放糖了，因为那上面的焦糖是他亲手熬出来的。"一家人住在奥克兰一个很小、很普通的房子里，他们家的客厅和窗台是连着的，背后的垫子就靠在玻璃窗上。王先生的手机是国内早就淘汰了的旧款手机，估计也就两三百元，短信只能保存30条。他们的衣服也很简朴。

我在他们家看日落的时候，他问我："三十天前你在干什么？"我想了半天想不起来，他又问：“那十天前，此刻你在哪儿，在干什么？”我想了半天还是想不起来。他说：“那好吧，我希望此刻，你会记住你在这里看日落。”

我觉得他也教给了我一种生活的方式和态度。现在很多人希望在有限的生命里挣更多的钱，有的人希望能拥有更多的朋友和人脉，住大房子、吃美食、穿名牌，但我觉得如果像王先生那样用做满汉全席的心去做一碗牛肉面，每一个瞬间都把它留住，是不是就意味着拥有的东西会更多一些呢？

很多快餐无非就是各种煎炒烹炸后“哗”地撒一把辣椒，味蕾都被刺激得很粗糙。我们现在做东西没时间，尝东西、享受东西也没时间。现在大家都追求奢侈品，但凡能用钱衡量出来的东西都不是真正的奢侈品。真正的奢侈品，就是花时间，你自己能够做得出来的东西。

佛家有一句话叫“一心不乱”，就是一颗心不乱，别人是乱不了你的。所以生活方式病就是越来越在乎外在方式，而越来越忽略生活本身。

给自己买个LV，不如给自己放个长假

◎凯罗尔

茉莉是我大学死党，中人之姿，性格很好，处事大方得体，待人温柔可亲，所以从校园到毕业后的几个工作场所，走到哪里人缘都好得一塌糊涂。在外企公司上班，茉莉的同事绝大多数都是30岁左右的都市熟女，每天9点踏入办公室，首先就是评头论足，从衣着到妆容彼此欣赏打趣攀比一番。

不知从何时开始，LV（路易·威登）已经成为“办公室必备包包”了。6个女人，至少有10个LV，当然，按平均数是每人1.5个，但实际上应该去掉的“最高分”是陈琳，她是狂热的LV粉丝，幸好开始有能力疯狂追捧LV的年头不长，目前手上只有5个；而那个“最低分”则是茉莉，她手上LV个数还为零。

茉莉只是觉得，比起LV来，生活中还有自己更想要的东西。比如，一段专属于自己的私人时间，一种完全放松的自由。

其实也不是硬要把LV和度假拉在一起做比较的，就是一个巧合而已。大约两年前，一天茉莉与好友去国际中心逛街，顺道去开张不久的LV旗舰店逛逛。优雅简洁的空间里，满墙满柜的LV不经意地流露出低调的奢华，好友立即被迷得“血冲心”，挑了一个经典款的挎包，一个中型小坤包，因为二选一太痛苦，她脸上的表情逐渐“豁出去”，有两个都要的冲动。茉莉见势不妙，赶紧挽着她出去“清醒一下”。就在这时，她看见了附近旅行社的大幅海报：欧洲金融危机特价游15天，7个国家，往返机票、四星级酒店加一日三餐，一个人只要11 000元——比好友刚才看中的挎包的价钱还少600元！茉莉眼睛一亮，力劝好友跟她一起去。好友这个时候可“豁不出去”了，一改在LV店时的坚决和爽快，期期艾艾地说：“哎呀，我今年的公休都用掉一半了。我老公不会同意的。要去两个星期，我儿子怎么办啊……”茉莉笑了：“好好好，你去买你的LV，我来安排我的长假。”

三个星期后，茉莉如愿以偿地登上了去欧洲的飞机。在罗马，她穿着简单的白色丝质衬衫，系着深蓝色的大圆裙，两手悠闲地插在裙兜里，从奥黛丽·赫本走过的西班牙广场高高的台阶一级级走下来；在斗兽场，她用单反拍满地夕阳下废墟石缝里摇曳的淡黄小菊花；在柏林，她沿着著名的柏林墙缓缓地步行了两个多小时，停下来看每一幅有意思的涂鸦；最有戏剧性的事情是当茉莉笑嘻嘻地站在香榭丽舍大道上的LV专卖店门口时，她掏出手机发了一张现场照片给好友，配上一句："早知道你就不用急着买了——这里标价就比国内便宜近20%，还要退税哦。"

长假回来，茉莉白皙的皮肤晒成了不均匀的蜜糖色。她给同事们带的小礼物，当然不可能是LV的小钱包，而是蒙马特区艺术家们手绘的各色巴黎街景水彩画和素描。她在Facebook（脸谱网）相册里上传自己的旅行照片。每一帧下面配上独特的文字，记录下这段休闲优雅的长假点滴。休假后第一次向老板汇报工作，老板满意地扶扶眼镜，说："休个假还真有SPA（水疗）效果啊。你整个人容光焕发不说，工作效率也明显改善啊。"茉莉嘴角上扬，说："那我谨遵您的指示，今后多休假就是！"

两年多来，茉莉已经用别的同事朋友攒来买LV的钱，去了泰国的苏梅岛、澳大利亚大堡礁、中国的九寨沟。旅行，就是去不同的地方，然后带着不同的自己回来，继续过以前的生活，也许，自己的生活就这样渐渐地与之前不太相同了。

活着的每一分钟都美好

◎伊　尹

这是我从一位熟人小周那里听来的故事。她是一位护工，一个星期前刚刚送走了一位雇主，是一个年轻的女人，才26岁，却不幸得了胰腺癌，已经是晚期了。因为家里还有小孩儿，所以打算在医院度过最后的时光。女人说，她不能从家里“走”，她不想让那个温暖的家留下死亡的痕迹。

女人得的这种病很折磨人，疼痛指数高，疼痛之后，就连走路的力气都被抽得一干二净，女人几乎下不来床了。可是这天小周按时去医院接替女人的丈夫时，发现女人和她丈夫一起不见了，小周等了好久才见两个人回来，出去走了一圈，女人原先苍白的脸上竟然泛起一点儿精神的红光。等丈夫走后，女人告诉小周，刚才她和丈夫去银行了，从前家里的存款都放在她的手里，今后存款这些事都得丈夫自己去跑了。她把存单换成了丈夫的名字，又让丈夫自己设了新的密码，一个他所能记住的密码。女人开心地说，丈夫输入密码时，对坐在一旁的她故作谨慎地说：“不许看！”于是她乖乖地笑着说：“好，那我不看！”其实她看见丈夫在输新的密码时，大滴大滴的眼泪砸在密码小键盘旁边。柜台里的银行柜员不解地看着他们，可是她哪里明白，这是一种生与死的移交呢。

过了两天，小周在女人的强烈要求下陪着女人回了一趟家。家里没有女人操持，显得凌乱无章，但还是能够看出昔日的温馨。女人叹口气，努力地想要收拾收拾房间，但她连站立的力量都几乎失去了。小周见了，做出一个决定，她让女人坐在沙发上休息，然后开始帮女人收拾房间。小周和女人都明白，这差不多是女人最后一次回来了。

清扫完毕，要走了，锁好门，女人频频回首看着越来越远的家，直到再也看不见为止。小周虽然见惯了生离死别，但女人的难舍与留恋却让她泪如泉涌。

回到医院后的第二个星期，女人在半夜突然走了，走时还不忘给小周留件礼物，让丈夫转交给她。那是一个崭新的从韩国带回来的钱包，那天小周帮忙打扫卫生时见过的，小周随口夸了一句“这钱包可真精致呀”，女人却记住了。

小周送走过好几位雇主，但对这个女人却是永远不能忘记，她的年轻，她对生活那种精致的热忱，一直持续到她生命最后一刻。小周说，女人的枕下一直放着一把半月形的檀木梳子，每次疼痛之后，女人会用这把梳子梳一梳因为翻来覆去而揉乱的头发。小周说，她教会了自己，活着是多么美好，每一秒钟都得去珍惜。

做个能讲出细节的人吧

◎沫　沫

北岛曾经说我们生活在一个没有细节的时代，他在大学里教散文写作，让大家写写童年，发现几乎没有人会写细节，这个非常可怕，意识形态化、商业化和娱乐化的时代正在从人们生活中删除细节。一个概念出来，大家纷纷去跟风。说话也是一样，有些人，说话只有炫耀和抱怨，却听不到任何清新动人的细节，这个是越来越明显了。所以，有些话越说越累人，越说越不想开口，有些人见了不如不见。但是，有些话，过去了这么多年，我却一直记得。

几年前，一位友人曾对我说："我去了七次凤凰，将来老了，我还愿意穿一件红衣裳坐在沱江边喝一杯自己亲手煮的奶茶。"她说到冬天，凤凰的人很少，她在吊脚楼上吃火锅，漫天的雪飘飘扬扬，红灯笼，热气雾气……这样的细节，有审美的成分，我一直记得，对生活的热爱是通过细节表现出来的。说实话，因为这样的细节深深打动和影响了我，凤凰是我独自旅行的第一站，慢慢走，一路下去，看过无数的风景，人也越走越开阔，好多年过去，无意中影响了我的生活方式，成就了我某些小小的骄傲。人生真是一件奇妙和偶然的事。现在，太多的人会说，我去了哪些地方，花了多少钱，用什么相机拍了什么照片……但是，他们一个细节都讲不出来，他们说的你一句也记不住，因为没有真正的热爱，只有炫耀和跟风。

我真的喜欢别人跟我分享一些真正能打动人的细节。

我记得最悲伤的一个细节是三年前一位朋友讲的。那段时间，她妈妈刚去世不久，她说："昨天，我开着车子走在深南大道上，儿子坐在车后，开着开着，我突然控制不了情绪，只得把车停在路边，趴在方向盘上泣不成声，儿子在身后怯怯地问：'妈妈，怎么了？'我静静地说：'我想我妈妈了……'"这个细节让电脑这头的我忍不住潸然泪下，友人后来对我说："趁父母在时，好好对待他们吧。"那天下班，我就回了父母家，陪他们吃了一顿漫长的晚餐，慢慢吃慢慢聊，感恩着我的拥有……

我还记得这样的一个细节，几年前友人提到的某次下午茶。女主人住在一套只有七十平方米的旧房子里，却打理着一个漂亮的花草露台。夏天的黄昏，她穿着一件宽松布裙，把冰镇西瓜挖空装了凉面端出来，浇上芝麻酱，泡一壶绿茶，友人形容她端着西瓜凉面走向露台时的情景，“香风习习”，夏天有蝉鸣，这样有创意漂亮的场景一直留在我的脑海里，热爱生活的人，才会创意无穷，一碗凉面都可以不一样。

前段时间听一位长辈聊天，他说起自己的女儿，他说女儿上小学、中学时他从未接送过，但是上了大学后，他反而每个周末送女儿上同城的大学，这成了一件愉快的事，为什么？因为一路上可以聊天，什么都聊，边走边说，一两个小时的步行，他很享受这个过程，路上有风吹，有鸟叫，有甜品铺，有青春的女儿神采飞扬的表情……类似的事发生在一个多人饭局上，听某位男士聊起自己刚上大学的女儿，他说暑假时，他每天最快乐的事是陪着女儿看一档很青春的电视节目，当时好像是在播什么《中国好声音》，房间开着空调，父女俩坐在地板上吃着瓜子评头论足，他觉得很满足很特别很惬意，假期结束，女儿要回上海，他第一次有一种浓浓的离别伤感，不敢去送别，而是让孩子妈妈去送……说起这段话时，他的眼睛湿润了。这些细节我一直记得住，父亲的深情，有时旁人看着，也是感动的。这个世界再怎么喧嚣浮躁动荡变迁，不知珍惜，还是有无可替代的深情和简洁纯粹的爱存在……

相信点儿什么，保持某种天真，做个能讲出细节的人吧。

单腿丝袜

◎投我木瓜

你一定曾为了失去某样东西而痛苦，你也一定曾为了害怕失去某样东西而痛苦。

我曾在一家精神病医院实习，每天所见都是几乎失去一切的人。进医院之前，老师提醒我不要被医院压抑的气氛影响，我没能做到，好几次跑出去哭。当你看着同你爸爸一样年纪、曾经的家庭支柱，现在却智力衰退如三岁孩童的男人每天抓着铁门盼望家人，而家人早已不打算接他回家的时候，你真的有理由心酸落泪。

我以为哭哭就会习惯，但越哭世界却变得越灰暗。直到那天，我的眼睛里出现了亮色。

我很庆幸，那天因为心情抑郁下班没有及时回家，在路边坐了半个小时。就在这半个小时里，我遇到一个姑娘。起先我迎着夕阳看她并不清晰，只瞥了一眼。她的丝袜就趁这一眼的瞬间，冲破光线的阻隔，硬是冲进我眼里。我笑了。

你敢穿这样的丝袜上街吗？七彩荧光渐变色，还充斥着蝴蝶图案，远看就像招了一堆飞蛾的霓虹灯管在走路。

现在的少女真前卫啊，我笑着想。可是等她慢慢走近，我笑不出来了。

她竟然只有一条腿。

她拄着拐杖，提着把小提琴，长发随着走动摆一下停一下，额头有几颗汗珠。我目不转睛地看她，如果她抬头一定会察觉到我的目光，谁都知道这对残疾人有多不礼貌。然而我太惊讶了，甚至忘了眨眼睛，而她也没有抬头，因为似乎光是走路这件事就耗去了她所有精力。

她为什么会变成这样，车祸、疾病还是天生？她为什么还穿那么艳丽的丝袜，生怕别人看不到她只有一条腿？我同情加好奇，第二天下班又坐在路边，想再看她一次。

结果第二天，第三天，第四天……在我实习期间剩下的每一天里，在相同的时间、相同的地点，我都看到了她。她每天如此，拄根拐杖，拎把小提琴，披着长长的头发，低头专注着脚下。

唯一不停变换的是她的丝袜。画满花朵的、画满卡通人物的、坠满星星亮片的……我记忆最深刻的是一条白色的丝袜，上面写满黑色的英文句子，最醒目的一句是：I'm so beautiful（我是如此美丽）！

上班之前，想到下班又会遇见她，满头的乌云就一扫而空。那女孩什么都没做就让我变得坚强。

为什么病人们的痛苦我并没有亲身经历只是每天看着，就深陷其中不能自拔？工作多年的医生安慰我说：“因为你还有人性嘛。”但我知道其实是因为脆弱，我害怕像他们一样失去一切，虽然这并没有发生。

那女孩，实实在在失去一条腿，对很多人来说这意味着一辈子都毁了，她却勇敢面对。若她不勇敢，也不会将剩下的那条腿无比珍重地打扮起来，无声地提醒自己也昭告世人：我还有一条完好的腿，我并不可怜。

实习的最后一天，我最后一次等那女孩。我们并肩站在斑马线前。我对她说：“你的丝袜很漂亮。”

她笑着回答我：“谢谢。”

那是我们唯一的交谈。至于她如何失去一条腿，我不好奇了，我想她自己也不在意了。

如今我还是会为了曾经失去的东西或者虽然拥有却害怕失去的东西而痛苦。每到这时，我都会想想她。

想想她拄着拐杖等红灯的背影。即便是简单的站立都有些吃力，但只要红灯一过，她就会毫不犹豫地迈开仅有的那条满是星星和蝴蝶的腿。

She's so beautiful（她是如此美丽）！

你上气不接下气了吗

◎子　沫

“不行，就小点儿。”这是一位长辈对于慧说的话。她是一个在某个领域很有成就的人。于慧前段时间很焦虑，她对于慧这样说。

当时，于慧想开一家校园日式餐吧，理想的面积是60平方米。但是租金高，她承受不了。放弃吧，实在不甘心。正在烦躁时，长辈对她说了这样的话。“如果你有想法，在20平方米的空间，一样可以施展，只不过是小点儿，这不是问题。重点是，你想做成什么样。”于是，她真的开了一家只有20平方米的小铺子，除了吧台，只有两张散台。但是，正是这样的日式特色，显出了氛围，人气很旺，小铺子氛围好得难以想象。还一不小心成了一大特色，很多人来学习她的开店经验。看着每天喜欢围坐在吧台看她煮料理的客人，心满意足的脸，真让人无端感动。

这件事让她想明白了很多。她感觉现在住的房子大了，根本就没有利用率，而且承受不必要的压力时，就换了一种思路：如果是这样，我把大房子换成70平方米的两室一厅，然后用多余的钱每年带父母去旅行，是不是不一样？她真的按想法做了，换成了环境不错的两居室带阳台，很紧凑，丢掉了大多数平日利用率很低的东西，真正是过需要的生活，客厅兼作书房，有意外的效果。比以前闲置一间房，卫生不好打理，整个家空荡荡的格局好多了。多出来的40万元，她把20万元存了定期，20万元制订了带父母旅行的计划，住好酒店，去想去的地方，在欧洲的古堡酒店，她给我发了条信息：“其实实现梦想真的不难，不行，就小点儿。我真的明白了当时老师的话。以后，对父母，我没什么遗憾。我把未来的钱花在自己和他们身上，至于孩子，他们有自己的未来，要自己负责。”

大多数人在追求快乐时上气不接下气，以至于与快乐擦肩而过。上气不接下气，怎么可能快乐？不行，就小点儿。那是你的空间，别人的空间很大，那是别人的能耐，不是你的。很多人没弄明白这点，他可以这样，我为什么不可以？他住那么大的房子，我为什么不可以？他做那么大的生意，我为什么不可以？你可以的，但要小点儿，在你的合理范围内，那是你能力所及。

一个我尊重的台湾人，说自己这样过周末，做清淡的四菜一汤，手洗几件白衬衣，然后选一段老城区步行一个小时，过得很开心。

去爱，去生活

◎火　锅

有次住院，病房是三人间，其他两位都是20岁的漂亮姑娘。

琳琳是农村孩子，正读大四，她发病急，送到医院的时候已经病危，抢救过来后紧接着上大剂量的化疗，病情才算缓和下来。她打化疗针都是24个小时连轴转的，打得手脚全部肿起来。但小姑娘生命力真是顽强，有点儿力气还要谈笑风生地和朋友煲电话粥。

有一天晚上，我听见她用耳机话筒低低地叽叽咕咕地打电话，听语气像是和男朋友，过了好久才挂掉，换了另一个继续聊，这次大概是闺蜜，声音高了一点儿。隐约听见一句："他说还想做饭给我吃呢。"语气甜蜜娇憨。

第二次遇到琳琳，她已经做完了四次化疗，接下来准备做骨髓移植。幸运的是她有个双胞胎妹妹，配型非常成功。琳琳情绪特别好，不输液的时候总是搬着小板凳到处找人聊天，走廊里都是她的笑声。

晚饭后是病区最轻松的时候，琳琳站在护士站的体重秤上，皱着眉头看数字，我说："琳琳，你比上次胖了吧。"她表示不服气："没胖！肯定是输液输的！"

一会儿小姑娘回房间了，再出来的时候脱了病号服，换上了粉红色的T恤，黑色的紧身裤和粉色的凉鞋。小身体鼓鼓的，虽然生着病，也有着青春的饱满。

一会儿又不见了琳琳的踪影。我迷糊着半睡半醒的时候，听见琳琳的爸爸跟护士说："琳琳又烧到39摄氏度了，不行就再上地米吧。"

第二天早晨琳琳拿着脸盆去洗手间洗漱，我问："不发烧啦？"她一笑说："小case（事）啦！"

小萱年纪虽小，已经算是个职业病人。我胳膊上刚插了PICC（经外周静脉穿刺中心静脉置管）的时候，有点儿小担忧，她伸出筷子一样细细的胳膊安慰我："看，我已经插了三年管子了，一年一支。"

她在这家医院另一个科室做护士，刚工作就生了病。化疗时来住院，不化疗的时候就上班，做点儿最轻松的前台工作。她的年纪和我的学生差不多，可是气质完全不一样。

她很小的时候上面的四老就相继去世了，紧接着是父亲。所以她说：“虽然你比我大，可是我对死比你要熟悉得多，死一直都离我很近。”

有一次我和小萱说：“这些病人，每天也都聊天谈笑，看起来心态都不错。”小萱幽幽地看着外面，说：“其实不是。有的人只是在装作不害怕。我住院多，这点还是看得出来的。”

小萱的妈妈在医院里陪护她。她难受的时候难免要向妈妈发点儿小脾气，小萱的妈妈从来不着急，都是笑着应对。

有一天我在外面遇到小萱的妈妈，她驼着背，梦游一样走着。阳光那么灿烂，却完全照不到她的身上。她的所在是一片移动着的暗影。

琳琳终于打完了这个周期的化疗针，兴高采烈地跑到小萱这边聊天。她绘声绘色地描述自己的某次病危：“我妈妈后来告诉我，她跑去叫医生的时候吓得路都不会走了，左腿绊右腿。”

小萱幽幽一笑，看着自己的妈妈说：“要是换成我妈妈就不会这样。她会觉得终于解脱了。”

琳琳不愿意了，批评她：“你怎么这么说呀，没良心的！”

我看着这两个姑娘。

我比她们大了十几岁。有过幸福，也有过痛苦。如果让我假设，生命在过去这条河流的哪一束波浪结束可以接受的话——似乎哪里都可以。

但是看着眼前这两个好姑娘，我还是想说，挺过这一关。

去爱。

去生活。

不畏惧好的人生

◎韩松落

我有一个朋友，就叫她V吧，每次想起她的故事，总觉得心里堵了一块石头。

V生长在一个貌似严谨、实则严苛的家里，父母生长于匮乏之中，生怕对儿女稍稍给个好脸色，就会让他们堕落。她是女儿，又排行老二，成为不折不扣的夹心饼干，整个童年和少年时代都是在父母的贬斥、矮化、丑化中度过的，她的外貌、学习成绩、家务水平都获得了惨烈的批评。

这一切的后果，在她成年之后才慢慢显露出来。大学报志愿，她认为自己“不可能考上什么好学校，报太好的学校让人笑话”，只报了一所三本院校，尽管她的成绩足够她去更好的地方。在学校里，每逢老师对她表示出重视，她就开始逃避、开始推辞，她对自己的否认持续了整个大学时代，囊括一个大学生可能获得的所有机遇，她认为自己“不可能上台演讲，一定会搞砸”“完全不可能胜任学生会的工作”“腿短，不能上台跳舞”。怀着这种心态走上舞台，她果然摔了一跤。

磕磕绊绊地走上社会，这种自我贬斥开始蔓延到她生活的角角落落。去商场买衣服，她纠结地放弃了自己喜欢并且有能力买的那件，选了一件不喜欢的；买家具，她明明喜欢而且也买得起实木的，却选了板式的，搬回家后，浓重的甲醛味半年不散，她只好把它们处理掉，又回头去买实木的，花两份钱，还折腾遭罪。问她怎么会这样，她说自己当时大脑一片空白。也许，每当要做出选择，她内在的自贬机制就启动了：你不配，你不能。

她的感情生活也果然没有让人意外，明明有个条件不错的男士对她表现出了某种程度的好感，她也对他有好感，却躲避他、冷淡他，最后和一个方方面面都次一等的男人纠缠不清。有一次他们约会，我们假装客人坐在旁边一桌帮她鉴定，该男身高不足一米七，脸色晦暗，埋单时从裤兜里掏出一把钱，钢镚四溅。显然，吸引她的不是这个男人，而是这个男人带来的自贬自虐感：你只配得上这样的人，你只能过这样的生活，好的人、好的生活，都在你的能力范围之外。

畏惧好的生活，或许还有更隐蔽的心理动机。因为提前设定好了，自己和幸福绝缘，和机遇没有关系，和优秀的人分属两个世界，当不幸发生时，当生活越来越暗淡时，一切都有了解释：这是命定的。不相信幸福，往往成为不用力生活的借口。

60后70后人群里，这种人遍地都是，因为他们生活在匮乏之中，不得不用这种对好生活的畏惧去打压自己的向往。而不幸其实也像乌鸦，往往会闻着这种人的味赶来，更加让他们觉得，自贬果然没错，躲避是有道理的。许多心碎，许多悲剧，就此发生。这是最大的猜疑，也是自戕式的祈祷：幸福一定与自己无关，而且往往能够如愿。

所以，我格外敬重那些生在并不富裕的时代，却不畏惧好生活的人，他们跳脱出了自己所在环境的束缚，相信自己能够得到好生活，也配得上这种生活。他们寻找真爱，找不到就等，他们也愿意在爱情到来时，重新配置自己的生活。即便他们最终没有得到自己想要的生活，这种生活在追寻中的状态，也让他们的生命状态和同龄人不同。

生命和爱情的质量，往往在于不苟活、不将就，尊重自己的欲望，不因为外界的眼光委屈自己，在生活上、在爱情里，都求好、向光，及时摆脱生活里死亡的部分。所以，一旦发现自己有这种倾向，一旦在爱情和机遇面前出现“你不配、你不能”的画外音，一定要进行屏蔽，并且以挑战极限的勇气迎上前，去迎接爱情，去尝试机遇，至少也要试试看，自己到底配不配、能不能。

的哥Simon的幸福生活

◎海　伦

Simon是我来香港后认识的的哥，中等身材，戴着副细框眼镜，斯斯文文的。星期天在教会碰到他，如果不是他开着一辆红色的的士，你不会当他是的哥。他的确和一般的的哥不同，他只做大学往返机场的生意。

大学位于西贡的清水湾，离赤腊角机场40公里，单程40分钟左右的车程。当年Simon的车不打表去程250港币，回程加隧道费280港币，据说收入相当于助理教授的月薪。用过Simon的车后发现此的哥非彼的哥，他穿着体面，帮客人搬行李，开车门。他的名片上印有他的电子邮箱，如果你预约，他一定会及时回复你的邮件；如果你要求的时间他本人没有空，他会安排他朋友的车并告知司机的姓名、电话、车牌号。预约Simon的车零风险，每次他都会早到10分钟等你。如果你正好早几分钟出门，你会发现他站在车外，车里开着收音机，电台播放着巴赫、莫扎特、勃拉姆斯的古典音乐。看到你，他会马上过来帮你提箱子，脸上始终洋溢着真诚的微笑……

大学里的教授都爱用Simon的车，不但因为他守时，而且他能说一口相当好的英文。大学经常有世界各地的教授前来访问，学校的车队安排不过来，就派他去接第一次到来的外国客人，他会用流利的英文介绍香港的风土人情，好吃好喝好去处。久而久之，就连常来访问的教授都知道这个彬彬有礼、服务周到、朝气蓬勃的的哥。

Simon在大学附近租住了房子，比起很多香港的哥，Simon的生活自然是令人羡慕的。然而过了几年收入可观又稳定的日子，Simon却决定搬家并缩短了工作时间。原来他的女儿出生后由母亲照看，他便搬到母亲居住的那个小区，以便收工之后花更多的时间陪女儿。再后来，预订Simon的车跟约见校长一样难，星期天不开工，带女儿去教堂做礼拜；一大早不开工，他自己要去海边游泳，下午3点后不开工，要接女儿，晚上也不开工，要陪女儿读书，做功课……他的生意几乎都让给了他的朋友，他的朋友开心之余也百思不得其解：Simon简直是个怪物，做了的哥这行，少接一单生意，就少一笔收入，哪里还有挑三拣四，跟钱过不去的！

终于有一天，我碰巧订到了Simon的车，那天只有十几摄氏度，Simon刚去海边游完泳回来，头发还是湿的。很久不见，Simon又黑又壮，倒是少了点儿斯文，多了些粗犷。于是从游泳说起，他算了一笔账：游泳是对健康的投资，在海里游泳是不要钱的，健康是无价的，所谓无本万利；太太做文职，朝九晚五，Simon的时间灵活机动，便做了家里的贤内助。女儿放学后不用送去补习班，省钱还是次要的，他自己书读得少，和女儿一起学习，成长又是无价的；平时下午收工后便把车租给朋友开，不但收了租金而且免了小区的停车费。Simon亦不做房奴，他没有钱挣多了可以买房的想法，他说租房就像水电煤气牙膏肥皂日常的开销，你每天用的煤气都是要花钱的，但是你不会去想花更多的钱拥有一家煤气公司。一个10岁随父母从潮州移居香港，只念了中学就出来讨生活的的哥有如此觉悟，实在令我自愧不如。

这些年，很少再见到Simon，偶尔在校园里见到他，他的笑容依旧，你会深切地感受到他发自内心的幸福。

天马行空去旅行

◎金　星

一个人旅行充满了未知，惊喜随时发生，无处不在。

艳遇就是一种惊喜。别那么狭隘，一个眼神，一个示意，也会是一种艳遇，只要那是美的，我回了家之后还能把自己的艳遇故事津津乐道地给老公讲，给孩子讲。

一个故事就发生在戴高乐机场。我在巴黎演出结束后，回国的时候在机场候机。我站在机场二楼，身着黑大衣，长发披肩，无聊的时候往下看，忽然看到一个男人的背影。他应该是这个机场里做地勤服务的工作人员，正指挥着别人搬运行李，一头卷发上戴了一个很大的耳麦避免噪声，身上穿着银色的背心，整个人从背面看上去好看极了。我心里就不禁飘忽着：这个男人真帅啊，如果和他走在一起一定特别好。

正当我想着的时候，一幅奇妙的画面出现了。当时我在二楼他在一楼，他还戴着耳麦忙着指挥别人工作，忽然间他就停下来了，转过头来对上了我的眼神，冲我笑了一下。我一愣。当他回过头又去忙自己的事时，那个动作已经不一样了，不再是那么漫不经心，而是知道有人在观察他的那种表现。那么远的距离，那么吵的环境，我们居然对上眼了。

又等了一会儿，我该去登机了，等那男人再回头一看，那个女人不在了。他就在那里找，忽然看到我在飞机的窗口往外望，也在看他。对视间，他把耳机摘下来，晃晃头发，然后忽然给了我一个飞吻，我也用同样的手势回应了他。飞机缓缓启动，我把这幅画面带回了中国。

我在欧洲旅行，对意大利印象很深。我从罗马机场下飞机之后的三天，行李根本就没沾过手，一群男人围着我："小姐，我帮你拿。""你要去哪儿，我带你一程？"因为意大利人很直接，他欣赏一个有魅力的女人，就会接近你和你聊天，心里也不希望怎么样，如果能吃个晚饭更好，单纯地聊一程也很好。意大利的男人会觉得，让一个美丽的女人单独在那儿站着是他们的失职。

中国男人不会，中国男人很少直接去赞美女人，更不会在第三个男人面前直接赞美你，这就导致了两个地方的女人也不一样。欧洲的女人活在男人的赞美当中，有动力变得更美，所以特别讲究打扮。就连我在国外的时候也会情不自禁对自己挑剔，因为我会觉得我要对得起我自己，对得起那么多赞美我的眼光；到了中国，便是干净得体就行，在打扮上就马虎起来。

“性感”不是中国文化里被强调的那一部分，在任何一个中国的城市里，你没办法感受到那种男女荷尔蒙互相激发的性感。但站在意大利、西班牙、巴西、法国的街头，你会知道真正的“性感”是什么。

旅行是太浪漫的一件事了。一路上把自己打开，放松自己，在哪里都能看到美。回去和老公讲，和孩子讲，那些讲不出来的还能留在心里。飞机晚点就晚点了呗，和老天较什么劲；生意这一单签不成那就签下一单呗；婚礼没有如期举行那就再补呗，人生不急。老天安排晚点一定会有它的道理，说不定你就能碰上谁呢，这就是浪漫发生的时候啊。

我去过很多地方，遇到完全不同的文化和人，都会不断地思考，为什么不同地方的人会有不同的长相和性格？为什么他们交流感情的方式是不一样的？这里的建筑与市井又在传递怎样的信息？脑子在拼命地转，充分体会这个地方带给我的感受，不断地去理解那些陌生。“人”是最好的灵感来源。

一个人在路上把心放开，单身旅行就是一次心灵上彻头彻尾的深呼吸。别让想要一个人往外走走的冲动消失，一个女人的天马行空也会支撑着她的饱满。

流沙与直升机

◎尤　今

去年，好友阿萧在卸下繁重教务之际，正想好好享受悠闲生活时，却遭遇了不测之风云。

那天，阿萧洗澡过后，头痛欲裂，呕吐不已；家人见势不对，赶紧把她送入医院，万万没有想到，一经检验，居然发现是脑血管爆裂！

经过一番紧急大手术之后，总算捡回一命，但半边身子却麻痹没知觉。一想到可能要在床上度过下半生，她即使睁着双眼也会尖叫着做噩梦。

让众多朋友迷惑不解的是，身材一向苗条的她，常年做身体检查，既没高血压，也无高胆固醇；再加上经济不虞匮乏，生活毫无压力，脑血管为什么会无端爆裂呢？

在最近一次聚餐会上，她娓娓畅述患病的心路历程：

“动了脑部手术后，我醒来的第一个问题便是‘为什么’。为什么是我？为什么病魔偏偏找上原本健康的我？为什么一点儿迹象也没有，脑血管要爆便爆？无数的‘为什么’使我夜夜失眠。我问自己，也问医生，问了一次又一次……”

医生告诉她，对于一小部分人来说，脑血管犹如埋伏着的地雷，有着与生俱来的潜在性危险，随时随地都会在猝不及防的情况下爆裂；可是，心有不甘的她，依然还像闯入迷宫一样，在许许多多的“为什么”当中兜兜转转。

终于有一天，医生生气了，说她不该钻牛角尖，并且给了她一记“当头棒喝”：

“生病了，便是生病了，这是无法改变的事实。你应该问的是‘如何才能康复’，而不是一整天于事无补地问‘为什么我会生病’！”

良医的良言，让她真正醒了过来。

是的是的，对于病人来说，“为何”这个问号，是属于阴暗的过去的，它会使原已痛苦万分的病人更加沮丧、更加萎靡不振；它就像流沙一样，会残酷地将病人一点儿一点儿地向下拉、往下扯；拉拉拉、扯扯扯，慢慢地，病人意志力被销蚀殆尽，就这样直直地陷入深不见底的人间地狱。许多罹患重症的人也同时被抑郁症折磨得死去活来，原因就在于此。

至于“如何”这问号呢，却是属于阳光的未来的，它犹如直升机，能够帮助陷入困境的人脱离危险；许多看起来极不乐观的病症，就因为病人以“如何”这个明智的问号为重点而不以“为何”这个问题自我折磨，面对现实、接受现实，想方设法寻求救治之道，最后总能“守得云开见月明”。

阿萧的思维在转了一个弯之后，抱着必胜的决心，在服药之余，拼尽全力和医务人员配合，做物理治疗，并乐观积极地参与各式可助康复的运动，在经过了一段难熬的时光后，终于，阴云飘散，阳光再现，她行动如常，活跃如昔。

脑血管爆裂，却能在短短数月间迅速康复，人人叹为奇迹。

现在，每逢有人问起，她不再解释患病的前因后果，也不再提及生病种种难熬的细节，只是以快乐而坚定的语气劝诫他人：“运动，一定要做运动；唯有运动，才是保健的方式。”

接受现实是解脱的开始

◎吴淡如

不久前，有一位朋友在健康检查后，发现自己的胸部有了恶性肿瘤。之前的一年，她承受了很多灾难。她的父亲脑卒中、兄弟因车祸去世，然后丈夫有外遇，要求分手。也许内心负荷过重，因而影响了健康。她比我成熟得多，医生在手术后告诉她：状况没有想象中严重，不需要痛苦的化疗——她才欣喜地告诉我，算是老天饶她一命，帮她庆祝一下吧！

她才三十多岁，看待命运竟然如此平和。当我听到这个消息的时候，已经是她认定自己“苦尽甘来”的时候了。

我问她为何能够在遭遇那么多变化后，还能平静如昔。

她说：“我并不平静，我也问过老天——为什么是我？但我知道，这时哀号无益，是我，就是轮到我！”

她在一家投资公司工作多年，她说，还好，过去看过股票崩盘——在所有专家都看好时，股市忽然重重摔下——这一摔使她失去过去十年辛苦工作的积蓄，曾使她痛苦万分。但若不接受现实，又能怎么样呢？不断下挫的大盘指数，是现实，不可以逃避，越逃伤得越重，只好断头杀出，留得一点儿存款。幸好她这么做了。

以前想来，那是祸，否则她早已是亿万富婆。现在想来，那是福，使她明白她必须在最短时间内采取止血行动。

听她这么说，我为自己曾经忽略朋友感到十分愧疚。但仔细思考她的话语，我也有相同领悟：

可不是吗？我看过背叛，我看过欺骗，我也曾被口口声声说最爱我的人重重地伤害过，然后发现自己固执得很愚蠢。这些事情都曾使我感觉自己面临世界末日——当时都觉得老天爷对不起我——我这么努力，自己的所作所为似无瑕疵，为什么还会判断错误，还会这么倒霉？往事不必再细数，然而这些经历让我明白，与其怨天尤人，不如接受现实。告诉自己：是的，这已是事实，那么你想怎么办呢？

唯一的方式只有接受现实，然后想到，自己是不是有能力离开这样的现实？

而人生，总在接受现实后有了新的起点，才会静静地开始。

这是这些年来我所学会的最重要的事。活在现实，接受我们不愿接受却已经发生的事，就像接受比我们巨大几亿万倍的冥王星也可能不是大行星的事实。

深深地吸一口气接受现实，多么容易，又多么艰辛。相信疤痕会痊愈，相信时间的疗愈力，相信自己还可以有小小的努力。相信我们所不愿承受的一切毕竟已经来临，然后，我们才能跟自己内心里受伤的灵魂交谈，和全世界握手言欢。因为接受了那原以为不能接受的事，我们的视线才更宽广，破茧而出的力道也更强壮。

钓虾

◎丰子恺

杭州西湖之畔，那时我僦居在里西湖招贤寺隔壁的小平屋里，对门就是孤山，所以朋友送我一副对联，叫作“居邻葛岭招贤寺，门对孤山放鹤亭”。家居多暇，则闲坐在湖里的石凳上，欣赏湖光山色。每见一中年男子，蹲在岸上，向湖边垂钓。他钓的不是鱼，而是虾。钓钩上装一粒米饭，挂在岸石边。一会儿拉起线来，就有很大的一只虾。其人把它关在一个瓶子里。于是再装上米饭，挂下去钓。钓得了三四只大虾，他就把瓶子藏入藤篮里，起身走了。我问他：“何不再钓几只？”他笑着回答说：“下酒够了。”

我跟他去，见他走进岳坟旁边的一家酒店里，拣一座头坐下了。我就在他旁边的桌上坐下，叫酒保来一斤酒，一盆花生米。他也叫一斤酒，却不叫菜，取出瓶子来，用钓丝缚住了这三四只虾，拿到酒保烫酒的开水里去一浸，不久取出，虾已经变成红色了。他向酒保要一小碟酱油，就用虾下酒。

此人常到我家门前的岸边来钓虾。我被他引起酒兴，也常跟他到岳坟去吃酒。彼此相熟了，但不问姓名。我们都独酌无伴，就相与交谈。他知道我住在这里，问我何不钓虾。我说我不爱此物。他就向我劝诱，尽力宣扬虾的滋味鲜美，营养丰富。又教我钓虾的窍门。他说：“虾这东西，爱躲在湖岸石边。你倘到湖心去钓，是永远钓不着的。这东西爱吃饭粒和蚯蚓，但蚯蚓龌龊，它吃了，你就吃它，等于你吃蚯蚓。所以我总用饭粒。你看，它现在死了，还抱着饭粒呢。”他提起一只大虾来给我看，我果然看见那虾还抱着半粒饭。他继续说：“这东西比鱼好得多。鱼，你钓了来，要剖，要洗，要用油盐酱醋来烧，多少麻烦。这虾就便当得多：只要到开水里一煮，就好吃了。不须花钱，而且新鲜得很。”他这钓虾论讲得头头是道，我真心赞叹。

这钓虾人常来我家门前钓虾，我也好几次跟他到岳坟吃酒，彼此熟识了，然而不曾通过姓名。有一次，夏天，我带了扇子去吃酒。他借看我的扇子，看到了我的名字，吃惊地叫道：“啊！我有眼不识泰山！”于是叙述他曾经读过我的随笔和漫画，说了许多仰慕的话。我也请教他姓名，知道他姓朱，名字现已忘记，是在湖滨旅馆门口摆刻字摊的。下午收了摊，常到里西湖来钓虾吃酒。此人自得其乐，甚可赞佩。

往小里聊

◎子　沫

当你知道往小里聊时，你算是活明白了——

很多饭局上的男人最常见的是吹牛，聊宏图大志，聊商机，一顿饭热火朝天，散了。谈的东西大而空，无趣加无味。

昨天听一位朋友聊起她先生的一圈朋友，特别有感慨，他们都是研究经济的，各自在事业领域都有一定的成就，按理说，聊一些股票，经济走向，赚钱什么的是小菜一碟。但他们聊的话题非常非常小，小到你意想不到。

其中一位自称是京城吃货。每次朋友来，他都能按你的口味找到一家可爱的私房菜餐厅，餐厅环境小而精致，不讲排场，却讲氛围，每个人会吃到一道自己喜欢的特色菜，他脑子里有一本吃货地图，东单胡同里哪家的蒸鱼一绝，西单哪条巷的辣鸭吃完三天忘不了，后海哪家的私房小菜地道，还可以听小曲儿……于是，饭桌上经常听到他接这样的电话："你在北大附近？那好，你的右手边有一家淮扬菜馆，上海菜非常不错，可以尝尝那道甜米汤和上海泡饭，错不了……""西直门啊，出地铁往左拐，立交桥底下有家重庆火锅店，火锅的所有料都好，什么都不搁，涮熟清吃，配点儿店家米酒，非常过瘾……"说实话，每次跟他同桌吃饭，顿时觉得活色生香的气息扑面而来，生活真的很美好。你绝对难以想象坐在你面前的那个男人是对经济了如指掌，可以给你分析经济形势和走向的大师级人物。人家根本不聊这些，人家饭桌上就聊小东西，小得不能再小，每个跟他在一起的人都感到轻松。你能想象他找到一家小菜馆点一碗上海泡饭的场景：剩饭，小青菜剁碎，一碗滚热的清茶浇上去，心满意足。

还有一位男人，他聊他的足球鞋，他也是一位经济学教授，人家只聊一双鞋，哪里才能买到非常舒适的鞋，鞋帮鞋底角度怎么设计才最科学，非常实用有趣而角度小。

再有一位就聊淘旧货。他是潘家园的火眼金睛，对旧货的货色了如指掌。有一个盘子来自一没落家族后代的餐桌上，那户人家三代前就家道中落了，到他们这一代，只是一介平民，住旧房，吃家常菜，他看到这个盘子时，知道是好货色，花了不多的钱收下，人家倒过意不去，还送了只漂亮的碗。如今摆在他家里，给女儿装小零食，非常好用。故事里有情有事有细节不夸张，一顿饭吃得荡气回肠，细致入味，真是开心。

小众饭局，三两个人，聊小事。她先生有个朋友最大的乐趣就是，仨哥们儿，拎几瓶好酒，找个江南小镇，聊些小闲话，小住一晚。这种状态已持续了数年。这是他们最好的放松方式。今年的一个双休，他们一行三人去了苏州，找一静心地儿住下来，摆上酒杯，好酒好景好风好小菜，聊各色小事，慢慢喝。其中一位很喜欢做红烧肉，肥肉酥而不腻，瘦肉香而化渣，平日他工作忙，论文晋级参选，这样的背景下他还是愿意烧菜给太太吃，做红烧肉的过程漫长而需要关注和等待，他愿意付出这样的时间。他谈起他父亲，当年物资贫乏，曾经得到一大块牛肉，他却用来烘焙牛肉干，还用剩饭菜做葱油饼。重庆街头还没有什么火锅时，他就自己熬制，没有底料，从牛油到各种配料，全部自己一点点勾兑。他说这样的男人成功极了，他觉得他是个魔术师，能变出家里所有的需要。一个男人，无论如何忙碌，还可以抽时间来寻思烹饪，因为他内心有一些柔软的部分。这个间接听来的饭桌上的小故事，我曾无数次对自己各路女友说，一定跟会做菜的男人做朋友。

饭桌上，往小里聊，不是有趣有味得多吗？聊者放松，听者受益，饭也温暖家常，聊那么多与己无关的大话干吗？

只会汉语照样游世界

◎陶粲明

一位大哥在餐桌上说，一个朋友去俄罗斯，想吃鸡蛋但不会说俄语，结果十天下来，硬没在俄罗斯这片广袤大地上吃到鸡蛋。

大哥不是爱开玩笑的人。大家还是质疑：可以画鸡蛋呀，可以去厨房指认呀，还可以学母鸡咯咯叫。大哥愣了一下，也许听了七嘴八舌的建议，也怀疑起鸡蛋事件的真实性。

走出国门旅行，现在已容易得像去隔壁串门，但语言的障碍是许多人的阴影。有人听说我要去异国他乡，就认定我会说流利的英语。我说，我连磕巴的英语都不会，人家就认定我谦虚。

其实，作为一个想看世界的行走者，语言不是问题，胆量才是关键。

一次，在巴黎机场，49号登机口人太多，我和女伴困得不行，就在46号登机口找了位置坐下。说好两个人轮流小睡的，结果一觉醒来，登机时间过了。当下女伴就要哭，我厉声喝住，拉着女伴走到47号登机口前，朝穿制服的法国女服务员递上护照和机票，然后坚定又无助地看着她。看上去，似乎是她晕了，虽然她满嘴法国话我不懂，但我明白，我的航班登机完毕了。她迟疑一下，和身边的帅哥打了招呼，跑开了。

没多久，女伴的手还在抖，法国女服务员已把我们带到49号登机口，关闭的玻璃门打开，我们像凯旋的士兵，走上了就要起飞的小型飞机。

最有意思的一次是在丁加奴岛，整日里吹吹海风走走沙滩，重头戏是到自助餐厅吃美食。有一款现做的煎蛋，配料繁多，制作者被烟熏火燎到没有好脾气，而他面前的队伍总是最长。要说出蛋里的香料配菜名称，对我是不可能完成的任务，但让我放弃美味是没理由的。

我拿着白瓷碟，假装成竹在胸，排在人龙里。没多久，轮到我了，棕色脸膛、满脸疲累的东南亚小伙子看着有点儿犹疑的我，眼里就有了不易察觉的挑衅。我镇定地指着前面人手里的碟子，脱口蹦出个琢磨了一下午的“same（一样）”

来。小伙子立即落蛋进锅，我简直要哈哈大笑。那个加了一堆火腿、洋葱、虾米的香喷喷的煎蛋，真是人间第一好吃的美味。

我知道的最牛的故事是在德国火车站，一个人指指墙上的地址，对售票员说："呜，轰隆轰隆，no（不）；呜，轰、隆、轰、隆，yes（是）。"他买到了一张去某小镇的慢车车票。

练好一种非母语能让我们更自由，但是，语言不是我们束手束脚的理由。世界上最远的距离，不是你讲的我听不懂，而是你怀疑我听不懂，根本不动脑筋讲。

“抢抢达人”的美好生活

◎晓　飞

必须事先声明，我不是你们眼中的“抠门一族”。我所做的已经成为我生活的一部分。

今天是星期六。早上8点半，我就被快递吵醒了。快递员送来一盒果汁，这是我前几天在一个网站上参加活动的奖品，同时还有一封感谢信。

好吧，这就是我作为“抢抢族”一天生活的开始。当然，先解释一下，所谓“抢抢族”，就是指经常参加免费活动，从而获得奖品、试用装、免费赠品的一群人。用我的话说就是：“快乐的免费消费到来啦！”

对于像我这样的“抢抢族”来说。周末一般都要比工作日更加繁忙，因为积攒了一周的消费欲望要在周末集中释放。吃完早饭，我就出门了。

第一站，西单。我的手机里存着几条短信，都是可以领取化妆品小样的。同时我还收集了几本杂志的赠品剪角，准备领取不同的礼品。领完赠品，我通常都会在商场里转转，看看有没有促销活动或做调查推销的人员，同样会有不少收获。

我的第二站是商场下面新开张的超市。一般来说，新超市会安排许多买赠活动，还有办会员卡送入会礼、免费试吃等项目。别以为我会趁便宜买上一些东西，这就不是“抢抢族”的风范了。对我们这一族人而言，免费才是王道。于是，我办了张会员卡，领取了入会小礼物，再去超市试吃了一些好东西。我想你应该看出点儿门道来了吧？

我的午饭是在麦当劳解决的。当然，这一回还是免费的。我用参加中国移动反馈活动得到的电子餐券，换回了一顿午餐。

吃完午饭，我开始等待下午2点开始的一个化妆品小型会员活动。这场活动是我电话报名参加的，大概有20个人参与。我的目的就是要参加其中的互动环节，这样可以拿到大奖。可惜，这次好运没有眷顾我。不过，活动结束时，每个人还是领到了一份小礼品。这种活动不仅可以试用化妆品，还可以增加相关知识，运气好还有可能赢大奖，何乐而不为呢？

接下来，我直奔地安门。前几天，我在口碑网上打印了一些优惠券，可以在附近的一家甜品店免费领取三个布丁。我约了朋友在那里见面，一边吃甜点，一边聊天，这种舒适值得我在网上花费时间搜罗这些优惠券啦。看着身边三三两两和我们一样的年轻人。真没想到我们“抢抢族”的队伍扩大得如此之快。

下午4点半，我的手机收到一条短信：“我已经到了，红色大衣。”四下张望，发现了我约的同伴，我们在这儿约好交换物品。很快，她拿出几只漂亮的杯子，不消说，也是从哪里“抢”来的。而我拿出化妆品试用装。我们各取所需。这是我们一族人之间普通的活动。因为虽然大家都在“抢”，但也许抢到的东西并不适合自己。这时候大家就会把自己的东西拿出来在网上晒，如果彼此有需要的东西，就约定交换。如此一来，既不浪费各自的劳动，又能物尽其用，岂不美哉？

夜幕低垂。我的晚间活动马上要登场了。这次我参加的是大众点评网上的一次试吃活动，地点在一家新开的餐馆，所有餐点都是免费的。像我这样被抽中的幸运儿有七八人。

然而，饭吃到一半，我就不得不提前撤退，因为我要赶去看郎朗的钢琴演奏会。你先别忙着羡慕，这两张票可是我在家蹲守了4天才“秒杀”得到的。

忙了一天，我的“抢抢族”幸福生活终于要画上圆满的句号了。其实，说句真心话，不可能每个周末都像今天这么充实，但至少每个周末我都会因为“抢抢”而快乐。这不仅成了我生活的绝好调味剂，更让我体会到只要有心，天上还是可能掉馅饼的。

快速转运的三大法则

◎张怡筠

幸运者总是对生活充满好奇，凡事抱持非常正面的开放态度，什么都愿意尝试，什么都愿意参与。

许多人都相信，生活需要一些运气。

幸不幸运，难道真的只是天命注定吗？

美国的心理学家理查·怀斯门曾做过一个大型研究，访问了数百个自认幸运或不幸运的人，结果发现，幸运者与不幸运者在生活中有四大差异。

第一，幸运者经常遇上好的机缘，他们不经意遇上的人对他们都可能有正面影响；而不幸运者少有这样的经验。

第二，幸运者常在不明就里的情况下做出好决定，他们似乎有神奇的直觉。

第三，幸运者总是有一些窍门，能够实现他的梦想和志愿；而不幸运者恰恰相反，他们的梦想往往只是遥不可及的幻想。

第四，幸运者有扭转局势的能力，能够将厄运转化为好运；不幸运者欠缺这种能力，他们的厄运只会带来痛苦。

听起来，运气好不好的确大有差别，对吧？

那些运气好的人，为什么总是不知不觉地碰到自己生命中的贵人，或是撞上超级幸运的机会？

其实这跟他们本身的个性非常有关。

想知道幸运的性格配方吗？

人格特质的幸运配方一，幸运者比不幸运者要外向许多。

外向的人善于交际，他们喜欢花时间参加朋友的聚会，也比较喜欢从事团体合作的工作，而他们的外向性格，大幅提升了他们的好机遇。

除了喜欢主动与别人交谈之外，幸运者似乎也总能吸引别人接近。这种“社交磁铁”般的吸引力让他们在参加各种活动时，经常会吸引陌生人前来与他们攀谈。

所以，要改变自己的运气，大可先从改变自己的内向性格做起！

人格特质的幸运配方二，幸运者有轻松的生活态度。

幸运者比不幸运者放松许多，也正因为他们很放松，所以他们更可能注意到好的机会，即使他们并没有刻意地去找。

有一位女友在咖啡馆喝下午茶时，悠哉地看报纸，看到报纸上某个艺术家的专访，其中提到了一句，他正需要营销方面的专才，帮助推广他的艺术产品。灵机一动的她，上网找到了这位艺术家的工作室，不久，不但成了他的市场总监，也成了他的未婚妻。

你想想，如果当时她面色凝重，焦虑紧张，很可能就错过生命中最重要的机缘啦！

所以，想要提升自己的运气，试着在生活中随时放松心情，就更容易察觉到环境中的大好机遇。

人格特质的幸运配方三，幸运的人保持开放态度。

研究发现，幸运者总是对生活充满好奇，凡事抱持非常正面的开放态度，什么都愿意尝试，什么都愿意参与。

在一个有趣的研究中，心理学家做出安排，地上有钱，并且在咖啡馆里有企业家。结果幸运者一路闲逛，到处乱看，不但捡到了地上的钱，进到咖啡厅后，也接受了这位企业家的建议，尝试新的饮料，因此也交上朋友。

而不幸运者则既没瞧见地上的钱，对于别人给他的新建议也无动于衷，于是错过了认识企业家的大好机会。

所以，想要提升自己的运气，就充实自己的好奇心，对任何的邀约都抱着乐意尝试的态度，许多好运不知不觉就会找上你。

马尔克斯写给读者的告别信

◎［哥伦比亚］加西亚·马尔克斯　译：佚名

如果有一刹那，上帝忘记我是一只布偶并赋予我片刻生命，我可能不会说出我心中的一切所想，但我必定会思考我所说的一切。

我会评价事物，按其意义大小而非价值多少。

我会少睡觉，多思考。因为我知道，每当我们闭上一分钟眼睛，我们也就同时失去了60秒。当他人停滞时我会前行，当他人入梦时我会清醒，当他人讲话时我会倾听，就像享受一支美味的巧克力冰激凌！

如果上帝赏我一段生命，我会简单装束，伏在阳光下，袒露的不仅是身体，还有我的灵魂。

上帝呀，如果我有一颗心，我会将仇恨写在冰上，然后期待太阳的升起；我会用凡·高的梦在星星上画一首贝内德蒂的诗，而塞莱特的歌将会是我献给月亮的小夜曲。我会用泪水浇灌玫瑰，以此体味花刺的痛苦和花瓣的亲吻……

上帝呀，如果我有一段生命，我不会放过哪怕是一天，而不对我所爱的人说我爱他们。我会使每个男人和女人都了解他们皆我所爱，我要怀着爱而生活。

对于大人，我会向他们证明，那种认为因衰老而失去爱的想法是多么错误，我们是因为失去爱而衰老而不是与之相反；对于孩子，我会给他们插上翅膀而让他们自己学会飞翔；对于老人，我会教给他们死亡的来临不是因为衰老而是因为遗忘。

人呀，我从你们身上学会了太多的东西……我知道，人们都想伫立在巅峰上，殊不知，真正的幸福恰恰就在于攀登险阻的过程。我懂得，当婴儿用小拳头第一次抓住爸爸的手指时，他也就永远地抓住了它。

我明白，一个人只有在帮助他人站起时才有权利俯视他。我能够从你们身上学到的东西是如此之多，可事实上已经意义寥寥，因为当人们将我敛入棺木时，我正在死去。

永远说你感到的，做你想到的吧！如果我知道今天是我最后一次看你入睡，我会热烈地拥抱你，祈求上帝守护你的灵魂。如果我知道这是最后一次看你离开家门，我会给你一个拥抱一个吻，然后重新叫住你，再度拥抱亲吻。如果我知道这是最后一次听到你的声音，我会录下你的每个字句，以便可以一遍又一遍永无穷尽地倾听。如果我知道这是看到你的最后几分钟，我会说“我爱你”，而不是傻傻地以为你早已知道。

永远有一个明天，生活给我们另一个机会将事情做好，可是如果我搞错了，今天就是我们所剩的全部，我会对你说我多么爱你，我永远不会忘记你。

明天从不向任何人做保证，无论青年或老人，今天可能就是你最后一次看到你所爱的人。因此，别再等待了，今天就开始！因为如果明天永远不来，你也许会遗憾今天没来得及微笑、拥抱、亲吻，会遗憾自己忙碌得只能把它们归为一个最后的愿望。保护周围你爱的人吧，告诉他们你多么需要他们。爱他们，善待他们，用些时间对他们说：“对不起”“原谅我”“劳驾”“谢谢”，以及你知道的所有爱的话语。

没有人会因为你秘而不宣的思想而记住你。向上帝祈求力量和智慧来表达它们吧，向你的朋友证明，他们对你来说是多么重要。

疗伤之旅

◎褚士莹

我看过一部英文电影叫《朝圣之路》，大致是说一个逐渐年迈的眼科医师，没办法理解年近四十的儿子为何突然放下事业与前途，选择一个人背包去旅行。结果儿子在法国乡间意外猝死，悲恸欲绝的父亲立即前往当地善后，在警局了解意外发生的原因时，才知道原来事发当时，儿子正在法国到西班牙圣地亚哥的圣雅各八百公里长的朝圣者之路上，刚离开法西边界的法国小镇不久，就发生了不幸。

一辈子行医，不曾旅行，也没有宗教热忱的医师父亲，在此之前从来没有听过这条开始于公元9世纪，从欧洲北部穿过法国跨过比利牛斯山进入西班牙的朝圣之路。因为公元814年7月25日在圣雅各城发现耶稣十二门徒之一的圣雅各遗骸，从此让这座城市成了欧洲最著名的朝圣地之一。

领回亡儿遗物的父亲，看到儿子背包中只盖了第一个章的"朝圣者护照"，这是每个朝圣者出发之前要先办的一张通行护照，上面注记出发地点、朝圣者姓名、护照号码、地址等个人资料以及选择朝圣的方式。沿途凭着这张护照沿路盖章，住宿私人或公设的朝圣者庇护所，庇护所提供上下铺及简单的淋浴设施，有些教堂还提供早晚餐，朝圣者可以付低廉的价格或捐款入住。完成整个行程，可以得到圣雅各教堂所颁发的拉丁文证书。拥有这张证书的人在过世之后，号称俗世的罪过将会被减半。

对这一切伤痛毫无准备的父亲，背起儿子的背包，背包上挂着代表朝圣者的海扇贝，临时起意决定延后回家的日期，带着骨灰盒，代替儿子走完这条朝圣之路。虽然他不知道自己要去的是什么地方，但就这样沿路跟着黄色箭头或象征圣雅各的贝壳标志一直向前。一个多月途经一百六十六个城镇，沿路撒下儿子的骨灰，遇到各式各样的脸孔，每个人都因为不同的理由而共同走上这条朝圣之路，也走上治疗悲伤的路。

大部分朝圣者的终点站是圣雅各城，但也有些人会继续步行到一百公里之外，在发现美国新大陆之前被认为是世界的尾端的Finisterre（菲尼斯特雷），在这里把旧的衣服或是行李烧掉，在沙滩上过夜欣赏夕阳跟日出，庆祝新生活的开始。父亲于是在这里，把剩下的骨灰撒进海中，完成了一个人的朝圣仪式。这位老医师的身影，出现在摩洛哥熙来攘往的市集当中，背上还背着儿子的蓝色背包，神情一派悠然。

眼科医师终其一生帮助别人看清世界，但最后却需要靠旅行来帮助自己看清楚自己的和充满代沟的儿子的世界。就像儿子在临行前说的："人生不是用来选择的，是用来活的。"

到头来，旅行的本质，就是一种对生命的朝圣，无论你决定到哪里去，或是去多久、走多远。

意映卿卿

◎韩松落

1911年4月24日的晚上，林觉民在香港，住在临江的小楼上，给妻子陈意映写着一封信。这封信，我们都能背诵：

“意映卿卿如晤，吾今以此书与汝永别矣！吾作此书时，尚是世中一人，汝看此书时，吾已成为阴间一鬼。吾作此书，泪珠和笔墨齐下，不能书竟，而欲搁笔。又恐汝不察吾衷，谓吾忍舍汝而死，谓吾不知汝之不欲吾死也。故遂忍悲为汝言之……”

他生在福州的三坊七巷，13岁时遵父命应考童生，却在试卷上写下“少年不望万户侯”，随后第一个交卷，扬长而去。1902年他考入福州全闽大学堂文科学习，毕业后去日本留学，在去日本前夕，和陈意映结婚。1911年，他从日本归来，参加广州起义，临行前回家探望父母妻子，家人问起他回家的缘由，他说，学校正在放樱花假。

那确是樱花的季节，每一年，樱花在这个季节就像是一场人生：盛开的时候灿烂，凋落的时候果断。只是我们再也无法想象，这24岁的青年也如此果断：4月27日下午5时30分，林觉民随黄兴攻入总督衙门，后在巷战中被捕，接受审讯时，他不会说广东话，就以英文在大堂上侃侃而谈，两广总督张鸣岐曾叹息：“惜哉，林觉民！面貌如玉，肝肠如铁，心地光明如雪。”那几天里，他不肯吃，也不肯喝，泰然上刑场——他是黄花岗七十二烈士之一。

后来的某一天，在乡下避祸的林家人，发现有人把林觉民写下的两封信塞进了门缝，一封写给父亲，另一封，就是我们都能背诵的，写给陈意映的信。一年多后，陈意映郁郁而终。

又过去好多年，有人为他写了歌，而几首歌里，几乎都有段对白：“意映卿卿如晤……”

第一首，是李建复演唱的《意映卿卿》：“意映卿卿，再一次呼唤你的名，曾经我的眼充满你的泪。然而我的心已许下四万万个愿，率性如我，又怎能抛下此愿，青云贯天。梦里遥望，低低切切，千百年后的三月，我也无悔，我也无怨。”

而另一首是童安格作曲并且演唱的《诀别》：“夜冷清，独饮千言万语。难舍弃，思国心情。灯欲尽，独锁千愁万绪。言难启，诀别吾妻。烽火泪，滴尽相思意，情缘魂梦相系。方寸心，只愿天下情侣，不再有泪如你。”

第三首歌，是由齐豫演唱的《觉》，这首歌，以陈意映的口吻唱出：“觉，当我看见你的信，我竟然相信，刹那即永恒……”齐豫的声音凄婉，甚至有点儿凄厉，像是回荡在一切时间和一切空间里。

林觉民的故事还有余韵。他就义之后，家人把祖宅卖掉去乡下避难，买主叫谢銮恩，他有个孙女叫冰心，林觉民有个堂哥林长民，他有个女儿，叫林徽因。

他们都活下去了，活在他没有看到的将来里，甚至活到新的世纪，而他却永远24岁，永远都那么年轻，永远停在四鼓时分，写着那封诀别的信。

带着十八岁的心去旅行

◎郜　莹

在新疆旅行时，同屋的是位五六十岁的日本妇人。她自我介绍叫洋子，一个人自助旅行走丝路，从她黝黑的肤色看来，应是走了好一段时间。果然，她说，她已搭乘班车和卡车，行南闯北地走了三个多月。

让人吃惊的还在后头，她说："为了能独自走这趟丝路，我先去沈阳读了一年汉语，再从沈阳坐火车到北京、北京坐火车来新疆乌鲁木齐。"

她"这把年纪"了，还以这种"阿信"的方式旅行，未免太自苦了吧？面对我的讶然，她却淡然回应："这怎么算吃苦呢？走丝路是我年轻时的梦想，我是在享受一步步圆梦的幸福啊。"

在天山的哈萨克人牧场上，又遇见了位发须尽白，活似卡片上的圣诞老公公，只会用汉语说"谢谢""多少钱""你好漂亮""你是我太太"，也是独自旅行的美国老先生。有人问他贵庚，他顽皮地反问："你是问我的头发还是心？如果你是问心，它只有十八岁。"

在乌鲁木齐机场，也遇见一位七十多岁，只会用汉语讲"谢谢"，老得像只弓背虾的澳大利亚医师，他独自旅行，只为亲眼看看传说中"美得像天使蓝眼睛"的天池。

后来又从报纸上得知，有三十四位平均年龄六十三岁的法国老人，驾着十七辆房车，从法国出发，横越欧亚大陆十多个国家，进入新疆，展开为期九十天，丝绸之路环游中国的壮举。当年纪已七十八岁的一位老人，光着膀子钻进车底修车时，一位年轻的中国人问他："你年纪这么大，应该留在家里享福，干吗还要这么受苦？"他怡然自得地回答："我现在就是在享十八岁时'想'的福啊。"

回台湾后，应邀去演讲，下了讲台，许多总经理、董事长级的各界精英向我表示："年轻时，我也曾梦想打拼到五十多岁后，要像你这样背着行囊四处遨游，但真到了这个年纪，却担心是否还能像年轻人一样吃苦。"

他们现在所能接受的，是吃好、住好；飞机要坐头等舱，至少也要是商务舱；沿途要有好车接送，导游随同；行程必须完全按照事前旅程表所列，不容任何更改变化……

我一位朋友的婆婆，从五十多岁起，就是以这种方式，几乎走遍全世界，带回的各地旅游纪念品，足可开个展览馆；拍回来几十大本，张张都有她打扮得“花枝招展”的照片。但问她纪念品或照片细节，她总含混地回答：“是欧洲。”“大概是美国或加拿大吧。”“我后面有冰山啊？哦，对啦，那次被关在船上十几天，只是要去看那几个大冰块。真没趣味，收的钱还那么贵……”

这让人不由得感叹生疑，为什么中外的心理年龄会相差这么多？是民族习性，还是受限于社会环境、教育的影响呢？

但真是这些原因吗？还是因为许多台湾人，习惯在年过十八岁后，让自己的心也跟着一天天老去，不再给自己机会尝试体悟。人的一生，真正的十八岁虽然只能拥有一次，但“心灵的十八岁”却能永远保有。

听听你心底的好声音

◎李　静

前几日，参加大学同学聚会，感触颇深。我高中毕业上了河北师大音乐系，同学们大多是音乐教师，聚会时吓了我一跳，孩子都上高中了！长得比我高，成了粉丝来跟我合影。很多年没见，同学之间并没有生疏，聊到一些上学的趣事，晚上K歌每个人都高歌一曲，相聚甚欢。

不过话题一转，聊的多是孩子要上哪所中学，还有我听不懂的什么学科要不要上，听得我像个外星人，忽然觉得自己成了中年妇女。

虽然其实已经是了，但做娱乐这行，一起混的都是年轻人，完全没了时间跟年龄的概念。现在，我还把自己当浪子呢！

同学们工作安稳，气色也不错，能歌善舞，日子过得优哉游哉，却羡慕我生活精彩纷呈，我苦笑着说："你们每年有两个假期，这可是我想都不敢想的美事儿啊！"

我羡慕他们，却不愿成为他们。为什么呢？因为，我已经习惯了现在的我。每天的日程在一月前就被安排好，背负着沉重的收视率和销售报表，为了报答人家曾对节目的支持必须在四处感恩地参加各种活动。有时，我看着北京一条条拆迁重建的大街问司机："这是哪儿啊？"旁边人笑我农民进城。是啊，每天去公司，录像，回家，沿着这条线一路奔驰，根本没机会进四环！

我不知道我的选择是否正确，因为只有开始是我稀里糊涂选择的，一路演变到现在，这一切是我必须接受的。来不及想想未来可能发生什么，没时间抱怨回头，因为总是忙得太困了，有时间，也只想补个好觉。

人生的轨迹很多时候不是自己选择的，可也算是自己接受的吧。后来终于听到一句话能解释了：倾听自己内心的声音！

现在"声音"这词特火，也许，我的选择就是当时心底的声音吧，虽然当时没听太清楚，可能太微弱，但冥冥之中我还是这样做了。如果我当时人生的另一条轨迹是做老师，一年两个假期，我也不知道我会不会喜欢，我没有经历那些，就被挤入这滚滚的首都汪洋打拼浪潮中，一晃十几年。

在别人眼中看到的只是冰山一角，别人羡慕我，我却嫉妒他们。而且说出来人家也不信。就像名气，都以为越大越好，钱挣得越多越好，绝对不是！内心的声音也许在唱悲歌。采访了太多人，感谢他们愿意袒露给我最真实的一面，让我懂得，选择平凡，活得真实的人才是世界上最幸运的人。

可惜大多数拥有这两样的人却往往不觉得幸福。拥有很多的人，得了抑郁症跟强迫症。

我今天明白的是，也许每种生活都是你心底的声音，你现在的样子，正是你心底的声音暗暗帮你选择的，没有哪个更好！

所以，多想想自己拥有的，别羡慕别人！

我终于学会与生活握手言和

◎李 娜

直到最近这几年，我才真正享受到网球带给我的乐趣，我才真正爱上网球这项运动。

我对网球的感情很矛盾，小时候是因为父母的愿望开始练球，直到后来真的爱上它。

网球为我带来的不仅仅是名誉，更重要的是感受。网球是一项孤独的运动。当你独自上场，你就开始了一个人的战斗。同时，网球又是一项充满挑战的运动，每天都是充满刺激的全新挑战。

第一次拿WTA（国际女子职业网联）冠军的喜悦，第一次打四大公开赛的紧张心情，第一次用英文接受采访的不适应，第一次看到不实的报道独自伤心的时候，第一次拿到大满贯奖杯时激动的瞬间，第一次快被压力压垮而感觉无法承受时的无助……

我曾天真地以为：只要我球打得好，我就可以做一个快乐的冠军。这想法很快受到了现实的嘲弄：成名带来了许多副产品，它不像我想象中那么单纯，更不像我想象中那么快乐。

法网夺冠之后，我又进入了低潮。打美网，我首轮出局。外界质疑的声音不断传来，焦灼、无助的心态如影随形，无论我走到哪里，我都可以看到体育版上的大字标题：《李娜状态低迷》。

这次他们说对了。

夺得法网冠军后，我参加了多项赛事，结果都是一轮游。进入2012年后，我的表现逐渐有了好转。我发现：我正渐渐与生活握手言和。

我依然独自上场，面对一切。

而今我已经30岁，我不再需要借助伪装来让自己强大，我能够换一个角度看待那些以前不太喜欢的人与事，并不是因为我开始变得虚伪，而是因为我的内心已经成熟到可以容纳这些不喜欢。

我可以说出心中的想法，并不断追索答案，我不必再害怕思考会延误比赛，也不需要压抑自己的感情。我在一轮轮比赛中逐渐变得快乐、自信，敢于在比赛中拼杀到最后一秒，我和朋友一起去KTV唱喜欢的歌，我自由了。

如果说我还有什么心愿，那就是希望网球运动尽早在中国开花结果，我迫切地希望看到中国小将们能够脱颖而出，走向世界赛场。

伦敦之后，我还有很多路要走，我不知道我要走到哪里，也不知道能走多远。但是我想，心有多远，脚下的路就有多远。或许巴黎，或许墨尔本，或许马德里。下一站不管在哪里，我知道，它有一个不变的名字，叫“人生”。这些都是网球带给我人生的重要财富。

小S的幸福课

◎可　可

第一课：关键时刻，理智的女人才能赢

因为犀利、搞笑到吓人的主持风格，小S得了台湾主持人最高奖金钟奖，也被太多人定位为永远不会正经的无厘头女人。在事业的巅峰时刻，小S突然结婚生子，还一连生了三个，这份魄力恐怕是其他女明星很难企及的。她怀孕的日子里，《康熙来了》收视率下滑很多，而她自己也少了几百万元的进账，但这些她一概不在乎。她说："爱情对我很重要，家庭幸福对我很重要，我知道自己要什么。"

小S以自己的亲身经历证明，能够在关键时刻紧紧抓住理想的理智女人，才会赢得幸福。"我觉得能为自己爱的人迁就一下，也不算是失去自我，相反，那可能正是我呀。"看起来总是满不在乎的小S却对深爱的老公非常上心，透露自己的驭夫术："嘴甜，同时不要太黏人和张牙舞爪。"她的"太太哲学"是，女人要懂得察言观色，该道歉就道歉，该霸道就霸道，该撒娇就撒娇，也不要刻意去展现性感，有时自然就是一种性感。

第二课：少点儿自怜自爱更容易幸福

"敏感"似乎是小S的字典里从来不会出现的词。少年时期，她一直生活在姐姐大S美丽的阴影下，没有姐姐漂亮的外貌和优雅的气质，却要时时在她身边做陪衬，小S应该是最有资格自怜自爱的女孩子。可她总像一朵开在路边的小野花，没心没肺地迎着阳光绽放："即使有这么多人说我姐比较漂亮，我也完全不当回事。我是很诚心地投入在'自己是美女'这个世界里的！"

总会以轻松、幽默、积极的态度来面对人生，是小S最大的优点。"我就是胖，可我会减肥。我就是龅牙，可我会戴牙套。"这句话，几乎成了台湾女孩子的座右铭。

第三课：肯吃亏的女人一定占便宜

小S走到哪里，都会把老公挂在嘴边，类似"我看他永远看不够""是他让我

对爱情和婚姻有了信心”之类的话从来都是脱口而出。有人问：“难道你们就不会吵架吗？”小S很认真地回答：“我们从来没吵过架、斗过嘴，更不会说‘离婚’这两个字。有时感觉快吵架时，我会赶快停下来，不讲话了。”有话直说、有理不让的小S在婚姻面前，竟然非常懂得退让。

婚后，小S把吃亏精神带进了夫家，看起来忍让得有点儿傻的她却得到更多：姐姐大S无处不在的关爱，公婆一家的交口赞誉和呵护，以及铁杆朋友的无数关心。难怪大S都颇含醋意地说：“别人刚认识我们姐妹时都喜欢我，但是慢慢接触下去，就都开始喜欢小S。她比我受欢迎。”

第四课：女人可以大大咧咧，但一定要对孩子认真

大女儿许俏妞出生后，小S就苦练带孩子的功夫。朋友们去看望她，吃惊地发现她给孩子洗澡、换尿布、喂奶一气呵成，熟练至极，一点儿不像初为人母的样子。不管怎么大大咧咧，一谈到孩子，她就会露出很认真的表情：“孩子的事是万万不能马虎的。”

第五课：家庭再美满也不能做黄脸婆

如果你是小S，有了这些女人梦寐以求的成就，是不是很自然地觉得可以放松些，慢慢享受这一切呢？可小S仍然会挺着大肚子出来工作。“不工作，在家待久了会变成黄脸婆。”小S说，“我上班不是为了赚钱，而是享受工作带给我的乐趣。”

为了让身材恢复到最佳，原本贪吃的她严格执行减肥菜单，连老公都感到吃惊。小S努力减肥，除了因为工作需要，也很希望别人看到她带孩子逛街时会吃惊地说：“这个年轻的女孩会是小孩儿的妈妈吗？”

梦遥：从“吃货”到“吃主”

◎梦遥　西梅

人生就像胃，把好的不好的全消化掉

刚刚大学毕业一年，就要去做美食节目。那个时候心理压力特别大，一是什么都不懂，在家里也很少做饭；二是大家不看好你，你没有长着一张贤妻良母的脸，年纪也没到那个份儿上。曾有阿姨直接打来电话给节目组说：“你看你们新找来的小姑娘刀都不会拿啊。”

我那时住的是小公寓，没想过要做菜，所以连厨房也没有。没办法，重新换房子，带厨房的，练切菜啊什么的，那段时间我经常请朋友吃饭。8点钟吃饭，4点钟就在厨房里忙活了。

后来就到了《美食地图》，每天要跑六七个地方，最晚拍到夜里2点钟，而且京郊地区比较多，基本是在北京城一日游的状态下。第一年做得特别用功，什么都真吃，什么都大口来。有一次录节目的时候，胃疼得不行了，直接到了满地打滚儿的程度，诊断说是急性肠胃炎，就在医院躺着打吊瓶，喝了一个月的粥。

去年做《食全食美》节目，我估算了一下，一年时间大概拍了480家餐厅，《周末版》总共拍了1600多分钟。比方说今天是麻辣香锅主题，就吃一天麻辣香锅，明天是烤鱼主题，就会吃一天的烤鱼。这种麻辣、热辣大集合，你吃第一顿的时候会觉得还好，第二顿勉强，到第三顿的时候已经尝不出什么来了。如果刚好赶上身体不舒服，就爱喝粥，但今天偏偏要拍一天的麻辣香锅，那就很痛苦了。

每次吃到不好吃的东西，或是工作不开心了，就会去微博上看看有多少人在羡慕我，状态马上就调整好了，大家都那么羡慕你，都想跟我换工作，一定是有原因的，所以就应该知足。那就自己找调节的方式，练练瑜伽，旅行啊，跟朋友踏踏实实吃顿饭啊，等胃里、心里消化好了，再去迎接新的生活。

从“吃货”晋级到“吃主”

我原本是个单纯的爱吃、爱旅行的女孩。但现在我知道不能只用“吃货”的标准要求自己，“吃货”自己嘴馋，跟风去吃，但我们努力塑造出来的是“吃主”

的形象，是带领“吃货”去吃的人，要比“吃货”段位更高。“吃货”特别爱吃，“吃主”特别懂吃，是引导消费的人。

现在我去某个地方，都会做旅行笔记，以前就是看景儿，现在是吃东西放在第一位。去日本旅行的人，别人想着看东京塔，去迪斯尼，但我为了去蔡澜在《日本料理》中推荐的寿司店，一个人跑去了日本鱼市。在鱼市的旁边，就有非常有名的寿司店，门口排长队就为吃他家的寿司，他家的芥末是由山葵做成的，特别新鲜，一般的芥末的辣味都是挺在鼻头那儿，新鲜的芥末是那股辣味上来之后立刻下去，就像一波海水涌上岸来，当它下去的时候，海岸立刻把它全部吸干的感觉。

我打开全身心，去接受这些关于食物的美好的信息。因为只有看到好的，吃到好的，你才会有鉴别能力，才会去追求更好的，更健康的，更用心的。

第五辑

以梦为马，不负韶华

请继续与生命的梦想与繁华相爱；即使岁月以刻薄与荒芜相待。

万人都要将火熄灭，我一人独将此火高高举起，此火为大，开花落英于神圣的祖国，和所有以梦为马的诗人一样，我借此火得度一生的茫茫黑夜。

——海子

“健忘”的章鱼

◎王　磊

海鳗是章鱼的天敌，这种深海杀手常常出其不意地对章鱼进行攻击，然后以极其凶猛的方式将章鱼活吞进肚。

然而，海鳗对章鱼的捕杀也不是每次都能得手。根据章鱼的生活习性，海鳗常常躲在深海的沙子底下，将自己伪装好，悄悄地等待着睡醒了出来找午餐享受的章鱼。所以，在深海里就常常上演这样有趣的一幕：一只睡足了觉的章鱼美滋滋地晃悠着从洞穴中溜达出来，正闲庭信步四处寻找着可口的食物。突然，一条伪装得非常好的海鳗在章鱼接近之时猛然而起，张开大嘴把章鱼吞了进去。

不过，有些章鱼的体形太大，海鳗把章鱼的头部生吞进嘴里之后，却没法把整个章鱼吃掉。所以只能悻悻地把活吞到嘴里的章鱼吐出来，气呼呼地扔下猎物，再去寻找更小一点儿的章鱼。死里逃生的章鱼一边用触角抚摸着自己的脑袋，一边无精打采地躲回洞里平复一下受伤的心灵。

可是，没心没肺的章鱼回到洞里没过多久，又像什么也没发生过一样，乐呵呵地再次出来觅食。不一会儿，抓到美味猎物的章鱼饱餐了一顿之后，乐得屁颠屁颠的，像跳华尔兹一样优雅地转动着身体，做饭后的消化运动。而这只无比快乐的章鱼，在不久之前还因为差点儿丧命而郁闷不已。

科学家们长期跟踪调查发现，章鱼是海洋里名副其实的强者，它们有着极其强大的生命力，这和它们的智慧有关。差点儿被天敌活吞了之后，章鱼在非常短的时间里就能迅速调整情绪，一边更加谨慎地观察周围的环境，一边仍旧快乐地继续生活。

天大的事儿，笑一笑也就过去了。差点儿被天敌活吞了，这种生死大事都能轻松放下，那这世上还有什么是放不下的呢？

绷住

◎乔　叶

她说："要绷住。"

高兴的时候，要绷住。不绷，怕别人说你得意，说你轻浮，说你炫耀。还有更可怕的——你的喜悦很可能会让别人不快。因此，必须克制、控制，或者说节制。必须。幸福是一种香味。瓶塞不紧，香气就会溜走。开得口大，溜得快些。开得口小，溜得慢些。只要你开了口，哪怕再小，这香味也会减弱。因此，要绷住，要尽力把它密封好。

不幸的时候，也要绷住。对别人说又有什么用呢？谁会真正地同情你、心疼你、怜悯你？谁会与你真正地休戚与共？表面浅薄的安慰下，你怎么能肯定他没有在与你不幸的对比中欣慰着自己的幸福？即所谓的幸灾乐祸？不幸是一种秘密。一说就会扩散，人人尽知，从而将不幸扩大。因此，要绷住，不要泄露，不要倾诉，不要告诉任何人。

平常的日子呢？不喜不悲，在幸与不幸之间，更要绷住。因为没有什么可说的。平常的日子，就是坚持。

——绷住的本质，就是坚持。

生而为人，人生在世，只要不是疯傻，都需要绷。有的绷功强些，有的绷功弱些。相比之下，似乎还是绷功弱的人多些。谁愿意总是压着自己或端着自己？谁不想快意恩仇，性情江湖？于是，总会在某时某刻失态于众，原形毕露。

确实不是什么人都能绷住且能绷得好的。绷得好的人，永远是一副秋水无波的平静神情。——是的，就是秋水。不是春水，春水是有温度的。"春江水暖鸭先知"。而秋水，它不暖，也不凉。它几乎是没有情绪的水。绷功强的人，就是这样，他们的神情没有温度。永远是喜怒不形于色。无疑，这需要一副强韧的神经和一颗弹性极好的心。

我问："那你一般什么时候才绷不住呢？"

她答："一个人的时候。"

我问："绷不住的时候是什么样？"

她答："对着镜子笑，捂住脸哭。"

我问："那，你今天有没有绷住呢？"

她笑了："也想绷，可是没绷好。"

我也笑了，多么好的回答。与其说她是在解释自己此时的状况，不如说这是对我们友情的别致赞美——能让你绷功减弱的人，能让你松弛相对的人，应该就是值得你信任和依托的亲切的人。

但在我们同频率的笑容中，我分明看见了这广大人世中无边无际的孤独。

已经错过500万，就不要再错过生活

◎流　沙

浙北山区有位年轻教师，经常买几注自选号的体育彩票。由于进城不便，经常委托住在城里的岳父去买。一天，他看报发现了中奖号码，特等奖竟然是自己经常买的那个号码。他欣喜若狂，打电话给岳父，说自己自选的那注号码中特等奖了。岳父听罢，既震惊又懊丧，原来他因为工作忙，忘记替女婿去买那期彩票了。

500万元大奖就这样错过了。

接下去，事情成了悲剧。年轻教师左思右想，心有不甘，竟陷入了偏执状态，他认为岳父买了彩票，肯定瞒着自己独吞了。后经求证，中奖者确实是另外一个城市的。他又把所有的愤懑倾泻到了岳父身上，与老人不断交恶，调解几次，不见缓和。几个月后，他的婚姻也分崩离析了。

这位年轻教师令人同情，因为他错过了500万元大奖，接着错过了亲情，又错过了婚姻和家庭，接下来抑或还要错过一生的好心情。这样的代价真的太沉重了。

人生何处没有“错过”？但如果错过了一切，就不要再错过生活。

前几天读到苏东坡的一首诗：“自笑平生为口忙，老来事业转荒唐。长江绕郭知鱼美，好竹连山觉笋香。”苏东坡的这首诗写于“乌台诗案”后，当时他被贬谪到黄州。一个士子被贬，自然苦闷不已，但苏东坡却没有错过生活中的那些意趣，江里的鱼，山上的笋，也让他觉得生活有滋有味。被贬谪远地，不知何时返乡，这么大的一个打击，他也不惶惶终日，而是抛开烦恼，保持着一身闲雅风格，这是一种超然的生活境界，实在令人佩服。

总会想起一位朋友，他曾爱慕过一个美丽的女孩。有一年中秋节，女孩的单位举办联欢晚会，邀请朋友参加。但不巧的是，朋友正巧出差在外，需要一个多月才能回来。于是，他便委托室友前往。

室友见到那个女孩子后，被她的美丽和温婉所打动，再也不顾及她是朋友的暗恋对象，展开了热烈的追求。当朋友从外地回来时，知道他的室友经常去找女孩。本来他仍然有机会向女孩表白，但他做了一个错误的决定，以为女孩喜欢的不是他，而是他的室友。他主动放弃了。后来，他的室友就娶了那个女孩。

朋友也找到了真爱，是位女工，她贤惠又会持家。这一切也就这样过去了。20世纪90年代，朋友夫妻双双下岗，他便应聘到一家星级酒店当电气维修工。上班第一天，就发现一个美丽的女子一直朝他看，继而径直走过来，问："你是不是叫……"朋友一看，正是多年前自己暗恋过的那个女孩。虽然过去了十多年，但她似乎没有什么变化，仍然年轻漂亮。她已不是当年那个公司里的文员了，而是这家酒店的董事长。这家酒店是她的家族投资兴建的。她的丈夫，也就是朋友的室友，也得到她家族的帮助，管理着一家公司。

生活不可能从头再来，错过也就错过了。一个男人如果遇上这样的事，定然会嗟叹命运的无情安排。但朋友说："我错过了她，但不能再错过自己的生活。"不久，他从酒店辞职了，他说不想因为这件事影响自己的平静生活。

如果因为错过了太阳而哭泣，那么就有可能错过月亮和星星。生活的道理，说简单就是那么简单。

静置的奥秘

◎李耿源

去冶炼厂采访，了解到铝合金熔炼过程中有一道静置程序，要将熔浆放在静置炉里等待一段时间，使材料精炼净化，从而生产出档次更高的产品。

这让我想到烹饪上也有许多环节是需要静置的。

譬如蒸蛋羹。在蛋液中加适量盐和温开水搅匀，静置十余分钟再蒸，这样蒸出的蛋羹软如凝脂，细滑爽嫩。

譬如，拍好的蒜末。蒜头用刀拍烂，静置10分钟，再下入欲起锅的炒青菜中，蒜香才更浓。

手工面、葱油饼、水饺、馒头等要用面粉制作的食品，和面成团后，都是要醒面的，醒面就是静置。静置是为了让面发酵，让面更有韧性，这样做出的面食才更软嫩、筋道。

肉食大多也是要静置的，为的是给肉食腌制入味的时间。把片好的鲜鱼片加调料、蛋清或生粉搅匀后，静置10分钟后再入沸腾的鱼汤里煮开，鱼肉异常鲜嫩，滑而不糜，这是水煮活鱼的鲜美之道。用炒香的米粉拌五花肉，静置20分钟再蒸，软而不腻，这是美味的粉蒸肉。宫保鸡丁也一样，鸡胸脯肉用刀把拍松，切成丁，加调料，用湿淀粉拌匀，静置5分钟后再入油锅爆炒，原本生涩的鸡肉便爽嫩无比。

前段时间，我买散装燕麦片来当早餐，得先烧油锅，然后加入鲜肉、鸡蛋、蔬菜或泡发后的海鲜干品与燕麦去水煮。本想弄这早餐会便捷些，却是这般麻烦，而且入口不爽，燕麦嚼起来有点儿涩。后来改为免煮的燕麦，冲入开水即食，倒是方便快捷多了，可吃起来淡而无味，还会粘牙齿。有天早晨，冲了燕麦后，给自己煎了个荷包蛋，然后再往燕麦里加入一匙炼乳。奇迹出现了，那燕麦的麦香与乳香扑鼻，燕麦柔软爽滑，入口即化，好吃。

原来是在我煎蛋时，静置的燕麦发生了神奇的变化。

食物的静置，是为了充分地发酵、渗透与融合，从而提升美味。

静置就是等待，是积蓄能量，是在爆发前的暂时冷却、酝酿与韬光养晦。犹如人生，犹如爱情，犹如事业，如果你屡战屡败，那可能是你操之过急了。不如给自己足够的静置与准备的时间，然后去烹饪一道属于自己的人生美味！

Metime：好时光，这样“偷”

◎韩梅梅

时间对每个人都是公平的，是否能“偷”出时间来享受Metime（自我时间），就看你到底爱自己有多少！

实在是太忙？好，我们现在就告诉你，从1分钟到120分钟，“偷”段好时光，大胆爱自己的幸福小诀窍！

1分钟

把你的手机、闹钟、挂钟，都调快一分钟。这样，你会早起1分钟，比同事早到1分钟。

3分钟

给厨房灶台周围的三面墙贴上带漂亮花纹的防油污纸，脏了撕下来就行，轻松节省趴在那里擦，还擦得特费劲的3分钟！

5分钟

如果你的公司在7楼，每天中午到了饭点，电梯总是每层都停，还有可能到你的面前打开时人却已经站满。如果你选择步行下楼，会比别人提前至少5分钟到餐厅哦。

8分钟

随时更新，升级你的下载软件。我亲自试过，一个升级后的下载软件和升级前的相比，下载一部100分钟的电影，速度能相差8分钟以上。

10分钟

夏天的衣服，真的不用全都按洗衣机的“正常”模式去洗。一些不是很脏的衣服，点个“快速”模式，你就能轻松节省10分钟时间。

11分钟

用热水和米下锅，用电饭煲煮，可以节省11分钟。

20分钟

每周日就计划好下周穿什么，把衣服都按顺序挂在衣柜靠外的位置，并且备上两件厚外套以防万一。这样，你就能省掉在衣柜前踌躇的时间。

25分钟

早上起来以后，煮上鸡蛋再去打开电视，一边听新闻一边刷牙洗脸，这样，要比洗漱完再去煮鸡蛋然后看新闻节省25分钟。

30分钟

尝试在网上购买蔬菜和水果，轻点鼠标，就有人给你送上门，价钱和菜市场一模一样。成功节省30分钟！

33分钟

家里有一个手提箱，里面永远整整齐齐摆着出差专用的牙膏牙刷、化妆水和乳液、两套外衣、一套睡衣。这样，就省掉出差前一晚手忙脚乱整理行李的33分钟。

40分钟

晚上睡觉前，把各种难煮的豆子和米放在保温瓶内，加入沸水，盖上盖子。第二天一早，揭开瓶盖，就能喝到暖暖的粥了！成功节省煮粥的40分钟时间！

43分钟

有的电影，真的不用去电影院看，等下线了，在家里下载来看，遇到宣传过度、名不符实的，还能快进。

45分钟

马桶堵住了怎么办？打电话给家政公司，然后等他们过来，至少得45分钟时间。每隔一段时间，将洁厕灵倒进马桶，盖上马桶盖放一会儿再冲洗。马桶会一直保持通畅，你将永远不需要花那45分钟。

52分钟

扫地机，是个好玩的东西，它有记忆功能，会自己在家巡逻清扫，遇到障碍物还能自己"逃脱"。把它放在地上，你就干别的去吧。

60分钟

手机上下载一个"飞常准"，或者微博上关注它，它会实时跟踪您关注的航班，让你不用浪费时间在航班延误上。有了它，去机场接人更方便，平均可以节省1个小时！

120分钟

去银行开通"生活缴费"功能。在家里，就能轻松交电费、水费、煤气费。省掉往返交通和在营业厅排队的时间。如果你在银行拿到过令人崩溃的"前面还有70位"的排队单，就会知道，你节省的时间，远远超过120分钟！

身家百万英镑的流浪汉

◎幽　草

瑞典谢莱夫特奥市有一名叫库特·德格曼的流浪汉，一年半前，德格曼突发心脏病离世，亲戚们震惊地发现他竟留下了至少110万英镑的遗产！

在过去40年中，当地人经常看到德格曼骑着一辆破自行车在当地大街上穿梭，在街头的垃圾箱中搜寻易拉罐卖钱，因此人们送他一个“罐头库特”的绰号。在当地人眼中，德格曼是一个性格古怪的人。因为尽管他是一个食不果腹的流浪汉，但平时却喜欢到公共图书馆去看报纸，并且最喜欢看金融类日报。一个流浪汉爱看金融类报纸，许多人都感觉很滑稽。邻居们做梦都不会想到，形同乞丐的德格曼竟是一个不为人知的“投资专家”和“炒股奇才”，他将自己平时卖废品的微薄收入用来投资股票，聚下了巨额财产！

德格曼引起了无数人的惊叹，所有人都不理解德格曼到底是个怎样的人，明明是个流浪汉，却具有超凡的金融天赋，明明有百万英镑的财产，却食不果腹、生活困苦。也许，我们都不必奇怪，德格曼只是有两个爱好：流浪和炒股！这是他喜欢的生活方式，在他看来，捡垃圾、吃剩菜剩饭并不悲惨，而是很快乐的，如同看金融类报纸一样；而炒股也不是为了赚钱，为了“锦衣玉食”，完全出于爱好，仅此而已。每个人都可以根据自己的爱好选择自己喜欢的生活方式。库特·德格曼之所以引起了人们的关注，只不过是他的这两个爱好在常人看来是极端和矛盾的。

请不要同情德格曼的悲惨生活，更不要遗憾他不知享受，不懂生活。德格曼生活得很快乐，他完全按着自己的两个爱好，自由自在地流浪和炒股，没有任何世俗的牵绊和困扰，还有谁活得如此洒脱？

多走一步

◎曲家瑞

有一次，我去师大夜市吃东西，等餐的时候随口和同桌的一个男生聊了起来，他告诉我他是另一所大学的毕业生。

“你已经毕业了，以后打算做什么呢？”我找话题随便聊。

“我要去苏格兰念数学博士班。我拿到了全额奖学金。”他的脸上露出自信的笑容。

“哦，真厉害！”

“我其实连哈佛和耶鲁都有申请到，但是因为只有苏格兰的学校给了我全额奖学金，所以我选择去苏格兰。”

“你是做什么研究的？”

“数学运算。全世界懂数学运算的人太多了，你知道他们为什么要发奖学金给我吗？”男生笑了笑，告诉我一个诀窍，“因为我事先做了功课。申请学校的时候，我查了资料，得知下一届奥运会在伦敦举办，还查到奥运选手村就在我想申请的那所学校，所以我做了一个提案，内容是帮助他们的国家游泳代表队做数学运算，推测不同条件下游泳选手的表现数据。”

“这样做真的有帮助吗？”“有啊，例如我可以帮他们计算游泳选手穿什么材质的泳衣在水中的阻力最小，可以计算出不同的选手每分每秒的差距是多少，还包括不同的选手穿不同材质的泳衣会有什么样的差别。我推算出极为精准的数字，这些可能成为决定选手是否获胜的关键。”这个提案打动了苏格兰的学校，学校不但通过了他的博士班申请，还愿意提供全额奖学金。

“即使是申请学校，如果只是写贵校多好，自己很想成为它的一员，很难在那么多申请人中脱颖而出。我觉得应该反过来想一想：学校为什么要收你？你能贡献什么给学校？我攻读的数学运算是十分精细的学科，就算今年无法帮他们的选手夺得优胜，下一届奥运会也有机会，所以这对他们来说很重要。”

很多时候，我们都以为成功的人是因为特别幸运，或是因为占有较多的资源。实际上，要想在众多精英中脱颖而出，必须要比别人多想一步，而多想的这一步往往正是一个人最后能够胜出、成就目标的关键点。

每一种怒气都有一致的本质

◎吴淡如

这天，我一个人从大阪关西机场回来。

我本来心情很好的。

我买了一盒相当昂贵的神户布丁礼盒，打算带给我的小宝贝吃。

我的电脑包在安检时过了三次，还是无法通过。

“我可以打开它吗？”一名瘦小、戴着深度近视眼镜的海关人员十分有礼貌地说。

“请便。”我心想，不过是电脑和布丁嘛！我不是恐怖分子，你怎么检查都可以。

他很遗憾地拿出了布丁：“这个不能带，很抱歉，我必须没收它。”

“为什么？”

“那是水。”

“那不是水，是布丁。”我说。我当然明白依据法规，不可以带水过海关。

“其他的东西都可以，就是这个不可以。”

“这是在机场买的，我连包装盒都没拆开，”我说，“你们不认识这种神户布丁吗？”

“我知道，但是不能带。”

“好吧！”我无奈地摊开手，耸耸肩。他也做了同样的动作。其实，我不只摊手耸肩，我还瞪了他一眼。

过了海关，我发现自己在生气，气得东西南北都分不清，必须深吸一口气，才想起来下一步应该是要寻找登机口，在二十分钟内登机。

有三秒钟的时间，我很冲动地认为，我美好的旅行被这个败笔破坏了。哼！你们地震后我积极捐款，而你们竟然没收我的布丁！你们竟然把布丁视为炸弹！

等我深吸了三口气之后，我开始问自己：“这件事有这么严重吗？”

其实不过是布丁。

我生气，只是气到自己。那个迂腐的海关人员又感受不到！

我为什么要为布丁生气？我开始问自己，我怎样才不生气？

回国后，我跟朋友说了这件事。当发现这件事其实是我的错时，我反而得到最大的释放。好吧！本来就是我的错，不是他们故意为难我。

许多难以化解的仇恨，其实都起因于我们认为：他们故意为难我。

其实，所有怒气都有一致的本质。

至今我还是很有自己的脾气，只是已经学会，如何不让愤怒把自己变成一枚不定时炸弹。

是的，我，我们，都需要不生气的技术。

每天都给自己一个交代

◎赵功强

为自己设置最可心的起床闹钟铃声，醒来后会心情舒畅。

外套要挺括，贴身衣物要尽量松软；鞋子要有款有型，袜子要柔若无物。

吃顿营养早餐，微笑着出门，微笑着踏进办公室。微笑是天然的电磁波，能够消灭周围潜在的冷漠和敌意。

不要持续伏案工作超过两个钟头。有事没事都找机会暂停一下手头事务，让眼睛休息片刻，伸伸懒腰，或者什么都不做，放松一会儿。

晴天时，一定记得去晒晒太阳，你的心灵也需要光合作用。

无论多忙，都要午睡，20分钟或者半个小时便足够。

亲近绿色。欣赏案头盆栽或室外绿化物，借此唤醒生命意识，提醒自己活着多好。

看爱情剧，但不要拿剧情来比照自己的婚恋状态。

与人通话时，第一时间奉上“你好”，可熨帖自己、打动对方、温暖身边人。

非正式场合，遇有人争执，保持中立。不批评不在现场的人，会让你身心保持宁静，这一点是道德要求，也是生活智慧。

光顾顾客多的店铺。回头客多，自有其中的道理。

每次外出和回家尽量走同一条路线，那些熟悉的街景和相对熟识的面孔会增添世俗生活的亲切感。

包里一定要有零钱。这样可以节约好多时间，少费好多口舌。

别人帮了你，记得当面道谢，然后发条短信或电子邮件致谢；拒绝了别人的求助，也这样去做。

除了购物、泡吧、聚餐、K歌，还有更简约的消遣方式：晴天运动，阴天散步，雨天宅在家里看自己喜爱的电影。

除非迫不得已，拒绝夜生活。

每天都要给自己最好的交代。每天不只图乐呵，更要图平和；每天不只求精彩，更要求精致。

参悟人情世态

◎［日］吉田兼好　译：佚名

期许

我对于世上男子的期许，在于有修身齐家的真才实学，擅长诗赋文章，通晓和歌乐理，精通典章制度，而能够为人做表率，这是最理想的。其次，工于书法，信笔挥洒皆成模样；善于歌咏，而能合乎音律节拍；对于席上别人的劝酒，如果推辞不了，也能略饮一点儿，以不伤应酬的和气，对于男人来说，这也是相当好的事。

简素

人如果立身简素，不慕豪奢，不敛财货，不贪图功名利禄，则可谓人中之上品也。自古以来，很少见到富贵贤人。

唐土有个许由，没有任何身外之物。有人见他用双手捧水喝，就送他一个水瓢。他将水瓢挂在树上，因为风吹得响动，听了心烦，就弃而不用，仍然用手捧水喝。此人心中，何其清澈啊！

眼前

听到一个人的名字，心中就在想象其相貌，待见面之后，才发现与之前的想象完全不同。听到过去的掌故，则容易联想到今日的某户人家。且也将今日之人物，与昔日之人物相比较。这些都是人之常情，不独我如此。

又有时候，眼前的所闻所见，让自己觉得，过去某个时候同样经历过，虽然记不起确切时间，但肯定确有其事。这种感觉，恐怕也不是我才有的吧。

幽雅

有个女子，幽居在荒僻无人的地方，也不知是在逃避什么。某天傍晚时分，一名男子悄然来访，惹得犬儿汪汪地叫起来，侍女出门探视，问：“是何方贵客呢？”乃把他引入院中。见到一派凄凉景象，他不由得心中黯然，寻思道：此地岂宜佳人久居？随后在屋前粗陋的木板上立候了片刻，听得里面一个恬静稚细的声音传来：“请进吧。”才拉开已不灵便的门进去。

室内的情形，却不似外面那么荒凉，别有一番幽雅景致。炉火摇曳，微光影绰；暗盈的熏香，却不是为来客新燃起的，闻着倍觉亲切。

年少

少年时血气旺盛，心易动，多情欲，此时恰如落地而走的珍珠，容易触物而碎，常有性命之危。

年少的时候，总会做一些耽误自己的事：或者贪好美艳之物而不惜钱财；或者逞强斗狠，既耻于不如人，又羡慕别人比自己强，喜好多变，每日不同；或者沉溺女色，感情用事，讲究仗义而误了大事；或者竟然效仿他人而不惜一死，从不知爱惜生命以求长寿。

饮酒

但凡有事，一定要喝酒，且喜欢强行劝酒，真不知道理何在。被劝酒的人，端着酒杯，一脸为难之色，真想趁人不备扔下酒杯逃走。然而被发现后，则牵裳捉臂地被留在座上，强行灌饮。结果本来稳重端庄的人，变得疯疯癫癫，醉得分不清前后左右，倒头便睡。这样的事如发生在喜庆的场合，更是令人咋舌。

然而酒虽有如上可厌之处，也有其可爱而难舍时。月之夜、雪之朝、花之下，与人悠然小饮，可以助清兴，发雅致；闲暇之日，友人意外来访，则端出酒食，小加款待，心情也甚为愉快。在高贵之人家里，酒食出于庖厨，经美人之手端来席上，感觉也颇不错。

舍弃

人之一生，总在为顺境与逆境而焦心，原因是总想舍苦而求乐。人心所爱，即是人心所乐，从来不会停止追求。人心所爱者，一为名：有行迹之名与才艺之名两种；二为色欲；三为食欲。人虽有万千心愿，但以这三种为最。一切都源于颠倒之相，无穷烦恼也由此而生。最好能舍弃不顾。

趁你还吃得下一切的时候

◎张佳玮

吃东西有时机。咖喱刚熬时，香得狠辣，但搁过一晚后，味道变醇厚，甜辣交加，用来拌热米饭，好像香味睡着了，又醒过来了似的。芝麻爆香时最热，等略凉一点儿，撒菠菜，拌豆腐丝，抹一把在煎排骨面上，脆酥香好吃。但鸭子汤，熬完了须立刻吃：好鸭子汤油不会太重，上来烫，也凉得快。鸭子干吃怎么都好，汤一凉，就像久无往来的亲友，对坐悬望，说什么都尴尬，不如不说。

有的东西适合久藏。吃到一次好巧克力了，赶去买，藏抽屉里，等着有空时吃；朋友送了好酒来，藏柜子里，等着有喜事时喝。有些东西不一定久藏，就搁最后。我小时候，楼下有个邻居，夏天坐院子里，捧半个西瓜举勺吃，下勺径取西瓜边缘，从边上往中间吃。他说，这法子是个特别懂道理的伯伯教诲的：人这辈子，先苦后甜；先吃没味道的，越吃越有味道，到最后吃到瓜中心，特别甜脆——当然，如此怪例子，我也就遇到过这么一位罢了。

有的东西得吃新鲜的。以前苏州人吃头刀韭菜，不惜重资，说是头刀韭菜，经了一冬，藏阳蓄气，特别有味，随便怎么炒都好吃。杜甫说“夜雨剪春韭，新炊间黄粱”，非常美。新剪韭菜绿，炊上米饭黄，刚做的喷香，春天晚上下雨时吃，妙得很。

苏轼有一首诗写春菜，琢磨荠菜配肥白鱼，考虑青蒿和凉饼的问题，想宿酒春睡之后起床，穿鞋子踏田去摘菜。说着说着，就念叨北方苦寒，还是四川老家好，冬天有蔬菜吃。说着说着，想到苦笋和江豚，都要哭了。如果到此为止，看上去也不过像张季鹰的“人生贵适意，怎么能为了求官远走千里而放弃吴中的鲈鱼莼菜羹呢”的调子。苏轼的话没那么超拔，但平实得让人害怕：

“明年投劾径须归，莫待齿摇并发脱。”

家乡的东西永远好吃，但等牙齿没了头发掉了，也吃不出味来了。

人得藏着一些食粮，精神肉体皆是。你饿时，想到冰箱里有肉，柜子里有泡面，望梅止渴，饿劲也缓缓；你焦虑时，想到还有些后路可走，就舒服些。松鼠都知道办些仓储过冬，何况人类是星球统治者，智慧非凡。

但这种做法，多多少少会有问题。每个人都有这样那样的一些事：买了之后，总是一推再推不肯看的书；为防断粮买回来，总也不会拆包的饼干和意面；到处旅游买的一打，当时整理好，日后再也不会打开的明信片；过期食物，扔了就好；老了的书，不读也无碍。但有太多事，就这样搁着，可惜了。

每个人或多或少，都存着个虚无缥缈，只有自己珍之藏之的梦想。大多数梦想，并非破灭，而是被推迟，被当作冰箱里的隔夜咖喱，酒柜里的庆祝香槟，“非得到那一天才能享用……我们得等到那天”。在未来的某天，阳光灿烂，你无忧无虑，自由自在，可以随心所欲。

但是完美的一天，基本上不存在。辛弃疾一句话就断了所有人的念想：

“莫避春阴上马迟，春来未有不阴时。”

完美的一天终于到了——顺便说句，如果真有那天，那一定不是天空终于万里无云，而是你有许多事已经不在乎了——你打开珍藏的匣子，发现你想做的事，已经被窖藏过期了。

当时的食欲，当时的心境，都过去了。

所以世上事并不都像复仇，搁凉了上桌更有滋味。久搁可惜，不如早吃。倒不是说万事都得趁新鲜吃以便延年益寿，只是趁你还吃得下一切的时候，把能吃的、能做的、能读的、能听的、能爱的，都过一遍。

因为人生的确长得很，但拥有什么都吃得下还愿意吃的好胃口的时光，却短暂得多。

世间五不能

◎星云大师

世间的事，有能做的，有不能做的。举手之劳，给人一点儿助缘，不肯去做，是不为也，非不能也。给人一句好话、一个微笑，吝于布施，是不为也，非不能也。世间事，能为的不为，不能为的为之，都是不智之举。

揭弊而不能揭短。社会上有很多弊案，政治上的弊案、公司里的弊案，甚至学校、家庭里都有弊案。任由弊案存在，不闻不问，这是没有恪尽职守。有了弊端，我们应该揭穿它，把它提出来检讨改进。但是，揭弊可以，却不能揭人之短；揭人之短，伤人的前途，坏人的名誉。假如我们只揭其弊，使其有机会改进，不涉及人事，此诚两全其美之举也。

整装而不能整人。人要保持服装仪容的端庄整洁，这是一种社交礼仪。每天出门前，对镜整装，看看自己的衣着是否端正平整，乃至有时也可以帮他人整装，帮他把帽子戴正，把衣服拉平，帮他增加一条领带、围巾等。为人整装可以，但不能整人，有的人好开玩笑，以整人为乐；有些人修养不够，以磨人为乐，专爱整人。一件事，只要他肯帮个小忙，很快就能解决，但他偏要麻烦你，要你重新再写一份资料，要你重新再跑一次，完全不体恤别人的辛苦，任意要求而加重别人的困难，这就是整人。整人的人自以为得意，其实你整的人多了，有朝一日因果相报，你整人，人整你，后悔莫及。

轻松而不能轻浮。人的生活不能一天24个小时都绷紧神经，要求生活里的每个举动都合乎“行如风，坐如钟，立如松，卧如弓”，这也太严肃了，别人跟你同居共住，也很为难。生活中偶尔也要有轻松的一面，要能跟大家随缘。例如，初见时表示热烈欢迎，相谈时眉飞色舞，妙语如珠，开个小玩笑，都无伤大雅。但是，生活可以轻松，行为却不能轻浮。轻浮不同于轻松，轻浮是拿别人来取笑，轻浮是出言不当。尤其男女之间，轻浮的举动是对人的不尊重。轻浮是表示放荡，轻松是表示自然，我们的言谈举止可以有轻松的自然，但不能有放荡的轻浮。

自信而不能自满。做事情要有自信，有信心才有力量。凡事预先安排妥当，做起事来有目标有方法，一切按照自己的规划发展，当然信心十足。做事要有自信，做人不能自满，千万不能以为自己的计划就是独一无二的，自己的办法都是无懈可击的，因此就轻视别人，藐视别人。在自信里要懂得谦虚，因为自满容易傲慢，所谓“谦受益，满招损”。自高自大、自满自傲的人容易招致失败，是做人做事之大忌。

随缘而不能随便。佛教有一句富含人生哲理的话，叫“随缘”。你拜托他说什么话，他觉得能说，就说“我随缘”；你拜托他做什么事，他觉得能做的，也说“我随缘”。随缘布施，随缘参加，随缘奉献，随缘建功，但是千万不能随便。随便议论事情好坏，或前因后果都没有弄清楚，就随便任意执行，随便的后果必定是不便。你太随便，一旦引起反弹而招致不便，那就麻烦大了。

万事尽力即可

◎亦　舒

做事当然要尽力而为。

各人对尽力而为的标准是不一样的。

我的尽力而为留有许多余地，去到极限，不过如此，所以一生平平，可是舒服。

有家长某，每日接送子女往名校，来回来回，天天走四次车，在途中花三个小时，一听，只觉匪夷所思，伊说“名校尚有空位，你也来呀”，不不不，谢谢你，不可能。

家长也是人，应量力而为，那几个钟头不如省下睡睡懒觉聊聊天看看书，若真是状元，相信我，无论哪所学校，都不会蹉跎他。

付出太多，期望亦跟着升级，届时若得不到合理偿还，一定会不开心，弄巧反拙，何必呢？

太大的牺牲，太大的失望，都有碍养生，不如大家和和气气地过日子，稍尽绵力，适可而止。

对朋友如此，对工作如此，对家庭也如此。

必须为自己的生命留有空间自由，争取快乐，才有余心余力照顾他人。

本身乱糟糟如倒泻箩蟹，筋疲力尽，怎样去侍候别人？

断舍离

◎苏　静

日本式的收纳实在令人印象深刻，从酒店公寓的空间利用，到垃圾的分类，等等。去过日本的人大概都赞同我的话，日本人对于空间和资源的利用，从整个社会的水平而言，在这个地球上绝对应该是数一数二的。

我觉得似乎需要一个更好的关键词来概括日本这种独特的精神特质，或者我们觉得其实“收纳”本义是“整理”，本质上是做“决定”，最后我们就看到了“断舍离”这个词。

“断舍离”的反面是“断不了，舍不掉，离不开”。

很多时候，难的不是知道自己需要什么，难的是不知道该舍弃什么。

无论是“收纳”物品还是“整理”人生，除了不断贴标签和分类，除了不断地添置抽屉，其本质可能都是要去“断舍离”，或者换句话说，叫作“选择”。

从绝对尺度而言，对任何个体、社会乃至地球而言，资源都是有限的，只要没准备自暴自弃，效率都至关重要，就要断舍离，因此，我们得多学学他们。

适应孤独，就像适应一种残疾

◎刘　瑜

前两天有个网友给我写信，问我如何克服寂寞。她跟我刚来美国的时候一样，英文不够好，朋友少，一个人等着天亮，一个人等着天黑。“每天学校、家、图书馆、几点一线。”

我说，没什么好招，因为我从来就没有克服过这个问题。这些年来我学会的，就是适应它。“适应孤独，就像适应一种残疾。”

我觉得，快乐是可遇不可求的，但是充实是可求而不可遇的。我的快乐很少，当然我也不痛苦。主要是生活稀薄，事件密度非常低。我典型的一天：一个人，书，电脑，DVD（数字激光视盘）。一个人，一个星期平均会去学校听两次讲座。一周工作日平均跟朋友吃午饭一次，周末吃晚饭一次。多么稀薄的生活啊，谁跟我接近了都有高原反应。

我这人其实一点儿也不孤僻。生活中认识我的人都知道，我是多么平易近人、开朗活泼。有时候，我就是懒，懒得经营一个关系。还有一些时候，就是爱自由，觉得任何一种关系都会束缚自己。当然最主要的，还是知音难觅。我老觉得自己跟大多数人交往，总是只能拿出自己的一个子集。我很难找到和自己一样一望无际的人。

有时候也着急。不仅仅是因为错过了亲友之间的饭局、谈笑、温情，不仅仅因为一个文学女青年对故事、冲突、枝繁叶茂的生活有天然的向往，也因为一个人思想的先锋性总是通过碰撞来保持的。我担心，我老这样一个人待着，会不会越来越傻。

但另一些时候，我又惊诧于自己的生命力。在这样缺乏沟通、交流、刺激、辩论、玩笑、聊天、绯闻、传闻、小道消息、八卦、MSN（微软旗下即时通信软件）的生活里，没有任何“圈子”，多年来仅仅凭着自己跟自己对话，我竟然保持了创造力和战斗力，竟然写小说、泡博客，而且写得如此饱满热情，我刘瑜又是何等顽强的一株向日葵。

年少的时候，我觉得孤单是很酷的一件事。长大以后，我觉得孤单是很凄凉的一件事。现在，我觉得孤单不是一件事。有时候，人所需要的是真正的绝望。真正的绝望跟痛苦、跟悲伤、跟惨痛都没有什么关系，真正的绝望让人心平气和。你意识到你不能依靠别人得到快乐、充实、救赎。那么，你面对自己，把这种意识贯彻到一言一行当中。

我想自己终究是幸运的，不仅仅因为那些外在的所得，而且因为上帝给我的顽强和禀赋。它告诉我“浑浑噩噩的生活不值得过”，教我用虚无、骄傲、愤世嫉俗超越那种浑浑噩噩随波逐流的生活，然后教我用是非感、责任心来超越那点儿虚无、骄傲、愤世嫉俗。

当罗素说知识、爱、同情心是他生活的动力时，我觉得这个风流成性的老不死简直就是我的亲哥。

因为这幸运，我原谅上帝给我的一切挫折、孤单，原谅他给我的敏感、抑郁和神经质，原谅他让X不喜欢我，让我不喜欢Y，让那么多人长得比我美，让那么多烂书卖得比我的好，甚至原谅他让我长到105斤，因为他把世界上最美好的品质给了我：不气馁，有同情心，爱自由。

最杀生命的三件事

◎迷糊娃

如果问你，世界上最浪费时间的是什么事？

微博？豆瓣？魔兽世界？

不是，尽管它们排名也很靠前。

其实，世界上最浪费时间的三件事是：担忧，责怪，评判别人。

第一位：担忧

让我们感觉到担忧的事情很多，年纪越大，越是如此。然而，总体来说，让我们担忧的不过两类事情：

1.我们准备不足的事情，如考试、演出、工作机会……我们担忧这些事情，因为我们害怕自己会搞砸。搞砸的原因很多，但归根结底，最可能的、最直接的原因就是准备不足。该怎么做呢？当然是赶快去做准备啦！

2.我们改变不了的事情，如别人的看法，如自己天生的缺陷。

既然改变不了，为什么要去担心呢？担心就能改变了吗？

第二位：责怪

上不了大学我们怪父母教育不当；找不到工作我们怪大学不够务实；上班迟到了我们怪公交系统；谈恋爱失败了我们怪对方自私；演出失败了我们怪音响不好……

从现在开始，自己为自己负起责任来。

我们可能会遇见对我们不好的人，我们可能会嫁给对我们不好的人。

然而，选择留在这种悲惨关系中的人，是谁？

选择不去尝试改变，不去寻求帮助的人，是谁？

相信不管生在何方，我们永远有选择，永远都有。

第三位：评判别人

我们总喜欢看戏，看别人的生活，然后得出结论：张三是个傻子；李四非常软弱；王五其实一文不值，只是装出有钱的样子……

是的，这些结论也许都是正确的。

你看得好透彻，你说得好精彩，哈，哈，哈，然后呢？

张三是傻了点儿，可他特真诚，大家都喜欢他；李四软弱是真的，但是他对女朋友特别好，他们这就要幸福地结婚了；王五爱装，但是那是因为他小时候曾被人瞧不起过……

你看到那些故事了吗？看到那些你所不知道的东西了吗？

随便对别人的生活做出判断，是一件非常粗暴野蛮的事情，大多时候，你根本不了解这个人，你根本不明白你做出的这些判断有多么肤浅。

世界上最美好的事情来自短缺

◎王　石

适应训练结束了。

希夏邦马的前进营地位于海拔5630米，在野博康嘉勒冰川的末端，没有太多植被，野生动物却不少，野兔、野鸽子、乌鸦、雪鸡经常在我们帐篷边上转悠，也不太怕人。

因为可以用牦牛运送补给，面积超过100平方米的希夏邦马前进营地比珠峰条件好很多，物资颇丰富，帐篷内有折叠的桌椅，还有发电机可以全天供电。饮用水是从旁边的小山坡上背来的，路不太远，但每天要背上十桶，是比较辛苦的。

经常下雪，有时候早上醒来，营地已经是白茫茫一片。

营地里一人一顶帐篷，很惬意，可以有一个属于自己的地盘，躺在睡袋里听音乐、看书，或者抱着笔记本电脑写日记、看电影……

登山队员在山里都吃些什么呢？这次攀登希夏邦马峰，饮食供应方面分三段：大本营、前进营地、冲顶（一号营地到三号营地），这三段的食物配给是不一样的。

大本营的生活条件非常好，营地面积比较大，帐篷宽裕。饮食方面，正餐三菜一汤，甚至可以吃到西餐和火锅。一号营地到三号营地属于高山营地，厨师和大量的装备都上不去，配给的是高山食品，比如压缩蔬菜、维生素、巧克力、果冻、苹果和梨等，它们的特点是高能量，而且运送比较方便。如果能烧水的话，就可以泡方便米饭、方便面，至少保证每天能吃到一顿热餐。

在山里，空气稀薄，高原反应令人无法入睡，甚至没法洗脸刷牙洗澡，这样的日子有的时候让人感觉乏味至极，痛苦不堪，忍不住要骂自己，怎么就犯贱又来了呢！可爬着爬着，还没登顶，又开始想下一次该登哪座山了……

现代文明提供给城市人太多的生活享受和方便，以至于我们熟视无睹，已经不懂得珍惜。在山上待一段时间，没有自来水，没有抽水马桶，没有热水器，没有电灯电话，甚至连空气里氧气含量都是不足的，再返回城市，看到一切都是新鲜、可爱、可亲的。

俭朴的生活方式对环境更加有利，包括饮食上的俭朴。吃素原来是教徒或修行者提倡的生活方式，并因此排斥肉食，将之视同杀生。但在今天，吃素被赋予了环保的意义：美国的一个肉食者每年比素食者多产生1.5吨的二氧化碳，因为肉畜会排泄大量的甲烷和氨气，同时肉品生产过程中消耗石化燃料，也排放了温室气体。吃素竟与使用再生能源一样，成为遏止地球变暖的重大行动！

几百万年时间里，人类大多数时候处于供应短缺状态，工业社会甚至后工业社会的一个基本特征却是供应过剩。登山过程中，我们却又要面对物资短缺，就连空气都是短缺的，这时首先要考虑的是生存，而不是其他。

处在这样的环境中，很多看法会变得简单：比如说一两个月没洗澡了，你觉得世界上最美好的事情是什么呢？是洗个热水澡。在深圳等南方城市，大多数人天天洗澡，不会觉得洗澡有什么亲切感。但只要一个星期不能洗澡，你一定会觉得：哎哟，洗个热水淋浴真是太美妙了！美妙来自何处？——来自供应短缺。

星云大师的一笔字

◎张达明

星云大师有一手令人叫绝的“一笔字”，无论文字多寡，他一下笔、一蘸墨，皆一笔而成。2009年年底，星云大师的“一笔字书法展”开始在世界各地巡回展览，并于2013年4月在北京中国国家博物馆展出。

在许多人看来，“一笔字”是中国禅宗文化的独特魅力，也只有他这样的大师，才能悟到其中的奥秘，一般人根本不可能达到如此高深的境界。

事情果真如此吗？星云大师是这样解释的：“我的‘一笔字’并不像许多人想象的那样有多么深奥的玄机，而是再简单不过，就是拜疾病所赐。”40多年前，星云大师因过度饥饿罹患了糖尿病，数十年来平安无事。但近些年，糖尿病并发症让他的视力逐渐减弱，人和事物渐渐看不清了。医生诊断说，他的眼底已经完全钙化，没有医好的可能了。

2009年6月，星云大师在佛光山，因为眼睛看不清楚，既不能看书，也不能看报纸。他心想，那做什么事好呢？他想到一些读者经常要他签名，有些朋友、团体也请他给他们写字，“那就写字吧”。因为看不清，星云大师只能先算好字与字之间的距离有多大，一挥而就。如果一笔写不完，第二笔要下在哪里就不知道了。不管要写的话有多少字，只有凭心里的衡量一笔完成。“上天给了你四肢五体、眼耳鼻舌，你需要谁来安慰你？能安慰你的人只有你自己。也正是为了自我安慰，我才练出了‘一笔字’。”

星云大师所说的“自我安慰”，是一种态度，一种状态。即积极地做事，积极地思考，积极地行动，而“一笔字”正是大师对“自我安慰”真谛的最好诠释。

自杀的蚂蚁

◎［日］高安义郎　译：佚名

一旦习惯了被给予的安乐生活，对自力更生就本能地感到恐惧。

我回到了阔别30年的故乡。站在车站时，我听到蝉正声嘶力竭地叫着。

“好久不见了，今天就住我家吧。”开车到车站接我的老朋友玉城说。

我和玉城从高中时代的自然探索兴趣小组开始，就是好朋友。我们都喜欢生物，特别是玉城。毕业后，玉城继承了他父母经营的大农场，我上了大学，后来成为一名中学教师。我在疲于应付学生的生活中，渐渐将高中时代的事情忘掉了。

“那就给你添麻烦了。”听到我的回答，玉城脸上泛起了满意的笑容。

一路上玉城一边开车，一边不断提起以前的事情。我一直附和着，偶尔沉默地看看远方。

“你好像有心事啊？”玉城问道。

“嗯，我教过的一个学生结婚后就住在这儿，那个学生的孩子有点儿事情。”

“是吗，什么事情？哦，对了，先不说这个，你能猜出我现在正研究什么吗？”玉城被晒黑的脸上浮现出笑容。

“不会是找到白乌鸦了吧。”我随口回答。

“不是，比这更厉害的让我发现了，给你看看。”

不一会儿，车子停在了玉城家那座很大的现代风格的房子前面，一点儿也不像是农家。

“这是我家，去年盖的。快到这儿来。”玉城带我来到了他家屋后一个像仓库的小房子。房子里面很暗，我睁大眼睛看到一个有机玻璃大箱子。

“知道这是什么吗？这是蚂蚁的巢穴。”被玉城这么一说，我再仔细一看，果然透明的有机玻璃箱中有一个土堆。当我的眼睛习惯房中的黑暗以后，就看到了一个四通八达的、蚂蚁特有的巢穴。还有，蚂蚁的个头儿让我感到十分惊讶。每只蚂蚁身长将近2厘米。

“好大的蚂蚁啊！肯定不是日本的蚂蚁。”我说完偷偷瞥了一眼玉城。

“我从非洲弄来的，嘿嘿。这个蚁巢神奇的不是蚂蚁很大，而是在不同条件下，这些蚂蚁的行为很奇妙。”

“会出现什么行为？不会是跳舞吧？”在我脑海一角休眠的自然探索兴趣小组时的记忆逐渐开始苏醒。

“是这个，你看。”玉城指着旁边另一个有机玻璃箱子。在那个箱子里面的一角，有一团黑乎乎的东西。

“那是蚂蚁的尸体。蚂蚁们都灵魂出窍了，这是为什么呢？”玉城突然非常认真地说。

“蚂蚁们灵魂出窍还不是你干的，或者它们自己打架吧？”

玉城的声音突然冷静得吓人，他说道：“在什么条件下它们会自杀呢？我做了很多实验。不给它们食物，把它们的居住环境变得很差的话，有几只蚂蚁就受不了自杀了。但给它们充足的食物，让它们住得很舒适以后，不知为什么，有很多年轻的蚂蚁却自杀了。你怎么看这个问题呢？”

对玉城突然间的这番话，我有点儿不相信。但我又看见在旁边的饲育箱中，给蚂蚁们放着很少的食物，蚁巢也有一半浸在水中。但蚂蚁却在拼命工作。

“实际上，明天我要去教过的那个学生家里。因为我收到了她的一封信，信上说：‘我给儿子想要的一切，但20岁出头的儿子却一心想自杀。我想让老师帮帮忙，教会我儿子活着的快乐。’”我把这次回乡的理由告诉了玉城。

玉城喃喃自语道：“人也和这蚂蚁一样，只有在困境中才能感受到活着的意义。”

“要是活得太轻松了，反而觉得死是有意义的了？”我问道。

“不全是。我觉得，一旦习惯了被给予的安乐生活，对自力更生就本能地感到恐惧。蚂蚁是因恐惧自立，发狂而死的。”玉城的话深深地留在了我心里。

挨骂时请说“是呀是呀”

◎［日］渡边淳一　译：佚名

故事的主角是一位医生，他不是那种挨完训马上能调整心情的人，而是老挨训却不大有感觉，身上潜藏着正面的钝感。

提到医生，有人会觉得医生非常敏锐细腻。但其实不是那么回事。相反，像医生这种压力大的工作正需要钝感力。

以前，我曾在札幌大学的附属医院当过整形外科医生。当时，我的主任教授是位意气风发的优秀医生。他只有一个缺点，就是有不满时，爱在手术当中对下属的医务人员发牢骚。

他发牢骚并不是出于恶意。也不是在教训人，只是有唠叨的毛病。比如“动作太慢”“赶紧拿好”“你在看哪儿呢”，都是些无关紧要的小事。

可话是这么说，一旦自己成为他发牢骚的对象，恐怕就会觉得郁闷困窘了。

但一开头我也没辙。自己还只是第三号、第四号助手，挨骂也是自然的。可比我早三届的S医生，不知是不是因为是首席助手，挨训最多。

每逢S医生被教授训斥，我私下里总是同情他，觉得他真可怜！

有一次，我留意到他挨训时独特的回应。到现在我还清晰地记得。他必定说“是呀是呀”“是呀是呀”——轻轻地把“是呀”重复两次。

无论教授说什么，S医生都毫不抗拒，“是呀是呀”地回应。大概这一贯的回应也让教授唠叨得十分安心。这样一想，我才发觉“是呀是呀”与教授的唠叨一应一和，具有某种节奏，像两个人配合着捣年糕一样，颇为默契。

我甚至开始认为，挨训也是一种技能般的东西。托那轻轻的“是呀是呀”的福，手术才得以顺利进行。

像这位S医生，挨训也没有反应。非但如此，还缓和了气氛，使团队合作顺利。这可是了不起的才能。

这位医生的杰出之处还在于尽管手术中被那样指责，手术一完，他便置之脑后，轻轻松松地泡个澡，返回医疗部和同事们喝喝啤酒、清酒，心情愉快地聊聊刚才的手术或别的话题。刚才还挨批，这么快就忘得一干二净，实在令人叹服。

两场人生的豪赌

◎刘威麟

每个人一生中的第一场豪赌，就发生在我们7岁，走进小学一年级的教室起。

走进一所学校，从此经过九年义务教育，高中再加四年的大学教育、研究所，我们进入了一个系统，让这个系统决定我们的未来。

教育系统，似乎比较接近于“赌”。那的确是我们一生中的第一场大赌。

但，奇妙的事情来了。

25岁以后、毕业了以后，我们竟然很快地就淡忘了“赌”这件事！

为什么？如果看看我们的履历表，通常就只有“两种历”：学历、经历。前者是受“人数”所限制，我们拿人生很多时光与精神去挤这么一扇门，但后者，也就是“经历”，没有人数的限制了，却受“时间”所限制。重要的是，为了“经历”的完整，大部分已经赌过学历的人，无论赌赢还是赌输，是不会“再赌一次”的。

于是，小学到大学的这一段16年的“长赌”，成了我们人生中的第一次，同时也是最后一次的“长赌”。

人长大以后，通常就只敢做这样的“短赌”，很少人去布局、设策略、想时间表，做一场“长赌”。

有一个朋友，我们工作的地点是当时影片分析中全球顶尖的实验室之一，我们以两个大学生的身份进了这个实验室。毕业后，他得到了硅谷某大公司很好的聘书，而我也得到很好的学校的录取函，当时我就想，我们走了两条不一样的路。但在最近，有机会在台湾再次碰面，感动之余，我们聊聊最近在干什么，不约而同地，我们在网络上，做一些事，换一些工作，也有一些创业计划。

我们，竟然都再次开始“赌”。

那种感动，是不会在言辞上表现的——原来世上有另一个人与我一样，我们走了两条不一样的路，但我们都放弃了我们原先该走的路，改做另一场“长赌”。我们丢掉了履历表，我们成为独立开发者，我们再次开始拟订新的计划、认识新的朋友……从前，我从不认定自己在“赌”，我自以为知道正确的路在何处，有着百分之百的把握在上面行走着，直到后来，我终于领悟到，所有的事情都有风险，所有的计划都有变化，不过，有变化、有风险，才有机会达到别人所达不到的成就。

只要我们将我们可以忍受的赌期拉长、再拉长，原本要求一个月内看到成果，现在变成一年，但要求看到100倍大的成果，我们将是这个年代最厉害的引领风潮者。

但不幸的是，由于“长赌”并不合社会期待，因此像这样的人生大赌，据我体验，有三件事是必须先学习克服的：

第一件事是“忽略任何比较”，你在“长赌”期间，大家都会问，你在做什么？没错，我们是和自己的一生在赌，怎么样？一生就是我们的赌桌，怎么样？在这张赌桌上，不必每一时期都确定会赢，但反正，大部分的其他人都在其他跑道上比来比去，都不在这张赌桌上，因此，我只要给自己多一点儿的时间，气长一点儿，肯定有大赢的机会！

第二件事是“别拘泥太专注”：只有笨蛋才会真的深信下一次下注肯定全盘皆赢，然后将所有鸡蛋放在同一个篮子里！虽然我们不怎么专注，但其实我们是在进行另一种的专注，那就是：坚持自己做事的“方式”，而不是做任何一件“事”。

第三件事是“维持孤单”，在“长赌”期间，在世上只需要和一个人保持联系，那个人就是我们自己。我们要讨好他，了解他想要做什么，负责让他快快乐乐，保持在最高昂的状态；“求人不如求己”，我们不断遇见“贵人”，但都忘记了“贵己”，如果要来玩玩“长赌”，别忘记拉拢“自己”这个超级好伙伴。

鼓励赌博并不是好事，但还是要谈，我们的人生，多久没有真正提出一场赌博？

人生不过一场数羊游戏

◎王　族

数羊是图瓦人的一种游戏。

游戏很简单，从一只羊开始往上数，数到300只羊就赢了。这只是一种数字游戏，并不用赶300只羊到场，一个人碰到另一个人了，想和他赌一赌，就说，咱们数羊吧。

两个人中的一个人可以任意选择数羊或监督。选择数羊的人开始“1只羊，2只羊，3只羊，4只羊……”往上数，监督的人则标出赌注，你若数到300只羊，我就给你一只羊；你要是数不到，就给我一只。

有段时间，村里人认为数300太多，把数字降到了200，但后来受到那些数到过300的人的痛斥，便又恢复到了300。

数羊也是人的尊严的表现。走在村子里，有一个人突然把你拦住要和你数羊，这时候你不能躲避，如果躲避的话，别人就会笑话你，好多人都是因为被激起了数兴输了羊的。

输了之后，心里后悔，却又无法发作。

有段时间，有人专以数羊为生，把这种古老的游戏演变成了一种赌博，他们掌握了数300只羊的什么方法，总是战无不胜，村里人都害怕他们，看见他们便远远地躲开。

村子里数羊输得最多的人是孟多。那几年他运气不好，老是输，越输他越不服气，越不服越输，输到最后，他连一只羊都没有了。别人都不愿和他再玩。孟多痛下决心，开始养羊。

他的羊群到了几百只的时候，他已从年轻人变成了中年人；羊群到了一千多只的时候，他又由中年人变成了老年人，但他还不去和人数，一直等羊群上了两千只的时候，他再去找那几个曾经赢过他的羊的人，却得知他们早已死了。细细一问，才知道他们自从有了从别人手里赢来的羊以后，就不再去干活了，过段时间宰一只羊，吃完了便又去宰，最后，坐吃山空，到老年的时候，日子过得极其贫穷。

孟多感慨万千，这世上从来没见过谁靠数羊能拥有一大群羊的，而真正拥有羊群的人，都是像自己这样勤勤恳恳靠劳动所得。

之后不久，孟多突然记起了一件事……

年轻的时候，他曾欠过一个人一只羊，当时自己曾许下诺言，等以后自己有羊群了，一定还上，这么多年过去，人家从来没提过此事，他感到很愧疚。

他从自己的羊群中挑出10只最肥的羊赶过去找那个人，但那个人早已搬到别处去了，孟多决心把这10只羊给他。

想想现在自己拥有了这么大的羊群，却一直欠着别人的一只羊，而且再也无法还了。

走在村子里，孟多又见到了一对对数羊的人。他从他们身上看到了自己当年的影子。

人们一天天过着日子，数羊这种传统的游戏，仍将被人们视为生活中的一种秩序、一种竞争，一种显示着人的尊严和信用的独特的方式；人们自觉遵守这个游戏的规则，这个游戏也相应地激活了人们的生活。

那一刻，孟多才知道数羊这种游戏是多么有意思的一件事。

一只羊被数来数去，一会儿是你的，一会儿是我的，羊没有变，人也没有变，只有一场游戏在变。

应了那句老话，人生就是一场游戏。

过一天亿万富翁的生活

◎［美］凯文·罗斯　译：冯国川

作为经常报道华尔街的一名记者，我虽然花大量时间追着富翁跑，但我只有脸贴镀金车窗的份儿。我从未光顾过纽约奢侈餐馆Per Se，更没去过法国里维埃拉划船。我挤在布鲁克林区的一座小公寓里，出门很少打车，每当电视账单送达时，我简直想把时代华纳公司告到国际法院。

但是接下来的24个小时，我要过一把亿万富翁的瘾，将名贵跑车、VIP（贵宾）通道和不计其数的优惠体验一遍，然后回归正常生活。这次的实验提出了这样一个悖论：占领华尔街运动兴起时，人们对那些有钱的主儿大骂特骂；另一方面，我们又对有钱人的生活心驰神往。我真的很想知道作为亿万富翁感觉怎样？10亿美元能带来怎样的特权？我穿着他们的菲拉格慕皮鞋走一会儿就能体验不一样的心态吗？

早上6点，司机开着劳斯莱斯到公寓接我。这辆车连同价值4.5万美元的手表都是生产厂家免费借给我使用的。司机先带我到达第一个预约的俱乐部吃早餐，想成为该俱乐部会员需要每年缴纳1.5万美元手续费外加5万美元入会费。

在享用了菠菜煎蛋卷等早餐后，我匆匆赶往新泽西州的泰特波罗机场。有位亿万富翁请我乘他的私人飞机兜一圈。机舱内柔软的扶手椅可自由旋转360度，并可通过按钮调节成平躺姿势。一名空乘人员热情地为我送上咖啡和奶酪甜点。为华尔街阔佬定制西装的克里夫顿·巴瑞为我精心挑选了一件海军细条纹外套。这可能是今年我穿得最风光的一次了，但穿着这样的服装去见亿万富翁显然有点儿过了，因为对方只穿了一件羊毛衫、一条牛仔裤、一双休闲鞋。就像我采访的所有富翁一样，他不看重金钱的作用。“快乐的人有钱了依然快乐，古怪的人有钱了依然古怪。”他说。

有研究发现，富人和常人无异，面临的烦恼如健康、工作、家庭关系、财政问题都一样。然而和这位阔佬待了两个钟头，我依然没看到我们的相同之处。下机后，一辆奔驰车恭候多时。他带我参观了价值数百万美元的别墅及修剪整齐的高尔夫球场。每到一处，他都能享受四星级服务：车门打开，行李被专人拿走；在闲聊的时间，刚出锅的巧克力甜点奇迹般出现；当车出现故障时，他很快就被换到另一辆新车上。

3个小时后，我飞回纽约。曾任职警察侦探的史蒂夫·鲁比诺成为我的保镖。他带着我穿过时报广场，到达下一个预约地点，一家私人健身会所。这里每年的会费为1.3万美元。一般来说，一个私人教练对于健身者足矣，但这家场馆为富翁配了两个教练：一个教练带我锻炼时，另一个人记录我的运动状况，不断取饮用水给我。

到目前为止，我弄明白的一件事就是，一旦成为亿万富翁，你就失去私人空间。每一天，你的生活被各种各样的服务者包围。但当你习惯这一切之后又欲罢不能。我锻炼后坐在衣帽间时就感觉很不爽。我的司机、保镖呢？为什么我洗发时没有人递过来可口小吃？

我不得不承认，做亿万富翁的感觉让我十分压抑。我感到自己正体验着心理学家所说的“暴富综合征”。那种感觉是一种认知失调，一种介于排斥和吸引之间的震荡。一方面我被亿万富翁的生活方式及特权所诱惑，另一方面我不能确定自己能否适应这样的生活。

第二天醒来时，我将几年前买的廉价手表戴上，穿上那件一只口袋有洞的蓝夹克。去往地铁的路上，我顺便在咖啡店点了一杯卡布奇诺。和往常一样，味道似乎有点儿煳了，但是这个清晨，它的味道尝起来有点儿特别。

人性丛林中的忌讳

◎刘清海

世间最难揣摩的就是人心，与人相处的学问一生也学不尽。

南怀瑾先生在讲解《庄子》时，强调了“意有所至而爱有所亡”，这其实是在讲做人的道理。任何一个人都有自己的意志，他专注在那一点的时候，什么也无法改变。一个人入迷的时候，你要劝他“回头是岸”难上加难。所以，明知道你为了他，有时候他出于自己的利益需要，就忘记你是为他着想了。因此，人与人之间很难相处，无论夫妻、父母、兄弟还是朋友，总是“意有所至而爱有所亡”。

庄子曾经看着飞进飞出的燕子说道：鸟都怕人，所以巢居深山、高树，以免受到伤害。但燕子特别，它就住在人家的屋梁上，却没人去害它，这便是处世的大智慧。人类见到鸟举枪便射，却对身边萦绕的燕子视而不见。燕子的叫声可谓婉转，却没有一个人将燕子放到笼子里，听它的叫声取乐。燕子智慧的核心是什么？那就是距离。

人类是一种你不能离他太远，又不能离他太近的动物。比如珍禽猛兽害怕人，躲得远远的，人便结伙去深山猎捕它们，这是因为离人类太远。家畜因完全被人豢养，人便可随意杀戮，这是因为离人类太近。只有燕子摸透了人类的脾气，又亲近人又不受人控制，于是人便像敬神一样敬着燕子。

南先生说，历史上的大奸臣都懂得“意有所至而爱有所亡”之妙，所以总是避免碰触君臣相处的禁区，因为即使你心怀社稷、一腔忠诚，也难免因一时的劝谏惹来日后的杀身之祸。其实，懂了这个道理，就可以更巧妙地为人处世、成就大业了。

回老家去

◎优　游

还在为跻身大都会而沾沾自喜吗？多年寒窗苦读后，你终于成为500强企业中的一员，兴奋得连挤地铁都挂着公司的工牌；只用本公司出产的手机，出差时陶醉地呼吸酒店的空气，似乎氧离子都变成了五星级……

几乎是完美的，如果春节不回老家的话。

那“贫瘠落后”的土地上发生的一切，刺激了你的神经。

首先，表哥家居然住上复式了。他2000多元的月工资，被你无数次嗤之以鼻。可县城的房价也远比都会里仁慈，他轻轻松松地攻下了160平方米。一楼，茶室、书房、孩子的游乐房；二楼，卧室、老婆的健身房。某名家的淡墨山水，也怡然大方地挂在墙上。你明白自己这辈子拥有它的可能性微乎其微：一、真迹很费银子；二、即使买得起真迹，又哪里找那么大一面墙，安放梦想和心情？

其次，同学小四居然当上科长了。高考时他只上了个金融高专，毕业后托老爸的关系进了老家的国土局。同学聚会，他很谦逊很厚道，真羡慕你们这些高才生。不过埋单时，气派就上来了，在这里签个字就可以了……饭后他开一辆宝马来载优等生们周游全城，这里准备开发成景观型住宅小区，年后竞标。舍我其谁的模样，令你无端地惴惴。你深知，再怎么奋斗，终其一生，你的身份都不会是“大人”，只会是小小的“子民”。

第三，邻居的孩子居然上小提琴培训班了。此外，周六习大字，周日学游泳。学这么多有什么用呢？你脱口而出。孩子的妈妈阿芳淡淡地答道，不图有用，就是陶冶性情。你惭愧起来悲哀起来，“不为什么”这种人生观早已与你远离。你就是一台一周工作100个小时、春节加班挣三倍工资的机器。

你与老家，与老家所代表的，早已远离。

看来当初的想法“太傻太天真”。可太傻太天真的，又岂止你一人？万千人走一条路径：好好读书，争取留京留港留沪；进大公司，加薪的速度得赶得上房价的涨幅。一路玩儿命奔跑，要与平庸的、促狭的、不思进取的旧生活彻底别离。现在你发现，当你在大都会为最基本的生存挣扎，老家的人民，正享受着平稳安逸带来的高品质性价比生活。

“赚够100万就回家”，你不忿了，在论坛上发帖。100万元足够回老家挥霍，起床后就干三件事，闲逛、晒太阳、打麻将……别了，房奴，别了，曾经蛊惑过我的激荡过我的摧残过我的人生道路！

支持！顶你！深受压迫的众兄弟附和，青春这样短，征途这样长，不如归去不如归去。

就要从一个极端滑向另一个极端了，直到有个声音怯怯地问：“可是，老家有欢乐谷、嘉年华？老家有清华、北大精彩的讲堂？老家有国外的一级音乐团队来巡演？老家允许我们不靠任何关系，进大公司、靠真本领做人？”

它点中你了。它点中你迷茫的核心。

是有一种岁月，写满了辛苦，写满了艰难，可它意味着自己做主、长大成人；是有一种生活，远离了唾手可得的轻松与富裕，可涅槃之后，它还是会跟你一起邂逅幸福；是有许多个假期，装满了思念牵挂与哀伤，可比起那些从未离开过的人们，你更深刻地品尝到浓浓的情意；是有一种视野，洗尽铅华度尽劫波的视野，让你大气地活着宠辱不惊。

说到底，这不是回不回老家的问题，是选择的问题。从最开始离开原点起，你和家乡的人们，就注定要画不同的半径。大和小的结局都是圆满。他们从容地画好了，你呢？

目光的所在

◎释戒嗔

李太太和其他香客是有一些不同的，她在寺里待的时间比较长，有时候还会住上一两天。

我们的客房并不在寺院里面，而是在寺院外不远的地方。

有次李太太在佛堂里看到了戒痴，下午便问智缘师父，寺庙里那个很可怜的小和尚是谁？

智缘师父很奇怪，为什么李太太觉得戒痴很可怜呢？

李太太说：“你看，小和尚的衣服都破了。”

其实，并不是寺里穷得没有钱给戒痴做衣服，而是戒痴太调皮，在寺里上上下下地乱跑，有时候，还跑到茅山里爬树摘果子，从树上摔下来很多次，却执意不改，给他做的新衣服没有一件不被很快穿破的。寺里没有条件给他经常做新衣服，智惠师父看见了就帮他补补，没有看到，他便穿着破衣服在寺里乱跑，有的衣服甚至连袖子都少了一只。

这次有施主指了出来，师父便交代戒嗔给戒痴找套新的僧袍穿上。

下午去给戒痴换衣服，交代他以后不要再穿破衣服乱走动，这样影响不好，进香的施主们会以为我们寺欺负小和尚的。

戒痴张着手，让我帮他穿衣服，手脚兀自不老实地在新衣服上拉扯。好不容易替他换上新衣，戒痴忽然问我：“上午那位可怜的太太是谁？”

戒嗔也很奇怪，追问了几句，才发现戒痴口中的可怜太太居然说的是李太太。

李太太的衣着讲究，身上看起来总是金灿灿的，脖子上的项链的成色比佛像上的金漆还要货真价实，我实在看不出戒痴有什么可以可怜李太太的地方。

戒痴说：“你看她虽然衣着华丽，但她的眉头一直紧锁着。”

有时候，看一件事物的方法确实很奇怪，即使是评价同一件事情，又即使在同一个角度望过去，目光如果落在李太太眉头上就会觉得她很可怜，如果落在李太太的衣物或金链子上，可能反而就觉得自己可怜了。

或许我们对任何事物都不应该盯着它的某一点看。用自己的长处看别人的短处，容易让你滋生无谓的自大情绪，若看到别人的长处恰恰是自己的短处，或许又会让自己觉得自卑，唯有看清了所有，才能正确地评价自己，自大和自卑也不会出现了。

走向山下的登山者

◎黄兴旺

有两个登山者，让人温暖而心动。

一个叫野口健，是个日本小伙子，他在16岁时，就登上了勃朗峰，此后一发不可收，创下了征服七大洲最高峰最年轻登山者的世界纪录。

作为登山者，攀登与征服每一座山峰是最大的荣耀，但野口健却是个例外。从2000年起，野口健开始了在珠穆朗玛峰捡垃圾的工作，他一边登山，一边清理其他登山者留下的垃圾。6年多时间里，他从珠峰上总共捡回了9吨垃圾。

当其他登山者为梦想与荣誉向珠峰顶端攀登时，他却选择背着别人丢弃的垃圾走向山下。野口健的想法很简单，登山者扔掉的垃圾正破坏着珠峰的环境，自己多背些垃圾下山就能让它变得干净些。

另一个人叫梅根，是加拿大某航空公司的女职员。梅根酷爱登山，她最大的梦想是登上世界最高峰——珠穆朗玛峰。

2007年5月21日，梅根的梦想即将成为现实，因为她已经成功攀登到8500米的高度，望着不远处的顶点，梅根激动而兴奋。但就在这时，她发现了躺在山坡上、已经奄奄一息的尼泊尔女登山者比斯塔。

此刻，比斯塔随身携带的氧气即将用尽，人也渐渐昏迷，只剩下微弱的呼救声。而她所处的位置是珠峰最著名的“死亡地带”，这里空气稀薄、风力强劲，坡面布满了危险的冰层。关键时刻，梅根望了望近在咫尺的顶峰，毅然做出抉择：下山！她冒着生命危险，救起比斯塔，走向山下。

用了整整12个小时，直到当天晚上9点，她才把比斯塔送到了7500米处的3号营地。由于治疗及时，比斯塔只是两根手指和几根脚趾被冻伤而已。

我不关注登山活动，也从没有听说过野口健与梅根这两个人。让我温暖心动的，不是这两个登山者的辉煌与荣誉，而是他们从高处走向山下的故事：一个背下了9吨垃圾，另一个背下了一条奄奄一息的生命。

默巴克的“硬币之星”

◎张达明

默巴克出生于美国一个贫困家庭，从小饱受歧视。他凭借着不屈毅力，19岁时考入美国名校斯坦福大学。但家庭经济的窘迫，容不得他像富家子弟那样悠闲自在，他不得不利用课余时间四处奔波，赚取微薄的收入，交纳学费，维持简单生活。

默巴克主动向校方提出勤工俭学，包揽学生公寓的卫生打扫。他非常珍惜这份工作，干活一丝不苟。打扫公寓时，默巴克经常在墙脚和床铺下面清扫出一些硬币来，都会主动问同学们，这是谁丢失的。同学们要么不屑一顾，要么就是懒洋洋地告诉他：“不就是几枚破硬币吗？谁稀罕。你不嫌弃就拿去好了。”

虽然他们语带讥讽，默巴克并不尴尬。在同学们怪异目光的注视下，他默默捡起了一枚枚带着灰尘的硬币。

第一个月下来，默巴克把捡到的硬币进行清点，连他自己也感到吃惊：竟有500美元之多！这令他喜出望外。这些白白捡来的硬币，不仅解决了学费的燃眉之急，而且让自己的生活质量大为改善。

这份额外收入让默巴克突发奇想。他决定把人们不重视硬币的事情，反映给国家有关部门。他分别给国家银行和财政部写了信，建议上述部门应该关注小额硬币被白白扔掉的情况。财政部的回信很快到达，告诉这位贫困的大学生：“正如你反映的那样，国家每年有310亿美元的硬币在市场上流通，却有105亿美元被人随手扔在墙脚和别的地方，虽然多次呼吁人们爱惜硬币，但收效甚微，我们对此也无能为力。”

这样的答复不免让默巴克沮丧，但同时他从中看到了潜在的巨大商机。从此，他便用心收集关于硬币方面的资料，从资料中得知，一般硬币的寿命可达30年左右，而这些硬币常散落于各家各户的墙脚、沙发缝、床底下和抽屉等角落。

默巴克决心从中打开缺口，开创事业。1991年，默巴克大学毕业，不像其他同学那样奔波求职，而是针对人们日益增长的换取硬币的需求，成立了一个“硬币之星”公司，并购买了自动换币机，安装在附近的各大超市。顾客每兑换100美元硬币，他会收取9%的手续费，所得利润与超市按比例分成。

开业伊始，默巴克“硬币之星”公司的生意便异常火爆，他不仅赚取了丰厚利润，也大大方便了超市和顾客，赢得了人们的普遍欢迎。

默巴克继续扩大公司的业务，把“硬币之星”燃遍了全美，获得巨大成功。1996年，公司开张不到5年时间，“硬币之星”公司便在全美8900家大型超市设立了11 800个自动换币机连锁店，再过了两年，当年那个被人们讥讽为穷小子的默巴克，摇身一变成了亿万富翁，“硬币之星”成为纳斯达克的上市公司。

谈到自己的成功秘诀，默巴克显得从容平静：“每个人在这个世界上都是独一无二的，也许你的出身很卑微，也许你在某个方面不如别人，但你要永远记住，没有任何人能够取代你独有的位置。只要坚守自我，自信昂扬地经营生活，你的人生就一定会如你所愿。”

门为谁开

◎程　玮

跟儿子聊天时，儿子说他的一个朋友在谷歌得到了一份工作。说这话的时候他一脸崇拜，我这个听的人也一脸崇拜。我们一致认为，如果说微软改变了我们思维的话，谷歌其实正在不知不觉中改变我们周围的世界。所以我们俩都比较崇拜谷歌。

他的同学是这样得到谷歌的工作的。

偶然有一天，他在大学校园的广告栏里看到一张小小的广告。上面什么也没写，只写着“www.”，然后是个很怪的数学符号。他觉得很有意思，就把这个网址记在了脑子里。回家上网的时候，他顺便点进去看一看。还是没有什么内容，就是一道未解的数学题。他觉得很有意思，决定把这道题解出来。这题并不容易，花了他半个小时。等他解出题目以后，突然弹出了一个表格，请他填写。

谷歌的门就这样向他打开了。

听完这个故事，我心里除了崇拜还是崇拜。想出这一招的人实在是太狡猾了！

在花花绿绿的广告栏里注意到一张不起眼的广告——说明这个人对他周围世界的新鲜事物很留意。

把这个网址记在脑子里——说明这个人过目不忘。

回到家上网时还记得点进去看一看——说明这个人很有好奇心。

看到一道没头没脑的数学题，决定要解答——说明他喜欢动脑筋。

最后把题解答出来了——说明他智商也不低。

不看简历，不看学历，不招聘，不海选，一分钱不花，谷歌就找到了它理想中的员工。这就是谷歌。

于是我分析自己有没有成为谷歌员工的可能。

第一点，我有希望。我这个人对广告比较留意，特别是这种与众不同的东西。

第二点，我可以蒙混过关。在我觉得很难记住，手头又不带纸笔的时候，我会把重要的东西记在手机里。谷歌的人当然不会知道，暂且把我归入过目不忘的那类人里面。

第三点，我还能侥幸做到。收完邮件，看完博客以后，我会顺便点进去看一眼。

第四点，我大眼瞪小眼。估计这种题目我这样一个学文科的人连看也看不懂。谷歌的大门就这样“砰”的一声把我关在外面了。而我一无所知。

然后我下网，临睡以前告诫自己，以后看见这样的东西再不上当了。

于是，我继续是芸芸众生里的一个。被微软，被谷歌的小东西们牵着鼻子满地走。

结论：生活中很多和我们擦肩而过的机会注定就不属于我。

失败者的7种习惯

◎创业风行者

看看你周围的人，你的朋友，有的人成功，而有的人失败。其实，人与人之间本来只有很小的差异，但是这种很小的差异可以造成巨大的差异。

细节决定成败，如果你了解了失败者惯用的思维方式和行为习惯，你就可以尽力避免掉入失败的陷阱，从而让自己走到积极成功的一面。

1.从每次机会中总会看到疑问

失败者往往觉得自己做出的决定不太对。他会把积极的事情看得消极，认为每一个机会都存在问题。看到别人的成功，他总是觉得那是因为其他人都比自己幸运。

2.推卸责任

失败者在生活中缺乏自信，他把自己看作现实生活的受害者，他把自己的失败归咎于别人或者生活对自己不公平。

3.用抵触的语气

失败者在生活中通常都有一种抵抗情绪。他会说，“这不是我的事情”，或者“我又不应该负什么责任”来逃避自己该负的责任。

4.迅速降低损失

失败者对于自己迅速从一件事情撤出而感到庆幸。一旦有新的梦想，他就会说服自己放弃旧的。对于心血来潮的兴趣，他总是有很多理由。他想做很多事情，但是最终总会为自己的一事无成找各种理由。只要他发现另一份新的工作或新的项目，他就会对旧的失去信心。

5.寄希望于幻想

失败者把时间花在看电视等无聊的事情上，而不是投入真正有意义的工作中。他渴望一夜成名或者突然中彩票。

6.希望得到别人的赞赏

失败者总是希望什么事情都能取悦别人。他不自己去想或者扎实地去做，如果自己的意见和别人有冲突时，总是屈服于别人的意见。

7.不知道自己想要什么样的生活

失败者希望得到别人的认可，胜过得到自己内心的承认。他觉得生活就是及时行乐，他对生活的看法就像是对赌博的看法，他其实永远不知道自己真正需要选择的是什么样的生活。

你并没有那么多的观众

◎流　沙

和许多人一起用餐，同桌有你的领导，有你的朋友，还有陌生人。

一不小心，你把酒杯碰倒了，酒洒在你的腿上，你慌忙拿纸巾去擦，又把碟子碰到了地上……

你觉得很狼狈，面红耳赤起来。

另一次，你在酒桌上讲一个笑话，你讲啊讲，讲到最后，没有人笑，大家都在碰杯，都在调侃，似乎根本没听你的笑话。

你突然觉得很尴尬。

可是，你有没有想过，你的领导、你的朋友，还有陌生人，都沉浸在各自的氛围中，没有看到你的狼狈，也没有注意到你的尴尬。

有一个朋友，给我讲了一个他的笑话。有一次他和同事、领导吃饭，中途起身到外面透透风，等透好风回来，发现包厢门锁上了。

他敲了好几下，里面听不见，又试着想打开，却没有成功。

他就在大厅里等。报纸翻完了，他们没有出来。再和服务台的小姐聊天，聊完了，他们还是没有出来。

一个小时后，他想该结束了，就去看，却已是人去房空，他们早就从旁边的通道走了。看来大家都把他忘了。

朋友说："我一直认为自己在单位里大小是个人物，但这顿饭，让我发现自己什么也不是。"

这个故事很残酷，但不得不令你思考。真的，许多人都高估了自己，都以为自己会有很多观众，其实，no!

在饭桌上，你只是一个不起眼的小人物，所以你碰倒酒杯，别人不会在意。你讲的笑话不是不可笑，而是你的级别不够。你被锁在房外，没有人记得来找，因为你无关紧要。

许多人因此悲观失望了。

但，难道我们不能从中体悟到什么，从此活得更潇洒吗？人生盛宴中，每个人都有自己的座位，也许你很少有机会坐在上位，许多时候你只是一个配角，那么，不要为难自己、苛求自己，而应该照顾自己、欣赏自己，然后学会自饮自乐、知足常乐。

拥有这样的心态，比拥有很多的观众更重要。

刘墉：不按常理出牌

◎意林编辑部

谈及多次在职业生涯顶峰时选择另一种活法时的心态，他说道："因为觉得自己不够了，就像百货公司一直在出货，总得要进点儿货。觉得不足，所以要再去充电。觉得自己在这个山头已经难突破了，另外一个山头更吸引我。于是，我走下这个山头，我敢于从自己被别人羡慕的山巅上走下来。在美国我做到好的时候，还跑到台湾做学术的研究，关于中国文明的精神的研究，又到中国大陆不断做乡野考察。每个阶段都好像会丢掉很多东西，但是，抱负，抱负，要抱就得要负；舍得，舍得，你要得，你就得要舍。"刘墉就是这么一直"不按常理出牌"，始终致力于超越自己与生俱来的弱点，"创造超越的人生"。

——《意林》记者手记

命运多舛的泰然

9岁那年，父亲的过世让刘墉与母亲的生活拮据不堪。"在我父亲去世之前，我的碗里一般是只见肉松不见饭，过世后，就变成只见饭，肉松难得见到了。"13岁那年的正月初二，一场大火又将本已是贫苦的孤儿寡母的家烧成灰烬，母子俩只好靠着邻居的房子的一角搭建起半边的"草房"，这草房较之梁实秋先生的"雅舍"显得更简陋不堪，外面下大雨，"房子"里也下雨，"风通透得很，空气很流通"。谈到房子烧光的那夜，"我在上厕所的时候，会闻到远处飘来的院子里茉莉花的香味和我种的曼陀罗的花香，没有屋顶了，一片废墟，我会往上看，星空很灿烂，我觉得很美。"然而，正巧是那天深夜，下起了大雨，母亲把雨衣盖在刘墉的身上，隔一阵子就为他抹去雨衣上的水，他在雨的哀曲里度过了那个雨夜。

如果说幼时困苦还有慈母的怀抱，而成名的他在体会人在他乡的孤独时，或许内心会更留恋困苦中的温暖，起码，有一个人始终陪在你身边。那是刚到美国的第三天，没有人知道这天正巧是他的生日，身边没有亲人，没有生日蛋糕，没有祝福。唯有一人在异乡面对皑皑白雪。语言不大通，又遇上大学英文演讲，不巧的是，当时美国最轰动的主持人当天也在那里演讲，而他那蹩脚的英文演讲，只有几个朋友来象征性地撑场面。在美国已经归零的他看着人潮涌动的别人的听众，只能在暗中缅怀在台北时的辉煌。但是，这与当年相比，不过又是一个新的开始。

决绝的姿态，光芒刹那闪现

16岁那年，刘墉因肺病而休学，这使得他能从当时课程负担很重的环境中得以休整，让他培养起对美术的喜好以及坚定人生的追求，参加联考，报考台湾师大美术系。在联考前的一个多月时间里，刘墉以自创的“联想记忆法”猛念书，念得昏天黑地，以至于当时母亲心疼得甚至劝他“不要考，不要念了，身体最重要”。但是，刘墉超越了自己，进入了竞争激烈的大学门槛，当时的比例是1750人只录取35人。在放榜那天，老师甚至拉他到一边，说道：“没想到你还真会藏啊。”同学甚至在放榜单上把他的名字戳了很多洞，以为他故意平时与他们嬉闹，却暗地里K书。

大学的生活让刘墉在各方面都有了更大的成长，由于生活并不富裕，于是他兼职做主持，主持了全台湾联播的《全民自强晚会》，后来接受台湾“中视”之邀，主持益智节目《分秒必争》，开场白的内容来自他从高中到大学时记在课本或笔记本上一些小小的灵感，内容包含很广，由文学、哲学、艺术乃至身边点滴小事引起的触动。小时候因为生活困顿，到交学费或过年时，他就写信或者到父亲生前的债主家里很有技巧地去要钱，这在无形中锻炼了他的文笔，后来，他把这些由灵感写出来的短文集中起来，就成了他的处女作，也是成名作《萤窗小语》，接下来陆续出了7本，几乎成为当时台湾学生必读的作品。然而，命运又是如此奇特。当刘墉带着《萤窗小语》的稿子到各出版社，甚至是本公司的出版社请求出版时，他们都撇着嘴，把稿子当场就还给了他，说：“这么点儿小东西，你自己印吧！”他还真自己印了！幸好在高中时有编过校刊的经历以及对印刷厂的了解，他就自己出版了。刚出版时，甚至和太太出去一包一包送书。“如果没有当初《萤窗小语》的被拒以及《萤窗小语》的热销，就不会有现在的我。”刘墉这样谈自己的成名作。

在《分秒必争》做得红火时，他却毅然辞职，拿之前十分之一的薪水进了新闻部，制作《时事论坛》。《时事论坛》在不久之后得到金钟奖，他则被《综合电视周刊》选为全台湾最受欢迎的电视记者。然而，在他获奖的第二天，他再次上演让人惊讶的挥手姿态，递上了辞呈，奔赴美国，开始新一轮的漂泊与打拼。

黑与白的真实人生

刘墉的思想，在他的书中其实早就有了一个完整的体现。从《萤窗小语》到《冷眼看人生》，再到《杀手正传》，刘墉以他的如椽大笔挥就了一番写实的人生，《我不是教你诈》被指定为台湾“国防部”官兵的必读书目，《以诈止诈》更是成为台湾“黑道”行走江湖的秘籍。

因此，有人说刘墉的书太世故，更有人说刘墉的心理太阴暗。对此，刘墉并不介怀，因为说这些话的人其实并不了解他，既然不了解，又何必在意他说什么呢。

“害人之心不可有，防人之心不可无”，刘墉说出的只是人性的真相——尽管那是大多数人不敢直面的，他教人的也无非是一种为人处世的技巧——或许会有人对此嗤之以鼻，但无论如何，这就是一个真实的世界。

刘墉坦言这是年轻时做新闻记者所形成的影响，“冷眼看人生本身就是一个记者应该有的态度，如果报道一件事情，我们不应该加诸个人太多的意见，因为你应该客观地去看事实”。

客观，说起来容易做起来难，如果你能够做到客观，你会发现其实很多事情并没有看起来那么糟，“这世界上不是只有黑白，恐怕灰的要多得多”，人类的世界哪有许多绝对，我们看待世界的眼光就更要客观、从容。就如同刘墉的书，可以是冷若冰霜、拒人千里的《你不可不知的人性》，也可以是温情脉脉、真挚感人的《爱就注定一生的漂泊》，其实同样是人生，只不过一个是黑，一个是白，黑加白以及不同的灰度，才构成一个完整的人生。

著名演员乞讨17年

◎麦小兜

人来人往的曼哈顿中城东第35街。来回穿梭的白领们，通常并不怎么注意街边踽踽独行的流浪汉和乞丐。过去17年来，当他们的车停在红灯前，总有个衣衫褴褛、胡子拉碴、头发像稻草人一样的老头儿缓缓踱过来，敲敲车窗，口中念念有词：“帮帮忙怎么样？”顺便递进一份当天的免费报纸。“车窗们”通常会掏出1美元，不耐烦地递给他，年纪大的兴许还会想：“这个人长得可真像埃尔文·科里（Irwin Corey）啊。”

但这个老头儿怎么可能是埃尔文呢？埃尔文已经在美国人的记忆中活跃了足足80年。1914年出生的他，打小就展现出卓越的喜剧天赋，17岁开始在各种喜剧俱乐部、夜总会和音乐厅登场，表演脱口秀和即兴的喜剧段子。从1943年起，他就是百老汇舞台上熠熠夺目的明星，电视时代的到来更令他家喻户晓。

简而言之，埃尔文是个传奇人物。就算早已“退休”，他挣的钱也足够安享晚年，更何况，时年97岁的他仍会定期出现在一些喜剧俱乐部的表演中。

一周前，白领们打开《纽约时报》，惊奇地发现，那个几年如一日，连衣服上的破洞都不补的乞丐老头儿，竟然真是埃尔文·科里。而且，他是货真价实的百万富翁，他在曼哈顿第三大道上的房子价值350万美元，还在不断升值。上周他被邀请去芝加哥表演时，经纪人说，他有的是钱，做乞丐，只是业余爱好而已。

从80岁开始，埃尔文开始在附近的街上乞讨。每天早上11点，他就从家出发，戴上白色棒球帽——上面被他写上了许多口号，“山姆大叔是个大骗子”“华盛顿贿赂”“让我们取代腐败的政府”——信步走向离家不远的东35街。虽然他的表演在舞台上被形容为“尖刻的睿智”，但在街头，他和任何一名普通的老乞丐并无二致，温和而略带疯癫，无论你买不买他的报纸，他都会说一句：“再见，鳄鱼。”

乞讨生活让他不那么寂寞。和他相伴70载的妻子去世后，他更加孤独，待在街头的时间也越发长。另一个让他走上街头的原因是，他要把卖报纸赚来的钱全部捐给慈善机构，用来给古巴的儿童购买医疗用品。那些给他钱的司机大概并不知道他乞讨的原因，他说：“我觉得他们也不在乎。”

每天，埃尔文都能挣到一百美元左右，天黑时，他会慢慢走回家，坐在桌边，把硬币和皱巴巴的纸币排列好，点一遍，再分门别类地放进抽屉。做这些事时，他和卡斯特罗的合影在墙上默默陪伴着他。每隔几个月他就去捐一次钱，一分不留。他还自费飞去古巴，和卡斯特罗的合影就是在当地拍下的，上面还有卡斯特罗的亲笔签名——“致以钦佩、感激与爱戴之情”。这张合影的旁边，是他在《大卫·莱特曼秀》（美国著名脱口秀节目）中的照片。

多年来，附近的老邻居们已经对埃尔文的乞讨行为见怪不怪。《纽约时报》记者采访时，一位81岁的老妇人走过来，望着正走向下一辆车的埃尔文感叹：“看看他，他还在表演，等这个司机把他打发走，我要去问问司机：‘你可知道，这个老头儿是个传奇？’”

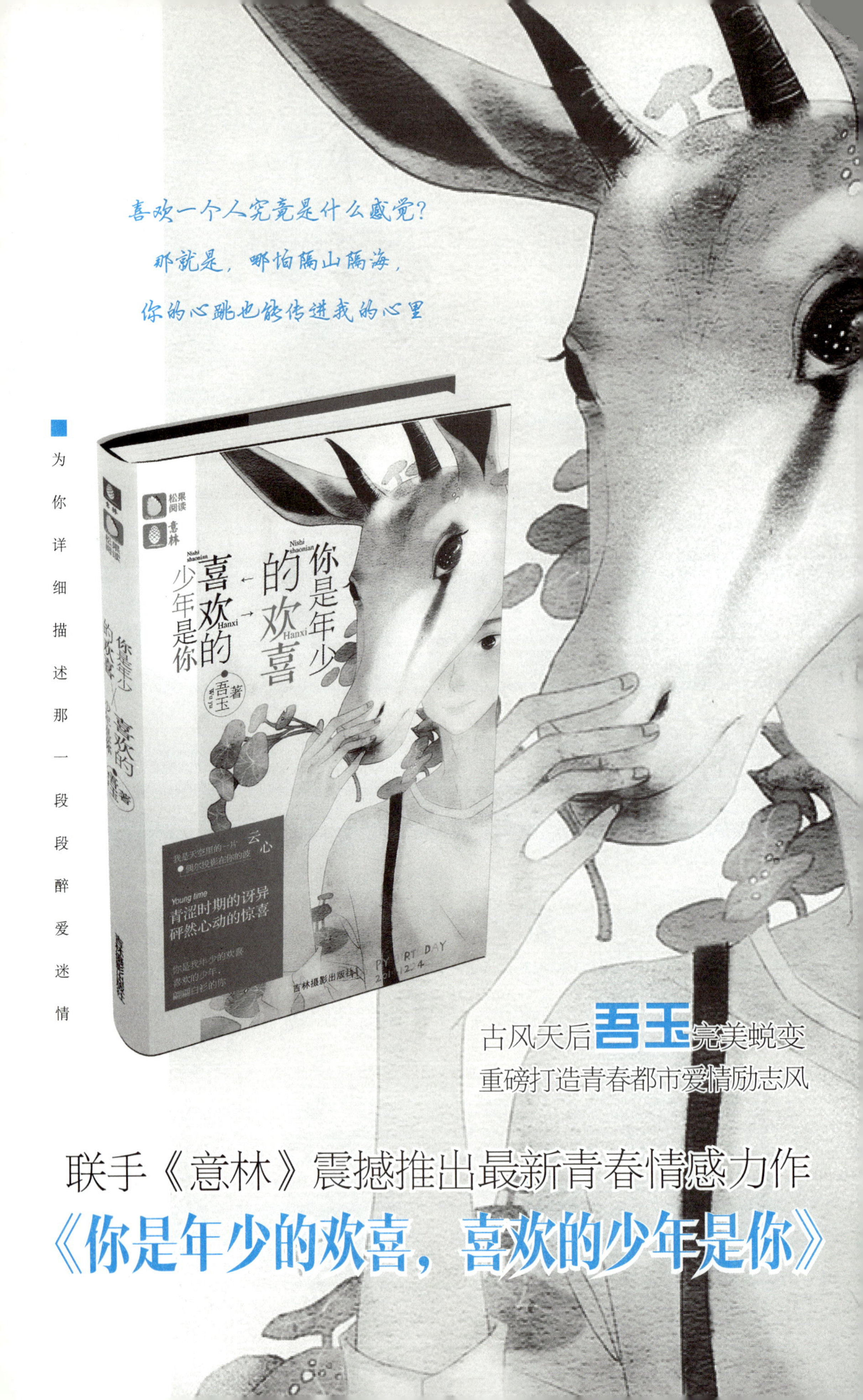
喜欢一个人究竟是什么感觉？
那就是，哪怕隔山隔海，
你的心跳也能传进我的心里
为你详细描述那一段段醉爱迷情
松果阅读
意林
你是年少的欢喜
喜欢的少年是你
吾玉 著
我是天空里的一片云
偶尔投影在你的波心
Young time
青涩时期的讶异
砰然心动的惊喜
吉林摄影出版社
古风天后吾玉完美蜕变
重磅打造青春都市爱情励志风
联手《意林》震撼推出最新青春情感力作
《你是年少的欢喜，喜欢的少年是你》